翻身嫁對郎 2

風文創 502

方以旋 著

風
文創
502

目錄

第十五章

第二日，參奏顧二爺的摺子如同雪花一般，飛上方武帝的案桌，有無數御史和六科給事中上書彈劾顧二爺治家不嚴，其身不正，難當大任。

方武帝荒廢了朝政多年，對這種事就更沒興致管了，大手一揮，交由內閣首輔兼任吏部尚書的沈從貫去處理。

沈從貫與前閣老趙志蒿可是死對頭，而顧二爺是受了趙志蒿的恩惠才一步步這樣迅速爬起來的，沈從貫心胸狹隘，一道批奏下去，顧二爺直接從四品清吏司郎中變成六品大理寺丞，連一句話商量的餘地都沒有。

群臣都道沈閣老公正嚴明，又說了好多長寧侯府的事，這才偃旗息鼓。

顧崇琰遠遠望著自己兄長陰沈青黑的面色，從眼裡流露出一絲暢意，哪怕聽到周遭有人論起顧家如何不堪，他都無動於衷。

方武帝打了個哈欠。

滿朝皆知，方武帝寵愛鄭貴妃，日常生活放縱，常常以各種原由不行早朝，現在也不過就是走個過場，沒什麼實際意義。

見到皇上這懨懶模樣，群臣心裡都無奈地惋嘆。自從鄭貴妃寵冠六宮以來，立儲的問題便一直成了難題，糾纏十多年之久。

前段時日有不少大臣直言進諫方武帝立大皇子為太子，禮部尚書洪乃春上書義正詞嚴大番闊談，方武帝就此被激怒，以洪乃春揭露隱私、干涉他私事為由拖去午門外廷杖六十，削職為民，後來憤憤而死，百官敢怒不敢言。

方武帝明顯有自己的偏重，為了這微薄的希望去勸諫皇帝而搭上自己的一條命，不值得。

沈從貫斂下眼笑了笑。這些人平日裡出口成章說著自己一片丹心，到了關鍵時刻，還不是認了慫？

他抬頭望了眼站在方武帝身邊眼觀鼻，鼻觀心的魏庭。

魏庭是方武帝身邊的秉筆大太監，同樣照顧著方武帝的起居飲食，是內廷和外廷通氣的紐帶，不過從洪乃春之事過後，內外廷這根紐帶也是斷了。

方武帝看差不多了，正準備退朝，一人執笏突然大步走了出來，竟是顧崇琰。

他挺直身子，正色說道：「皇上，國不可無儲，大夏更不能沒有太子，皇后無子，大皇子也早已及冠，老祖宗規矩不可廢，皇上是時候該立太子了！」

滿朝卻是倏地一靜。先有洪乃春前車之鑑，哪怕要提這個話題，都要謹小慎微了，這麼明晃晃地說出來，那是當眾打方武帝的臉啊。

顧二爺不敢置信，沈從貫也是有些驚訝，而上首的魏庭，卻目光極晦澀地睃了眼顧崇琰，轉而望向方武帝。
方武帝神色一肅，圓圓的臉盤上一雙被肉擠成條縫的雙目霍瞪，直直望過去。
顧崇琰覺得頭皮發麻，背心一層冷汗冒了出來，卻努力挺直身子。
大殿沈默了好一會兒，卻在下一刻，有幾人同時跨出一步，朗聲說道：「請皇上冊立太子！」
又幾人站了出來。「請皇上冊立太子！」
顧崇琰這才長長吁了口氣。他也是貪生怕死之輩，能站在這裡卻是沒有什麼底氣的，方才當真是嚇得汗流浹背。但所幸，有人願意站在他的身後，而不是由著他獨挑大梁，一個人承受方武帝的壓力。
沈從貫掃了眼朝堂，發現此刻站出來的，大都是西銘黨人。在朝中，就數他們這群人提立儲提得最勤快了。不僅是為了遵從古禮制，更是害怕鄭氏一族竊權。
鄭貴妃在內宮如日中天，馬皇后僅僅就是個擺設，鄭貴妃兄長被封了平昌侯，鄭貴妃的胞妹小鄭氏乃鎮國公之子蕭祺的續弦，文臣武將都想要巴結鄭氏一族，這樣顯赫之下，誰知會不會出現外戚當政？
沈從貫本身也是支持方武帝立大皇子為太子的，可方武帝的心思大家都清楚，六皇子才是他的心頭寶。他不好去觸霉頭，一直保持中立態度，讓別人身先士卒，總比惹禍上身來得好。

「請皇上依制冊立太子！」群臣又一次朗聲說道。

方武帝面色都變了。依制冊立太子，自然說的是要立長。前前後後，朝裡朝外，一個個都在說這件事。太后逼他，群臣逼他，鄭貴妃逼他，十多年了，非得要他做一個了斷！

他不是皇帝嗎？不是應該凡事由他說了算嗎？他尚且身強力壯，那些小的都不一定有他活得長，何必這樣急著立儲？但他自小由師長、母后教導了滿腹經綸、道德倫理、為君準則，他從來就不是能夠一意孤行的人……

方武帝只能找尋藉口起來。「大皇子身子弱，等過兩年調理好了……」

「請皇上依制冊立太子！」

話未說完，又一聲齊喝，方武帝臉都黑了，握著龍椅扶手的拳頭緊握。

魏庭近身伺候，又怎麼不知道方武帝打的什麼主意？鄭貴妃軟磨硬泡著要他立六皇子為太子，皇上本身也是中意六皇子的，然禮法不容，皇上該如何給群臣一個交代？

魏庭躬身小聲問道：「皇上可是身子不適？」

見方武帝眉心這才緩下來，點點頭。魏庭會意一笑，甩著手中的拂塵大喊一聲。「退朝！」

顧崇琰大驚，上前兩步。「皇上！皇上，立儲茲事體大，請皇上一定早日決斷！」

方武帝憋了口氣，一甩袖指著顧崇琰。「顧修撰，朕的事，何時容你來置喙！將此人拖去午門外，廷杖四十！」

朝臣紛紛噤聲。

顧二爺狐疑地看著被侍衛拖出去的顧崇琰，他口中還在大聲叫喚著皇上，憤恨不甘。

他一直知道，老三雖追名逐利，卻從不做出頭椽子，他在朝中與西銘黨更加沒有什麼交情了，唯一有點關聯的是柳氏的堂兄柳建文乃西銘黨人。怎麼無緣無故，老三會幫西銘黨人說話？尤其還第一個站出來做出頭鳥？

周遭那些官員開始議論紛紛了，大多都是在說著顧崇琰敢於廷爭面折，有氣節大義等等。

其中一人語氣鄙夷地道：「同樣姓顧，又是嫡親的兄弟，怎麼差了這樣多……」

顧二爺一聽立馬臉色青黑。

在出了變故之後，顧家都會被世人詬病上一段時日，他顧老三當然不會是例外，本就默默無聞的小角色，若再染上惡名，起碼三年之內升遷無望，因而他必須得想個法子將自己洗刷乾淨才是。今日站出來可是蓄謀的，他顧老三大義凜然、直言進諫，而他顧二爺就管教無方、身心不正，一家人本就常常拿來相較，一比之下，可不是襯得他顧老三高風亮節？

這是拿了他當踏腳石，成全自己的青雲路！顧老三啊顧老三，鑽營取巧，果然是一把好手！親兄弟拿來算計，這是為了報復他當初不願提拔之恨？

顧二爺緊抿唇，一拂袖遠離這些嘈雜人聲。

午門外的顧崇琰正被架在板凳上杖責，不少百姓圍觀，指指點點地說著什麼。

顧崇琰疼得冷汗直流，咬著牙不吭聲。晨光朦朦朧朧地照進他眼裡，那樣金光璀璨，他竟緩緩笑了。受一頓皮肉之苦，換以後數不盡的好處，可不值當得很？

顧崇琰是被人抬回去的，四十大板的杖責下來，早已皮開肉綻。因近來府中多事，回春堂的鄒大夫被請來坐診，顧崇琰一回來，他便即刻去查看傷勢。

父親受傷，作為子女的自然得去探望，甚至還需要侍疾。

青禾匆匆跑進來與顧妍說道：「五小姐，快去瞧瞧吧，六小姐和李姨娘都去了。」

知道青禾是想她和父親搞好關係，然而在父親眼裡，她去早去晚其實沒有多大區別。

顧妍不緊不慢地換了身衣裳，又去東跨院找顧衡之，兩人這才去探望他們的父親。

丫鬟從裡屋出來，換了一大盆的血水，顧衡之皺眉往她身邊靠，顧妍的腳步也頓下來。

裡頭顧婷嚶嚶啼哭的聲音不斷，顧崇琰還用虛軟無力的聲音輕聲安慰她。「婷姊兒快別哭，妳越哭，爹爹越疼。」

顧婷嚇得連忙止住淚水，又小心翼翼問道：「那爹爹現在還疼不疼？」

顧崇琰哈哈笑了。「不疼了，婷姊兒是爹爹最好的止痛藥。」

顧崇琰正趴在床上，面色發白，卻笑著和顧婷說話，李姨娘站在一旁倒是平靜得很。

顧婼也到了，不如顧婷一般撲倒在床前，只目光沈靜地看著父親。

那眼神是有些複雜的，或許，在上回柳氏的湯藥出過問題之後，顧婼對待父親的態度就有些轉變了，然而眼下更多的還是關心。

顧妍和顧衡之一前一後給顧崇琰請安，顧崇琰的笑容才慢慢斂下來。

也不知是什麼時候開始，面對次女時，總讓他覺得彆扭。明知道她只是個孩子，也是他不曾放在心上過的孩子，可真到顧妍表現出那種與他生分甚至隱隱的敵意時，顧崇琰作為父親，也是不舒坦的。

他咳了聲，不想去看顧妍，淡淡道：「都來了做什麼，也沒什麼事，休養幾天就好了，都回去吧！」揮揮手便要讓他們離開。

顧婼上前一步道：「父親有疾，我們理當輪流照看父親的。」

「都是小孩子，照看什麼？你們母親還病著呢，離不得人。」顧崇琰說道。

提到柳氏，顧婼眸子閃了閃，也不堅持了。

顧妍便欠了欠身。「那父親便好好休息，我們再來看您。」

三人待了沒一刻鐘便走了，顧崇琰微微鬆口氣。

「爹爹，很疼嗎？」顧婷掏出小手絹給他擦汗。

李姨娘蹲下身子對顧婷道：「婷姊兒去幫爹爹倒一杯清茶好不好？」

這是要支走她的意思，顧婷會意，恭恭敬敬行禮便退下了，李姨娘又把伺候的丫鬟遣走，坐在床沿輕輕握著顧崇琰的手。他的手指乾淨修長，指腹因為長年握筆書畫而帶有厚繭，卻給人一種極安心的感覺。

「今兒個是冒險了。」他低聲說道，卻呵呵笑起來。「不過若是真能成事，想必以後受益會很大。」

李姨娘驚訝。「三爺這樣相信我說的？但凡妾身說的話有一點不妥，三爺也許已經命喪黃泉了。」

「阿柔，我難道不會自己判斷嗎？皇上雖然荒政，不是個明君，可他也絕不是個暴君，他再如何動怒，也不過就是個色厲內荏的紙老虎，斷不至於真的上下嘴皮子一碰便要了人命。廷杖就是他用來對付那些敢置喙他決斷的人最主要的手段了……洪乃春不過就是年紀大，承受不起，這才死了。」他慢慢地興致也高了。「其實，在此事上觸犯方武帝，他並不敢怎麼樣，難不成，還要將進諫的言官御史都殺了？那以後歷史功過評價，他也討不了好！先不說最後是誰奪得太子席位，我今日之舉必當名垂竹帛，也不是沒收穫。」

李姨娘聞言有些失望，究其原因，其實也不是信任她。

顧崇琰又拉著李姨娘的手問道：「大舅兄說的可是真的？皇上最後定會冊立大皇子？」

李姨娘肯定地點頭。「他不會騙我的。」

有一個太監兄長，到底不是件有面子的事，縱然魏都幫她良多，李姨娘也不想多談他的事。

顧崇琰這才放下心，隨後看向李姨娘的目光更加溫和。

自魏庭單方面斷了內、外廷之間的聯繫，連沈從貫都要千方百計地去求人，他卻能夠透過李姨娘的兄長魏都，得到內廷裡的機密消息，委實驚奇極了。

想來屬於他顧崇琰的光明大道，馬上就要到來了！

方武帝下了朝堂便去了昭仁殿。

鄭貴妃是個身形嬌小的美貌女子，乖巧玲瓏、小家碧玉，一雙杏眼最是嫵媚動人。見方武帝來了，她便像一隻小鳥奔到他身邊，一下子撞到方武帝的懷裡。

鄭貴妃年紀不小了，縱然她保養得當，面容還如少婦般明豔，但這後宮佳麗三千，比她年輕貌美的又不是沒有，當真以色侍人，哪能經久不衰？

宮中的眾多妃嬪，總是面上對他百依百順，心裡卻時刻保持著警惕和距離，這樣的死板讓他覺得十分無趣。但鄭貴妃不一樣，她聰明機警，天真爛漫，就像是一團火燃燒著青春活力，給予他靈魂上的暢快，好像自己也年輕了二十歲，能與她一道瘋狂。

「皇上，今日怎麼去了這麼久？早膳都涼了！」

宮娥陸陸續續呈上新的菜餚，滿滿一桌子，足有幾十樣，炊金饌玉，窮奢極侈。

鄭貴妃親自盛了一碗燕窩萬字白鴨絲餵給方武帝吃，方武帝眉開眼笑，好像方才在朝堂上受的氣一瞬都消了。

鄭貴妃卻突然哼一聲放下碗，別過頭不去看他。

方武帝一愣。「愛妃又怎麼了？朕哪兒惹妳生氣了？」

「您是皇上，妾身哪敢生您的氣啊！」

這陰陽怪氣的語調，方武帝要是還沒有察覺什麼，那才是傻了。「還說沒生氣，妳一耍脾氣，就會自稱妾身。」

鄭貴妃像受了天大的委屈，即刻兩眼淚汪汪。「今天朝堂上，又提起立儲的事了吧。」在內宮一枝獨秀，多少人爭著搶著要給她彙報消息？前一刻還在朝堂上發生的事，轉眼就已經傳到她這裡，何況她最關心就是立儲之事。

「皇上，您可答應過我的，要立洵兒做太子，您金口玉言，可不能反悔！」鄭貴妃牢牢盯著他，生怕他說出自己不想聽的話。

方武帝無奈極了。也不是他不想立六皇子夏侯洵，可他總也得顧及到祖制，顧及大臣們的意見。那些御史，一個個眼睛賊亮地盯著他，就要揪著他的錯，他也是身不由己啊。

「愛妃，朕……」

「我不聽！」鄭貴妃立了起來，兩行清淚滾下，看得方武帝心疼極了。「皇上您騙人，您都答應了妾身的，您說話不算話，再也不會相信你了……」

方武帝突然覺得有些力竭，卻又不捨得美人難過，只好蹲下來極盡輕言軟語地溫聲哄她，鄭貴妃才算消停了些。

「皇上您可還給我立了字據呢，蓋了大印的，您不許不認！」鄭貴妃說著就要讓親信宮女去內室梁上取錦匣。

早在三年前，她便施展聰明才智，讓方武帝立下手諭，寫上立夏侯洵為太子，那時候方武帝對她百依百順，什麼都順從，又要討好她，便毫不猶豫地寫下了，鄭貴妃就此將這手諭珍之重之地放入錦匣中，懸於梁上，日後好作為憑據。

宮娥很快將錦匣取出來，上頭早已積了厚厚一層灰，鄭貴妃小心翼翼拿絲絹擦拭掉上頭的塵埃，又慢慢打開來，面上已是十分歡快了。

「皇上，您看，這是不是您寫的？」鄭貴妃拿起那手諭便打開，突然有許多黑黑的螞蟻和白白的蛀蟲竄出來。她大驚失色，尖叫一聲便將手中東西扔出去。

方武帝抱著她讓她不要怕，這才扭過頭去看那地上的手諭。

泛黃的紙張見證有些年頭了，那一團團的螞蟻、蛀蟲，還在上頭不停爬走，有內侍小心翼翼將蟲子都趕走，這才重新回到鄭貴妃手裡。

鄭貴妃覺得噁心極了，但一想到那關係到自己兒子的前程未來，便忍受下來，但接下來只看了一眼，她便又大聲尖叫，顫抖的手撐開一張不大的字條，上頭的筆墨遒勁有力，那紅色的朱砂大印還清晰明瞭，只是這字卻被蟲子蛀掉了！

原先上頭應該寫著——「立六子夏侯洵為太子。」然而現在，其他的字都好好的，就那個最重要的「洵」字，被蛀得乾乾淨淨，一點痕跡不剩。

方武帝同樣看到了這個情景，心頭狠狠顫了一下。折騰了十五年的立儲之事，他在大子和六子之間徘徊這些年，頂著壓力不讓大兒子這麼快成為太子，也要為幼子留一線生機。

這條手諭都好幾年了，這些年他的心從未動搖過，卻在這一刻狠狠搖擺起來。

「天意……天意啊！」方武帝仰頭長嘆。

鄭貴妃一聽不妙，趕忙拉住他，淚眼婆娑。「皇上，您答應過妾身的！」

方武帝不敢去看鄭貴妃，搖搖頭留下一聲嘆息，踏出了昭仁殿。

他是天子，承天授命，本就有天人感應，上天的提示已經這樣明顯，若與上天作對，豈能討得了好？他們一介凡人，哪能和天比啊！

這張手諭作不得數了，難道不是上天給他的預警，不能立六子夏侯洵做太子嗎？

方武帝苦笑一聲，去了乾清宮，大筆一揮下了兩道聖旨，一道冊封大皇子為太子，即日喬遷東宮，另一道則立了六皇子為福王，封地洛陽。

按照規制，皇子封王後，便要去封地就藩，方武帝如此寵愛這個兒子，鄭貴妃將福王當作命根子，他又怎麼忍心讓福王這樣離開他們身邊？於是福王繼續留在了宮中。

消息極快傳開了，十五年太子之爭，終於落下帷幕。

西銘黨人歡欣鼓舞，紛紛給新太子送上賀禮。

歡聲笑語裡，眾人很快又想到了今日在朝堂上勸諫方武帝的顧崇琰。太子既定，日後便會是未來君王，他顧崇琰在立太子之事上厥功至偉，未來定得重用！

如此想來，一些腦子活絡的人，便開始往長寧侯府送補品，給顧崇琰補身子去了。最重要的是，新太子也以他的名義，送了大禮上長寧侯府，顧家門前訪客不斷，倒是沖淡了先前顧媛的那番醜事，竟有一種欣欣向榮的錯覺。

顧二爺聽聞此事，恨得摔了一套杯具。

好事全讓老三一個人占了，他就成了襯托老三的那片綠葉。不對，是襯托那朵鮮花的牛糞！壞事到他頭上，顧老三就混得風生水起！本事挺大嘛！

不論顧二爺如何切齒，顧崇琰確實是風光了好一陣，甚至藉著這樣一股熱潮，顧家很快地從原先的醜聞中翻身，眾人議論更多的是顧家的風骨氣節，是顧三爺的深明大義。

如此逆轉，不僅外人瞠目結舌，哪怕侯府中人，也喜出望外，從來不如何關注三子的老夫人，拖著病體也要去看望兒子，一口一個乖兒說得極順溜，顧大爺被安氏趕去和顧崇琰好好套近乎，陪著一張笑臉。

顧四爺一向與兄弟幾個不親不疏，基本的禮節也不曾荒廢，哪怕遠在大興的長寧侯得了音信，都修書一封回來慰問、關愛兒子，也只有顧二爺深惡痛嫉，不去湊這個熱鬧。

顧崇琰還是頭一次受到如此眾星捧月般的待遇。從前這些人，可都是圍著二哥團團轉的，如今風水輪流轉，總算到他上場了！他心中有種前所未有的痛快。

第十六章

三月春陽明媚，百花爭豔，太子東宮舉辦賞花會。

這是自方武帝登基以來，頭一次東宮宴請，邀請的無一不是京都上流勛貴家眷，有多難得自不必說，許多人為了得到這樣一個名額費盡心思，然而顧家卻單獨受到東宮的邀請。不論內幕如何，在外人乃至太子看來，方武帝願意立儲，是靠了顧崇琰和一干西銘黨人的苦苦勸諫，太子自然應當感恩戴德。

為了這次應酬，安氏早早地便讓針線房準備好時下最新式的春裳和首飾，讓姑娘們打扮得漂漂亮亮的去赴宴，卻沒有準備顧媛的分例。

柳氏身體大好，已經能夠下床走動，只精神有些不佳，便婉拒了；而賀氏胎象不穩，她這麼寶貝這一胎，即便再想去，也不敢拿自己開玩笑。

當她一聽說安氏不讓顧媛去，心裡又是氣又是痛，卻又無可奈何。這樣好的機會，滿京城的青年才俊、名媛淑女都會應邀出席，顧媛去了，能結交上一、兩個貴女都是大有裨益之事，相看各家的公子哥兒，說不定還能促成一樁美滿姻緣，媛姊兒豈能錯過？

可安氏既然敢這樣做，那定是老夫人的意思。

但賀氏哪裡甘心？老夫人和安氏不讓，她就自己偷偷出了貼己的私房，給顧媛打了首飾和衣裳，又悄悄買通車夫，載著顧媛尾隨在安氏她們一行人的身後，跟著一道去。

東宮門前車水馬龍，門庭若市，從馬車上走下來的夫人、小姐無一不是錦衣華服，明豔動人。

大門口有許多身穿青綠色比甲的宮娥，一一引著前來的客人入內。

安氏帶頭落落大方地從車上下來，眼尖地瞧見不遠處剛到的車馬，上頭帶著沐恩侯府的徽標。

安氏一喜，上前打起招呼，更與沐二夫人攀談起來。看著站在沐二夫人身後的沐雪茗，那識禮知書的模樣，讓安氏心中滿意極了。

沐二夫人也對安氏極熱絡，這時候與之交好，總是有益無害的，安氏享受極這樣的尊榮。

「大伯母！」

正說著話，一個清亮的聲音就此打斷，安氏有些不悅，回頭一看，顧媛穿了件桃紅色妝花的紗衣盈盈站在那裡。

安氏臉色一變。「妳怎麼來了？」

顧媛一聽這話就不樂意了，瞟了眼安氏身後的沐二夫人和沐雪茗，走出來對二人欠身行禮，又笑道：「大伯母怎地問這個話？今兒不是來參加賞花會嗎？我自然是跟著大伯母一道的呀！」

顧媛就不信安氏會在外人面前揭自家的短給她臉色看，不然，看她怎麼鬧！

見顧媛有恃無恐的模樣，安氏眼神一凜。關了這麼久，又是跪祠堂的，原來還是不知道收斂性子，果然隨了賀氏。她吃的鹽比顧媛吃的飯還要多，這麼點小把戲，還難得倒她？

「妳這孩子，早上還說頭疼得厲害，伯母也是怕妳累著，非要跟過來……快別在太陽下曬著了，去那兒陰涼的地方。」安氏微笑起來，將顧媛往外推了推，回過頭不好意思地道：「我這姪女也是好玩，別在意。」

沐二夫人了然地笑道：「哪裡，都是小娘子，難免的。」

這小娘子連病累了都要趕過來，真的只是為了好玩？今兒來的可都是些貴女才俊，這樣猴急，恐怕醉翁之意不在酒吧！

沐二夫人心裡已經給顧媛打了個鼠目寸光的評價，又有些開始同情安氏有這麼個不省心的姪女。

安氏輕輕瞟了眼顧媛，笑著與沐二夫人話別，和于氏一道領著幾位小娘子，由宮娥引導著去了園子。

東宮的花園與御花園是有異曲同工之妙的，這裡雖多年來未曾有主子，但打理不曾荒廢，草木繁盛不說，各色妍麗的花競相開放，旖旎無限。

招待夫人、小姐們的人是太子選侍王氏。太子妃早逝，太子一直未再續弦，王選侍因生下皇長孫夏侯淵，這才母憑子貴，地位不凡，如今的賞花會，由王選侍來招待，也算合情合理。

見到安氏和顧家的幾位小娘子來了，王選侍親自上前迎接，這一舉動可令好多貴婦看紅了眼，可她們又能如何？論身分尊榮，她們自然是甩了長寧侯府好幾條大街的，可誰讓人家運道好呢？就這樣好巧不巧的，成了有功之臣，她們便只能乾瞪眼。

安氏與王選侍客套寒暄了幾句，王選侍的目光便掃向那幾位小娘子。長寧侯府共有六位小姐，已經出嫁了一位，再數數，如今五個一個不缺，那便是說那位惹了禍事的顧三小姐也來了。

王選侍眸光閃了閃，笑呵呵問道：「不知哪位是顧三爺的千金？」

安氏指了指顧婼、顧妍和顧婷，道：「三叔家的三個千金，這會兒都來了。」

顧婼、顧妍還有顧婷一一給王選侍見禮，顧婼落落大方，顧婷嬌柔可人，相較而言，顧妍卻表現得有些拘謹了。

到了太子東宮，她就有些不安，如今的太子可是夏侯毅的父親，她本身便對皇家的一切都有排斥，更別說此刻與他還離得這樣近。

王選侍早便聽說顧三爺有兩個嫡女一個庶女，印象中的庶女在氣度眼界上總要比嫡女差上許多，一眼便猜顧妍是那個妾生的女兒，便油然生出一分輕視來。

她拉著顧婼和顧婷的手，笑道：「長得可真好！」又瞧了瞧其他幾位小娘子，一個也不落下。「顧家的小姐們都是出落得亭亭玉立的。」

安氏笑著說了幾句謙辭，神色間卻隱隱流露著與有榮焉之色。

王選侍教宮娥帶了幾位小娘子下去賞花、吃水果、用點心，安氏悄悄看了看身邊跟著的婢子杏桃，杏桃會意，下去便看著她們以免出錯，尤其是要盯著三小姐顧媛。

這事本來交由常嬤嬤來做最好，然而常嬤嬤在前個月替安氏去莊子上收租的時候，一不小心跌下田埂摔斷了腿，春日的稻田滿是積水淤泥，爬都爬不出來，常嬤嬤去的又是個偏僻的莊子，喊破了喉嚨也沒人救，竟這樣生生熬死了。

當然，死了一個奴才而已，掀不起什麼風浪，安氏給了常嬤嬤男人二十兩的銀子作賠償，那男人笑著收了，轉瞬就納了一個十六歲的小妾，就是不知道被關在碎芳樓的玉英知道自己娘親的死有什麼反應。

當然，這些就不是安氏需要考慮的範疇了。

方才王選侍那樣親暱地拉起顧婼和顧婷的手，見到的人都能猜到幾分她們的身分。自家長輩早就已經關照過要好好結交顧家的小娘子，尤其是三房的嫡女，這下子主動要和顧婼、顧婷搭話的人便多了起來。

顧婼應對這些綽綽有餘，顧婷則顯得小心翼翼，倒也沒出什麼差錯，只顧妍四下看了看，見到這花園林徑盡頭一座花牆，才微微鬆了口氣。

想來，那座花牆的後頭，就是公子哥兒們吟詩作對的場所了。皇長孫夏侯淵身體不是很好，喜好的又是木匠工作，應對不來這群人，那能招待他們的，也就只有五皇孫夏侯毅了。

一座花園，一堵花牆，這麼隔開他們，總算些微心安，若是見不到面，那便最好。

眾人看顧妍低眉斂目、謹小慎微的模樣，心中起了猜測，結合方才王選侍的態度，立馬猜到顧妍就是那侯府唯一的庶女。按理說，庶女參加賞花會是不被允許的，然而顧三爺特殊，東宮格外邀請了也不算錯。來的小娘子都是家裡地位尊榮又受寵的，對待庶女有一種天生的優越感，看向顧妍的目光也帶了幾分輕蔑。

顧婼悄悄問她。「妳今天是怎麼了？」

顧妍回了神，搖搖頭。其實連她自己都不清楚在想什麼，那些陳年舊事，這輩子都還沒發生過，她與夏侯毅也只是很普通的陌生人而已，往後也不會有什麼交集，可她也承認，她沒這個本事放下……

小娘子們笑嘻嘻地三五成群說起話，她們的話題無非都是什麼衣裳好看，什麼花色時興，哪家的首飾精美，誰處的花露清香，再大膽一些的，還悄悄說起誰家的郎君俊秀，哪戶兒郎多才。

顧婼與沐雪茗相談甚歡，見顧妍搖頭，便也不多過問。

桌上擺放精緻的點心和水果，眾人圍著攀談，歡聲笑語不斷，又有幾位小娘子由宮娥領著過來，有相熟的早已聚在一塊兒，可那在一旁形單影隻，遠遠走過來的一位十四、五歲的少女，卻一下子吸引顧妍所有的目光。

眼如秋波，口若朱櫻，臉似觀音，頎秀豐整……用什麼美好的詞來形容她都不為過了。

顧妍記得自己曾經調笑她說：「祖娥姊姊就像是從《詩經》裡走出來的！」

是的，這樣一個像是渾身上下都帶了水墨香氣的女子，就如那《詩經》裡極盡歌頌的曼妙伊人一般，一眼便觀之忘俗。在某些孤苦伶仃的日子裡，她一直充當著姊姊的角色。

那時候，其他人都叫她張皇后，她卻只允許自己喚她姊姊。哪怕自身地位尷尬，在魏都的權勢下，也要用微薄的氣力，保住她的一條命。

張祖娥的父親是現任中軍都督府同知張國紀，某種廣泛的意義上，他也是西銘黨人，後來張國紀與舅舅私交甚好，張祖娥亦是拜師在舅母名下學習香道、茶藝。顧妍那些缺少母親和姊姊的日子，都是由舅母和張祖娥來填滿的，她在自己成長中扮演的角色，早已不能只用重要來形容。

顧妍一瞬淚盈於睫。她是摯友，是親人，更是恩人！

窈窕端麗的少女，去哪兒都能吸引眾人的目光，此刻在場的若是些文人雅士，興許還要當即賦詩一首歌雅頌美，然而若同為女子，那目光便有些不大友善了。

張祖娥輕嘆一聲，便往人少的地方去，儘量避開她們，同樣也不見有什麼小娘子上前拉上她一起說話。一來，從前的貴女圈子裡從未見過此人不說，二來，有這樣外貌拔尖的女子在自己身邊，其他的人都顯得黯然失色。

張祖娥默默走到一棵老梅樹旁，感覺到有人輕輕拉著自己的衣袖，她移目看過去，就見一個粉妝玉琢的女孩捧了朵木蘭到她面前，眼睛又黑又亮。

「姊姊，這個給妳。」顧妍又將手裡的木蘭花往她眼前湊。

張祖娥怔了怔，目光落到顧妍身上。

女孩笑容純真惑人，有一種與生俱來的親暱，她覺得很奇怪，似乎面善得很……原來真有所謂的一見如故。

她微微屈膝，將髮髻對著顧妍。「那便給我簪上吧。」

顧妍神情恍惚。曾經做過無數次的舉動，再次重現，恍如隔世。

張祖娥今兒只戴了兩朵珠花和一支點翠步搖，在珠光寶氣裡，再尋常普通不過了，然而待那朵潔白如玉的木蘭戴上耳鬢，本就嫻靜溫雅的清麗佳人，又多了幾分靈韻。

「好看嗎？」她問道。

顧妍用力點頭。「很漂亮，姊姊就像是從《詩經》裡走出來的。」

張祖娥一愣，莞爾失笑，拉著她的手。「妳可以叫我祖娥姊姊，妳叫什麼名字？」

「阿妍！姊姊可以喚我阿妍。」

二人如神交已久的故人，意氣相投。

顧媛冷眼看著她們，心裡嗤笑了一聲。真是個傻子，去交好模樣那樣出挑的小娘子，兩人放一起一比，哪還有她什麼事？

身邊的貴女們無一不是這樣想的，其中一個不由問顧媛道：「那位是妳家的妹妹？」

顧媛挺了挺胸，神色間多了幾分得意，壓低聲響道：「正是呢，她呀，這兒有些拎不清的。從小就頑劣，缺少管束，既不會女紅，又不讀書史，脾氣倒是大得很，每隔一段時日，院子裡都要鬧上一回，不是丫頭被打了，就是婆子被賣了，我也不知道該說她什麼好。」

早便想尋個機會，將顧妍和顧婼這兩個小賤人通通抹黑了，前段時日身邊事情一大堆，眼下倒是得來全不費功夫。

顧媛沈浸在自己的歡悅裡，沒意識到周遭人看著她的目光都有些變了。這樣的場合，對才認識沒多久的人，說著自家姊妹的壞話，還那麼不留情面……究竟是誰拎不清呢？

大家都是內宅大院裡生活的，私底下有什麼小心思從來不放到明面上來，顧媛還如此大張旗鼓！那位小娘子再不好，也總是姓顧的，一損俱損，這人是沒有腦子吧？

幾名小娘子對視一番，已是心照不宣。

其中一人道：「那兒的月季開得真好，我們去看看吧！」

其他人紛紛應是，笑嘻嘻地手挽著手過去了。

顧媛一時有點反應不過來，想要跟上再接著方才的話題，誰知前頭已竊竊說起了其他。

「我聽說前段時日，顧家三小姐，將自個兒父親姨娘乘坐的馬車給驚擾了，人被甩了出去，一屍兩命，可慘了！」

另一人忙接道：「我也聽說了，只不過現在大家都不說，所以淡了下來。」說著話音又低了幾分。「就是方才說自家姊妹不好的那位……」

顧媛白著臉，堪堪停下腳步，不再繼續上前了。

那件事，明明已經壓下來了，幹什麼還要再提起來呢？又不是她的錯，和她才沒什麼關係呢！

可到底，還是有些心虛，虛著虛著，一股火又噌噌升了起來。

顧媛想為自己洗白，正欲抬腿過去辯上幾句，杏桃眼疾手快地將她拉住。「三小姐，請謹言慎行！」

她後悔極了方才沒攔住顧媛，那麼大剌剌地口無遮攔，要讓世子夫人知道了，她也吃不了兜著走！

顧媛當然要掙扎，再讓人將她面子全抹了，她還怎麼活？

為了不將動靜鬧大，杏桃眸光一冷，對著她的後腦極隱晦地劈下一掌，顧媛就軟軟地倒下了。

「三小姐！三小姐！」杏桃忙呼喚起來。

聞聲而來的顧婼蹙著眉問：「怎麼回事？」

沐雪茗想起剛剛聽安氏說起顧媛頭疼的事，恍然道：「是不是身子不舒服啊？快請個大夫看看吧。」

有宮娥領了杏桃和顧媛去廂房歇著，顧婼目送她們遠去，眸底閃過一絲隱怒。

顧媛在侯府，關起門來，怎樣就無所謂了，如今到了外頭，還是一點不知分寸，簡直蠢貨！

沐雪茗隱約察覺了怎麼一回事。畢竟，上回安氏他們爽約，只差婆子過來稟報一聲，隨後不久，顧家三小姐便出了那樣的傳聞，連帶著顧二爺都被貶官了，現在之所以淡忘，不外乎是被顧三爺的風頭蓋了過去。

但她並不提及，反而溫和地笑道：「顧姊姊別太過擔心，東宮裡頭的都是御醫，定是沒問題的。」

顧婼雖不會擔心顧媛身體怎麼樣，不過還是感激沐雪茗的善解人意，心裡對安氏的眼光還是十分認同的，沐七若是能成為她的二嫂，定是美事一樁。

顧媛那小插曲就這樣被揭過了，一會兒工夫就見王選侍親自領了兩個少女過來，一個只有十二、三歲樣子，一個年紀還要再小一些。那年紀小的，在場有許多人都認識，正是京都貴女的典範，鎮國公府二小姐蕭若琳，而那個年長些的，看著就眼生了，王選侍卻畢恭畢敬與她說話，哪怕蕭若琳，都心甘情願落後充當陪襯。

眾人心裡起了猜測，一顆心跟著滾燙起來。能得王選侍小心招待，讓素日裡高傲的蕭二小姐也讓步的，除了那位伊人縣主，還能有誰？

太后老來得女，將欣榮長公主當成掌中寶來寵，欣榮長公主芳華早逝，太后便也跟著去了半條命。據說伊人縣主的樣貌與欣榮長公主像了七、八分，太后可將所有的寵愛都給了她，不僅額外欽封縣主，還從小便接入宮中養在身邊，以慰思女情懷。

這些年，伊人縣主少在人前露面，讓那些有心結交之人投石無門，沒想到，竟會在這裡遇上。

眾貴女紛紛摩拳擦掌，更有躍躍欲試者，已是跨出兩步，只為離她更近一些。

蕭若琳瞥了眼她們的舉動，心中不由起了一絲鄙夷。從前見她來了，一個個的趨之若鶩，現在有了蕭若伊這塊珠玉在前，她就成了個花瓶是吧！就說這些趨炎附勢者沒一個真心，幸好她也從來都不曾當真過。

「縣主能來真是令舍下蓬華生輝，太過榮幸了。」王選侍起了心思逢迎。

「東宮的構造都是按著皇宮的規制來的，哪有蓬華之說？選侍哪怕過謙也不該打這個比方。」輕輕撇過頭瞟了王選侍一眼，蕭若伊哼哼兩聲也不用她帶路了，自己走過去。

王選侍便像是被一巴掌打在臉上，整個火辣辣的疼。她不過就是說一些客套話，居然這樣當真……何況按輩分排行，她還算得上是蕭若伊的表嫂呢，連一點情面都不留！可她哪裡敢與伊人縣主置氣？只怕她稍稍動一下這念頭，太后都要跟她拚了老命！

王選侍氣得胸口上下起伏，暗暗吸幾口氣，很快又笑容滿面地跟上去。

蕭若伊不由多了幾分厭煩。

這個女人，還真把自己當成她表嫂了！太子妃早死了，不過就是個選侍，算哪根蔥？生了兒子又有什麼了不起，太子表哥的兒子又不是只有皇長孫一個，還有阿毅呢，現在都得瑟個什麼勁？若不是聽說顧妍今日會過來，她吃飽了撐著看這種逢高踩低的嘴臉。

蕭若伊停住腳步，眼前珠光四射簡直亮瞎了她的眼，她需要緩一緩。

一個同樣十二、三歲的小娘子率先走了出來，眾人一見是她，已經邁開的腳步紛紛收了回去。

若問眼下京都哪一家權勢顯赫，非鄭氏一族莫屬！人家族裡出了個皇貴妃，地位直逼皇后，鄭貴妃的兒子還險些成了太子，如今封為福王，特許留在宮中，此等殊榮前無古人，誰能來比？

眼前的小娘子是平昌侯嫡長女，鄭三娘子鄭昭昭，論地位她們自是比不上的，論親疏遠近，鄭昭昭還要稱呼伊人縣主一聲表姊，她們更沒得比。

鄭昭昭微微欠了身，和煦地笑道：「經年未見，表姊越發容光煥發了！」

蕭若伊僵硬地呵呵兩聲。「不容光煥發，難道妳要見我形容憔悴才滿意啊？」

她最煩的就是姓鄭的人了！母親去世後三年，父親續弦，娶的就是鄭貴妃的胞妹，名正言順成了她的繼母，同時也帶來一堆亂七八糟的親戚，這鄭昭昭就是其中之一。

還表姊呢？她要不要認這個表妹，可是她說了算的！

鄭昭昭面色一變。近來諸事不順，太子本該是屬於福王和鄭氏一族的榮耀，卻被大皇子奪了，他們心裡當然不舒坦，今日這賞花會她本就不情願來，現在還要受蕭若伊的氣！

鄭昭昭收了笑容，垂了眼有些可憐。「表姊怎麼說這樣的話，我沒有這個意思的……」

蕭若伊暗暗翻了個白眼，果然人生如戲，全靠演技。她吸吸鼻子，掏出小手絹捂著嘴，即刻淚眼朦朧。「表妹這般誤會表姊，真是好傷表姊的心……」

幾下子已經有大滴大滴淚珠落下來，鄭昭昭都懵了。她做什麼了，怎麼就傷她心了？

然而這並不重要，反正眾人只看到鄭昭昭與蕭若伊說了幾句話，然後伊人縣主就委屈地哭了。他們鄭氏一族囂張跋扈都到此般地步了嗎？連伊人縣主都能隨意欺負？

眾人目瞪口呆。看到周遭飽含深意的小眼神和竊竊私語，鄭昭昭心生不快，卻又很快明白過來，蕭若伊是在給她下套！她都還沒開始呢，蕭若伊就先聲奪人，自個兒先哭起來了，這下要別人怎麼看她？

王選侍急得不行，一邊是太后娘娘的心頭寶，一邊又是平昌侯家的小娘子，她是哪頭都得罪不起。

「縣主快別哭了，一會兒眼睛腫了、妝花了，可就不漂亮了。」王選侍陪起一張笑臉。

誰知蕭若伊哭得更加大聲了。「怎麼，我哭一哭礙著妳什麼事，用妳家什麼了？要不要人好好傷心哪？」

王選侍語噎，鄭昭昭則黑了一張臉。

「蕭若伊，妳裝什麼裝？」她湊近蕭若伊的耳邊，用只有兩人聽得到的聲音說話。「妳愛演戲便好好演個夠，我不奉陪了！」

太后那老婆子都是半隻腳踏進棺材的人了，能和她姑母比？未來整個後宮都是他們姓鄭的，干她蕭若伊有半文錢的關係！就讓這群鼠目寸光的井底之蛙自個兒折騰去吧！

鄭昭昭氣怒拂袖，王選侍忙跟上去想勸一勸。

蕭若伊拿起帕子沾了沾眼角，嘴邊緩緩勾起一個淺笑。只許她鄭昭昭扮白蓮花，還不許她有樣學樣啊？風頭被搶了，惱羞成怒了吧！

先前有鄭昭昭在，眾女自是不好搶在她的前頭，可如今鄭昭昭都走了，她們一顆心就跟著活絡起來。

有膽大的小娘子已是小步上前給蕭若伊行禮問候，蕭若伊置若罔聞。

與此同時，認出蕭若伊身分的伴月，正和顧婼說起那日跟著顧妍去茶樓的事。「五小姐將奴婢趕去買了蜜餞山果，奴婢回來的時候，見到五小姐與這位伊人縣主相處甚歡。」

顧婼驚了下，不可思議地朝顧妍那個小角落望去，恰好蕭若伊也發現了，揚起大大的笑臉便快步走過去。

「我說妳人去哪兒了，怎麼專挑這種犄角旮旯裡待著，害我找了許久！」蕭若伊瞪著雙眼，話雖是埋怨，語氣卻顯得格外親暱。

這一下，所有人的表情都有些微妙了，尤其是方才急乎乎上前欲結交伊人縣主的小娘子們，臉上青一陣紅一陣。

眾人不約而同地想著，這是怎麼了？伊人縣主鮮少結交友人，連鄭昭昭都不待見，怎麼會對長寧侯府一個默默無聞的小丫頭這般高看？何況人家還是個庶女呢！

王選侍在鄭昭昭那兒吃了癟，打算回來好生安慰一下蕭若伊的，誰知一來便看見蕭若伊拉了個小娘子相得甚歡。再一瞧那小娘子，是先前安氏為她引薦的顧三爺家的女兒，卻是被她完完全全忽略的那個。

王選侍眼前陣陣發黑，覺得自己好像錯過了什麼了不得的東西。

然而蕭若伊才不管其他人怎麼想，湊到顧妍耳邊笑道：「晏叔最近整個人都滋潤了一圈，我問他怎麼回事，他又不肯說，還當我什麼都不知道呢！天天都去那間茶樓，想不胖都不行！」

顧妍可以想像晏仲那樣高大的體格，發福得都能讓人瞧出來，可要吃了多少？

她不由失笑，又真誠謝道：「還得多謝縣主幫忙，家母和胞弟已然大好。」

蕭若伊擺擺手。「什麼幫不幫忙的，不過就是在他面前吃幾隻鳳爪罷了，就他那張嘴，忍得住才怪！」

這般一想，蕭若伊又笑得意味深長。

旁觀的小娘子已經紛紛打聽起顧妍的事，連沐雪茗也有些好奇，問起顧婼道：「那位是……」

顧婼目光若有似無地在顧婷身上掠過，微微笑了。

方才因著王選侍的初步判定，只怕大多數人都以為顧婷與她是一母同胞的姊妹，她要是急巴巴地解釋就顯得太過刻意，讓人知曉她們姊妹不和，可是看顧婷藉著嫡女的由頭春風得意，心裡又好似堵了一塊。

「那是我五妹。」顧婼笑著說道，想了想，又加了一句。「嫡親的妹妹。」

這一下眾人還有什麼不明白的？眼一翻，望向顧婷的眼神就不對勁了。合著她們在這裡忙活了半天，原來就認識了個庶女啊！她們各自家中也不是沒有姨娘、庶妹的，但那地位可就差了十萬八千里……這個水貨，居然還在浪費她們的時間！

顧婷小臉霎時一白，暗暗看向顧婼的目光已經略顯陰毒。

她知道，顧婼一定是故意的！

庶女沒有資格參加什麼賞花會，哪怕父親再寵愛她都沒用，這個約定俗成的規矩沒人樂意去打破，因而這是她第一次在京都貴女跟前露面，還是貴女中的貴女，現在卻因為顧婼一句話，全毀了！

顧婷頓時氣憤難平。庶女又怎麼了？爹爹寵愛她可比顧婼和顧妍多！

王選侍同樣悔得腸子都青了，暗罵自己怎麼也不好好問個清楚，錯把魚目當珍珠。

她不由剜了眼顧婷，見到蕭若伊和顧妍走過來，忙上去笑臉相迎。

蕭若伊不耐地擺手。「選侍，前頭還有許多命婦需要招待呢，妳來這兒做什麼？」

王選侍一僵，乾巴巴笑兩聲。她也是有臉的，這下無論如何都待不下去了，卻在走之前又深深看了眼顧妍，記住她的樣貌。

蕭若伊輕聲咕噥幾句，顧妍離得近，也只聽到她說什麼「牛皮糖」、「甩不掉」之類的，突然覺得伊人縣主真比她想像的有趣許多。

前世她也聽說不少伊人縣主的傳言，多說她驕縱肆意，然而比起面前這些假惺惺的貴女，伊人縣主可要真實多了。

「都一個個愣著做什麼，該幹麼幹麼去啊！」蕭若伊有些反感這些落在自己身上的目光，搖搖頭就要拉著顧妍走。「她們要看人就讓她們看個夠，我們自個兒賞花去，妳也給我說說那個香引……」

顧妍轉頭望向身後的張祖娥。「祖娥姊姊也一道來好不好？方才聽姊姊說了香理，還想討教一二。」

蕭若伊的視線這才落到張祖娥身上，眼睛便倏地一亮。「這位姊姊好美……」

溢美之詞張祖娥聽得多了，當面如此還是有些羞臊，微微紅了臉。

蕭若伊卻自來熟地挽過她的手臂。「姊姊懂香那便太好了，我正巧想要做個香囊，但這香料要如何調配可就為難壞了。」

見三人一道往園子那一頭走去，在場眾人紛紛看紅了眼，悔恨方才怎麼沒與顧妍討個好，那樣陪在伊人縣主身邊的人興許就是她們了！想著就又怪罪起顧婷這個假貨，讓她們錯失了大好良機。

顧婷袖下一雙拳頭攥得死緊，暗暗咬碎一口銀牙，一瞥瞧見顧婼還與沐雪茗笑談，心有不甘地走上前去，嬌嬌柔柔地笑問：「二姊怎不和五姊一道去？論起來，妳二人才是骨肉相連的親姊妹啊。」

沐雪茗微微皺眉。這話可是在說那位顧五小姐胳膊肘往外拐，便宜外人也不便宜自家人。

「六妹真以為人人都能得縣主青睞？五妹明慧，我卻自認沒有這個本事，又何必湊上去討人嫌？」顧婼知道顧婷那點小心思，斜眼淡淡睨她，話裡無非是在暗諷顧婷沒有自知之明。

顧婷啞然，剎那氣得渾身發抖，咬著下唇就跑開了。然而她也不過是個庶女，誰又會關心她去了什麼地方？

小娘子們三三兩兩散開，有不少都是跟著去顧妍、蕭若伊那個方向的。

第十七章

蕭若伊帶著顧妍與張祖娥在園裡小徑上飛快地行走，倒是輕輕鬆鬆甩掉了身後接踵而至的尾巴，可惜蕭大縣主甩人功夫是一流，卻完全不會認路，於是，三人華麗麗地迷了路。

東宮這些年來從未有過主人，蕭若伊也斷不會閒著無聊便來這裡玩。陌生的地方，七拐八拐的，看著都一個樣子，哪裡還識得這是哪個方位，眼下幾人所在的便是一座茂盛梨園，雪白梨花堆滿枝椏，嫩白吐蕊，滿園落英，美不勝收。

「怎麼連一個宮娥都看不到……」蕭若伊踮著腳望了望，想找人引個路，然而這裡除了她們幾個還有貼身的婢子，再沒誰了，她不由洩了氣，頗有些不好意思。

「偌大的東宮無法面面俱到實屬正常，我聽那處有隱隱絲竹聲，走去一見便知曉了。」

蕭若伊高興極了，一手拉了一個，又往園林深處走去。

絲竹琴音嫋嫋襲來，間或還夾雜幾聲朗笑，顧妍不由停下腳步，只為那些爽利的聲響都出自少年郎君之口。

「壞了，這裡似乎是郎君聚所……」蕭若伊暗暗皺眉。

大夏民風開放，對小娘子的約束沒有那麼多，在那邊花園裡的小娘子們賞花遊玩，這處梨園裡郎君們吟詩作對，都是再尋常不過的事，何況彼此還見不著面，但現在她們貿然出現，總是多有不妥當。

顧妍垂下眼眸，手指無意識地輕捲著絲帕，有些出神。

「阿妍，走了！」蕭若伊在她面前晃了晃手。

顧妍才從愣怔中回神。「去哪兒？」

張祖娥道：「縣主說，男客與女眷場所離得近，便是相反的方向，繞過那處往反向便能回去了，路上若遇上宮娥婢子，也可以詢問。」

顧妍沒意見，自然說好。

梨園的盡頭是一片巨大湖泊，湖面澄澈清透，水平如鏡，清晰地倒映了對面亭臺水榭裡談笑風生的風流公子。婉轉流暢的簫聲從亭中流瀉出來，只見有一白衣翩翩的少年正在吹奏曲調，酣暢抒情，旋律優美，本是歌頌餘杭西湖平湖秋月的盛景，眼下勉強算是應了景。

顧妍淡淡瞥一眼，發現那位吹簫的少年竟是安雲和。從來只道安雲和狡猾貪利，她可從沒聽說這人還有儒雅風流的一面。

蕭若伊拉了個小宮娥在前頭引路，顧妍忙跟上步伐。

蕭若伊的運道顯然不怎樣，好不容易找了個小宮娥，卻是個新來的。太子喬遷東宮尚不足月，這小宮娥也沒有將路摸透，帶著人拐了幾下便暈了，連忙跪在地上請罪。

蕭若伊不禁扶額，再要怪罪似乎無濟於事。她招招手，找了貼身婢子道：「妳去那邊水榭找我大哥，若不在，就找阿毅過來。」

那婢子忙領命退下，顧妍卻想這一趟怕是要白跑了，方才匆匆掃了眼，滿堂膏粱錦繡，可未見有蕭瀝或是夏侯毅的半點影子……但至少這樣她也能自在些。

在園中轉了許久，額上起了一層薄汗，恰逢一陣清風拂過，樹上梨花瓣紛紛落下，有兩片沾在顧妍的額角鼻尖。

張祖娥莞爾，替顧妍拈去那幾片花瓣，蕭若伊卻起了玩心，接了幾片往她額上貼去，一下子雪白的花瓣沾了滿臉，幾人都咯咯笑起來。

「妳哭什麼？有什麼好哭的？」

顧妍正清理著臉上的花瓣，不經意聽到這樣一句低喃。一旁的蕭若伊與張祖娥也面面相覷，支起耳朵，似乎確實聽到有人小聲飲泣。

「哎，我把這個給妳，我自己做的，妳不要哭了。」少年小心翼翼地安慰，然而聽起來卻顯得有些木訥笨拙。

蕭若伊覺得這聲音好生熟悉，她不由循著來向而去。

「砰」的一聲脆響，似乎有什麼東西落地，哽咽的女孩嗓音明細。「你算什麼，這又是什麼破東西！」

顧妍眉梢一挑，這女孩聲音，好像是顧婷啊！

花木扶疏，小徑都被花瓣層層遮掩，拐了兩個彎，就見一條丈寬的河渠，看樣子該是通往方才那片湖泊的。

只見一個穿了身半舊青布短褐的少年正半蹲在地上，小心擦拭著手裡一尊木像。他手上髒兮兮的，身上臉上還帶了五色油彩，懷裡的木像高約二尺，有雙臂卻無腿足，塗上五色油漆，彩畫如生。

這種東西，後來被稱為傀儡偶，是由於成定帝愛好看傀儡戲，常常自己用輕木雕刻成人偶，慢慢才在民間興起的。

顧妍心念一動，目光在少年臉上轉了轉，雖然容貌尚且年輕，但輪廓大致未曾改變，又聽到蕭若伊低低呢喃了一句「皇長孫」，顧妍這便知曉，這少年是太子的長子夏侯淵。

都說夏侯淵目不識丁卻心靈手巧，在歷代大夏帝王裡是十分奇特的一個。他不認識幾個大字，偏生喜好木藝，後世有人稱他為文盲天子，也有人叫他木匠皇帝。

顧妍不由望了望身邊跟來的張祖娥，這人可是祖娥姊姊未來的夫君呢！他其實算不上是個好皇帝，而若說是好丈夫，那就更加當不得了。

傀儡偶方才摔了摔，輕木材質並不牢靠，一下子就缺了一個角，夏侯淵心疼極了，氣急敗壞站起來，抱著傀儡偶到顧婷面前說道：「妳要給它道歉。」

顧婷原先被顧婼氣得不輕，胡亂跑到這裡迷了路便哭起來，心裡還憋屈著，突然就被這個莫名其妙的人打擾。

看他的樣子，還不知是東宮裡哪個梨園弟子呢！還給一個木頭人道歉？這東西難看死了，道什麼歉？

「不過是個破玩意兒，壞了就壞了，道什麼歉，你在這兒胡攪蠻纏，是有什麼企圖？」

她站起身，尖尖的下巴一抬，哼了聲，突然又覺得自己好像猜中什麼，警惕地後退兩步，一副防備的樣子，指著他道：「我告訴你，你別想亂來，小心我喊人！」

顧妍真是要笑了。她究竟哪裡來的自信，以為皇長孫能看上她什麼？哪怕上一世，也是她顧德妃死皮賴臉地巴著成定帝，千方百計從張皇后宮裡將成定帝請出去的。

夏侯淵雙眼微紅，緊緊抱著手裡的傀儡偶，如同愛護自己的孩子，堅定道：「它不是什麼破玩意兒……」

蕭若伊終於看不下去了，幾步上前便到了顧婷面前，冷眼盯著她。「妳最好管好妳的嘴。」而後便到夏侯淵面前，掏出一方帕子給他擦臉。「男子漢大丈夫，像什麼樣子？」

「表姑……」夏侯淵的眼眶更紅了。

顧婷是認得伊人縣主的，見到她在這裡先是唬了一跳，再一聽那髒兮兮的少年喚蕭若伊表姑，耳中就「嗡」的一響，腦袋有些不夠用了。

表姑？伊人縣主論輩分與太子是表兄妹，這少年喚她表姑，豈不是太子的嗣子？那她剛剛還那樣對他……

顧婷一下子腿都有些軟了。然而讓她更羞憤的還不只如此，很快從旁邊林木間又走出幾個人，其中竟還有顧妍！

「怎地這麼熱鬧？」

清潤爽朗的笑聲從身後響起，顧妍的身子隨著微微一震，便有兩個錦衣少年一前一後過來，那走在前頭的，可不就是夏侯毅？

蕭若伊側目望了眼，夏侯毅和蕭瀝都來了，她笑道：「才叫人去請，這麼快便到了。」

「請我們？」夏侯毅一陣茫然，見自家大哥抱著傀儡偶不說話，不由走過去問道：「大哥不是說要請弟弟看傀儡戲嗎？我連表叔都請來了，那邊應酬也都推了，大哥怎麼不開始？」

夏侯淵別過身子，背對他便坐下來，拿起地上的鉋子，又給木像刨了一層，想將方才那點缺口去除掉，只是這樣一來，原先塗上的油彩也被抹乾淨了。

夏侯毅納悶，回身便瞧見好些個小娘子，其中穿著豆青色衫裙、低著頭的女孩有些面善，似乎是在上元燈會上遇見的那位。他不由彎了腰，想看得再清楚些，然而視線很快便被一個高大的身影擋住。

「表叔？」夏侯毅一愣。

蕭瀝卻面色如常，往蕭若伊那兒淡淡看了眼。「又闖禍了？」

什麼叫又闖禍了？她只是迷路了好嗎？

蕭若伊翻個白眼，兩手一攤表示自己非常無辜，瞥見在蕭瀝身後顯得格外瘦小伶仃的顧妍，悄悄努了努嘴。

蕭瀝視若無睹，又一個白眼丟過去。

蕭若伊輕咳了聲，站定到顧婷的面前，繞著她轉了兩圈。

顧婷的冷汗一下子就冒出來了，腿腳虛軟，臉色慘白，嬌柔的身子好像風一吹就要倒了。

蕭若伊卻嗤一聲笑。「妳倒是喊人啊？怎麼不喊了？讓人好好瞧一瞧，皇長孫是怎麼欺負妳的啊！」

她怎麼知道那個人是皇長孫！哪個皇長孫穿著如此邋遢，活像個乞丐似的髒亂？她不過是一時認錯人，然後，冒犯了一下子……但想到自己方才的話和行為，實在大不敬，再如何辯解都無用了。

顧婷抬起一雙淚眼。「縣主，是小女的不是，小女有眼不識泰山，衝撞了殿下。」

蕭若伊可沒打算這樣放過她。「妳的不是？我看妳很得意呢，哪有半點不是？阿毅，你說說看，目無法紀，以下犯上，再來個藐視天家……該判什麼罪？」

夏侯毅隱隱猜到自己大哥現在這樣和那個小娘子有關聯，他們兄弟感情自小便好，兄長受辱，做弟弟的豈能姑息？

夏侯毅哼一聲，冷然道：「十惡不赦！」

一字一頓，顧婷聽得腿肚子直打哆嗦。她眼淚都流下來了，掃了圈周圍，連連搖頭。

「不是的，縣主，這不是我的本意……」

蕭若伊哪會信這些說詞，顧婷沒法子了，幾步上去拉住顧妍。「五姊，妳幫幫我，我沒那個意思的，我們自小一起長大，妳是知道我性子的，父親也很明白的。」

在場之人都很驚訝，沒料到顧妍竟還和她是親姊妹。

蕭若伊有點為難了，若是處置顧婷太過，也不知顧妍會不會生氣。

「六妹什麼性子，我當真不是很明白呢！」顧妍只是笑了笑，狀似不經意地拂開那隻抓著自己的手，將鬢角一絲碎髮別到耳後。「父親常說六妹溫柔善良，明理懂事，乃大家閨秀之風，讓我跟著六妹也好好學學，改改自己這脾氣，我一直都是這樣以為的。」說完，便朝夏侯淵的方向掃了眼。

那少年正專注於手中的活計，兩耳不聞窗外事，神情也似極為享受一般。

顧婷臉色一下子難看極了，眼睛也悄悄瞇起來。

不願意幫忙便直說，將她說得有多好，不正好襯得她眼下有多不堪！果然是兩姊妹，心腸一樣歹毒！

顧婷突然止住哭泣，薄唇抿成一條線，挺直腰桿站著，倔強又脆弱，好像全世界都欺負了她，而她堅韌不屈。

蕭若伊嘖嘖稱奇，她湊近夏侯毅身邊，低聲說了幾句。

夏侯毅皺眉，猶豫了一瞬，道：「顧六小姐，這兒不是妳該來的地方，早早回去吧，念在令尊面上，今日不追究了，爾後東宮也不再歡迎顧六小姐。」

顧婷身子晃了晃，不知從哪兒竄出來的侍衛一左一右圍住了她，大有她若不走，便強行擄人的架勢。

顧婷咬著貝齒，深深看了顧妍一眼，只得跟著他們離開。

這方小天地陡然安靜下來，除了淙淙流水聲，夏侯淵的削木聲，便只聞得清木梨香。偶爾有微風拂過，捲起衣袂翩躚，帶著一種難分難捨的繾綣。

蕭瀝的目光落到顧妍面頰上。方才一絲鬢髮攏起，便見她耳邊沾了一片雪白的梨花瓣，她皮膚本就瑩白如玉，那花瓣這樣牢牢貼合著肌理，他都能看清上頭的紋路。

她似乎總喜歡低著頭，上次見她是那樣，這回還是這樣。他分明記得，她有一雙很漂亮的眼睛……

削木的聲音停了，蕭瀝也回過神來。

顧妍默默立在原地，她想藉著蕭瀝高大的身影，擋住夏侯毅的視線，也擋住自己的視線。

夏侯淵抱著傀儡偶站起來，這回已是喜笑顏開了，捧著到夏侯毅面前，道：「阿毅，看大哥新做的傀儡偶，待會兒給你表演傀儡戲。」又注意到蕭瀝也在，忙打了招呼，然而看到張祖娥和顧妍，便不曉得如何稱呼了。

蕭若伊笑道：「你喚她張大娘子便好，那位是顧五小姐。」

顧妍和張祖娥同時欠身行禮，夏侯淵忙作揖還禮。「難得來了這麼多人，我請妳們看傀儡戲。」

這事按說於禮不合，蕭若伊與其他幾人還有親戚關係，顧妍與張祖娥便有些尷尬了。然而夏侯淵不是個顧及禮數的，蕭若伊也不是，由著他們來，別人倒也說不上什麼閒話。

有內侍宮娥支起了圍屏，數個伶人手持傀儡偶進入圍屏內，那偶人底部安了卯榫，支起三尺多長的竹板，隨著竹板的控制，偶人便擺出各種形態姿勢，伶人咿咿呀呀吟唱，一曲〈八仙過海〉便已活靈活現。

顧妍上一世曾經看過幾場傀儡戲，並不覺得如何新鮮，蕭若伊和張祖娥卻稀罕極了，看得聚精會神。

夏侯毅笑著看了一會兒，別過眼朝顧妍那方向望過去，然而卻被蕭瀝擋得嚴嚴實實，目所能及只有那一角豆青色裙襬，逶迤在灑滿梨花瓣的地上，青翠欲滴。他訕訕地收回視線，突然有些漫不經心了。

同樣心不在焉的還有蕭瀝。傀儡戲很精采，伶人唱功亦了得，可他的視線，總是不由自主往顧妍耳鬢處那片白花瓣瞟。手指抬了又放，很想替她撥下來，卻又覺得這樣沾著似乎也挺好看的。

一場戲唱完了，夏侯淵滿頭大汗地從圍屏裡走出來，手裡拿了一個紅木托盤，放到夏侯毅面前，擺明要賞。「好看嗎？」

「大哥，這就不必了吧？」

一般富貴門戶請了戲班子來家裡唱堂會，主家都會打賞，可夏侯淵乃堂堂皇長孫，像個伶人似的討賞，就不妥了。

「你就看著給吧，大哥也累得慌呢！」

夏侯毅沒法子，解了腰間的一塊雙魚珮放上去，蕭瀝則取了一只翡翠玉扳指出來。到了顧妍這兒，便有些猶豫了。

小娘子帶的貴重物品，大多都是貼身飾物，哪能隨便給其他男子，說不得被說了私相授受。

蕭瀝將腰間一把鑲寶石的匕首放上去，與此同時，另一隻手也放上一塊玉觀音吊墜。

顧妍怔怔看著夏侯毅和蕭瀝二人，那二人對視了眼，彼此都有些驚訝。

蕭若伊呵呵笑起來。「阿毅還挺會心疼人，還幫表姑出賞呢！」

「這是應該的。」夏侯毅的手微微一滯，旋即揚起淺笑。

這便算是替蕭若伊出了，蕭瀝也理所應當地替顧妍出那一份。

張祖娥抿唇想了想，從香囊裡取出一只小巧的檀香木老鼠，不好意思地笑道：「方才來的路上瞧見便買下的，小女見殿下似乎格外喜歡木具……」

夏侯淵果然很喜歡，連忙將托盤給了身後的內侍，接過木老鼠仔細端詳。民間手藝活兒，做法討巧，拉一拉老鼠尾巴，四肢便會動起來，小鼻子一伸一縮的，見此，他如獲至寶，連忙謝了又謝。

顧妍總算見著夏侯淵的荒唐了，也難怪成定帝在位五年不理朝政，將手中權勢白白給了魏都，弄得大夏各地為九千歲蓋起生祠，卻沒聽誰提過這位萬歲爺。

她扯了嘴角有些不屑，帶動了面部肌肉，那片白花瓣便這樣無聲脫落。

蕭瀝眼疾手快，趕忙接在手中，牢牢攥緊了拳頭，生怕花瓣從指縫裡溜走。

一行小娘子總算憶起來時的目的，蕭若伊找了幾個靠譜的宮娥給她們引路回去，顧妍少不得為方才出賞的事再三謝過蕭瀝，還說回府後會找一把匕首還上。

「不必了。」蕭瀝沈聲道，他右手背於身後，眉清目朗，說完便匆匆離開。

顧妍覺得這人簡直莫名其妙，但轉而想了想前世聽聞的蕭瀝性子陰沈暴虐，突然怎麼也聯結不起來。

回去還是找把匕首送過去吧，畢竟不想欠這個人情。

顧妍未曾看夏侯毅一眼，施了禮，便和蕭若伊、張祖娥一道回去。

賞花會已經差不多結束了，眾人各自回了來時的馬車。

顧妍與張祖娥、蕭若伊話別後，一回身便對上安氏笑咪咪的眸子，隱隱透露出來的滿意，讓顧妍止不住冷笑連連。

「姑母。」

安氏正欲問一問顧妍和伊人縣主相處的事，一句聲響突兀地響起。

安雲和微微笑著走過來打了招呼，眼睛瞥見顧妍身上穿的豆青色衫裙，唇邊笑意更明顯了。「五表妹今日氣色似乎不錯。」

「安表哥今日也格外光彩照人。」顧妍笑著敷衍，又盈盈福了身，上馬車去了。

顧妍是真的累了，上了馬車便靠著車壁，神色怏怏。

顧婼很高興地與她說道：「妳可知顧婷惹了個麻煩，被東宮遣回家了？」

顧妍微不可察地點頭。這事自是知道的，她還見證了全部過程呢！

「是被兩個內侍送回來的，和大伯母說了幾句話，大伯母臉色都變了，二話不說將顧婷送回去，連帶著顧媛也一道走了。」

顧婼忙將前因後果說了，再看過去，顧妍已經閉眼睡著了。她無奈地搖頭，找了個軟靠給顧妍墊在身後，好讓她睡得舒服些。

馬車搖搖晃晃起來，馬蹄達達作響，顧妍迷迷糊糊好像作了一個夢。

夢裡，白色的梨花瓣紛揚落了滿地，天空陰暗黑沈，大片大片的烏雲聚集在頭頂，翻滾不休。她似乎是坐在一棵百年老樹上，透過濃密的枝葉，看到一人穿著玄色鎧甲，騎了匹高頭大馬，獨自應對著周遭數以百計的士兵。

那些人被他逼得節節敗退，他身上也早已插上幾根長槍。亮堂堂的大刀揮下，他竟然毫不抵抗，一顆漂亮的人頭就這麼骨碌碌地滾在梨花瓣裡……

顧妍正想細看一下那顆人頭究竟是誰，馬車卻倏地顛簸了一下，她便醒了過來，頭部一陣眩暈。

顧婼見她臉色不好，不由問道：「這是怎麼了？累著了？」

顧妍搖頭。總覺得方才夢裡有什麼重要的東西被自己忽略了，可到底是什麼呢？

見她神色困頓，顧婼也就不再多問。

回到府裡，安氏便拉著顧妍的手好一陣噓寒問暖，見她眉眼難掩疲憊，便吩咐衛嬤嬤趕緊伺候五小姐歇息。

顧妤微不可察地睃了眼顧妍，袖中的手指不由自主地撫上暗囊裡的白玉相思扣。這類物件常被當作定情之物，像她這樣的閨閣小姐，自是不好用的，然而不知從什麼時候開始，她便偷偷帶在身上，總期盼著若有一天再遇見，便交給他該多好。

顧妍能夠得到伊人縣主的青睞，在外人看來，定然是件十分榮耀幸運的事，只怕任誰都要或多或少豔羨一二，但對她來說，意義卻更加重大。

伊人縣主，可是那個人的胞妹，血緣至親呢。與伊人縣主修好，是不是意味著，她也能離那個人再近一些？

這種想法一興起便不可遏制，以至於她在東宮賞花會上，好幾次險些控制不住自己，見顧妍占盡天時地利人和，她也是頭一次嫉妒這個從來都被她忽視的五妹，到後來也只能退而求其次，去蕭二小姐面前混個臉熟……

顧妤兜兜轉轉想得有些晃神，于氏疑惑不已，上前拉住她的手，詢問是怎麼了。

顧妤驚了一下，小心藏好袖囊中的相思扣，笑著錯開了話題。

安氏少不得要去老夫人那裡說一說今兒的事，先報喜後報憂，將伊人縣主與顧妍如何親嚯誇大了說出來。

老夫人驚訝極了，琢磨著自己怎麼沒發現這孩子還有這樣的造化，想著想著，便讓沈嬤嬤開了箱籠，取了套珍珠頭面送往清瀾院。要不是她身子不好、精神不濟，不然可得立刻將顧妍叫過來好好說教一番，教她如何應付伊人縣主。

安氏見老夫人高興了，才將顧媛偷偷溜出去的事原原本本說了，卻將顧婷惹的麻煩悄悄瞞住。

老夫人一聽果然沈了臉。「真是一刻都不肯消停！」

她喘著氣平復了一會兒，想著顧媛只要在一天，賀氏便會屢屢出招，防不勝防，偏生她現在有孕，又不好罰她，乾脆讓顧媛去邯鄲賀家住段時日，最好待賀氏生了再回來，順帶送去五百兩的銀子，好讓她那大姪子心甘情願養著顧媛。

下面的人便很快地去辦事了。

清瀾院中，顧妍看著沈嬤嬤送來的那套珍珠頭面，一粒粒東珠有指甲蓋大小，可是壓箱底的存貨，就這麼給她，還真是下得了血本呢！

以前怎麼從沒見過這種陣仗？是看她有價值了，所以打算花氣力栽培起來了？至於像顧媛那種扶不上牆的爛泥，便準備給她放養了？

顧妍笑咪咪地收下頭面，還說要去給老夫人磕頭道謝。

沈嬤嬤連連誇五小姐懂事，又說今兒累了，便不用去了，等明日再好好去陪祖母說說話。

體貼關愛之情，溢於言表，顧妍便也心安理得地接受了。

但與此同時，攬翠閣裡的氣氛卻沒有那麼美妙。

顧婷自白日裡被安氏提前送回府後，便關在房裡哭個不停，李姨娘問了半晌，知道事情的來龍去脈後，陡然沈默不說話。

「大伯母一定告訴祖母了，祖母是不是又要罰我？」顧婷腫了一雙眼抬起頭看李姨娘，目光可憐得好像是一隻被遺棄的孤犬。

李姨娘堅定地搖頭。「不會的，大伯母定然不會說什麼。婷姊兒今日不過是太累了，支不住，才提前回了府。好好睡一覺，什麼也別想，這些天休養起來便是。」

顧婷將信將疑。「真的嗎？」

「娘親什麼時候騙過妳？」李姨娘寵溺地刮一刮她的小鼻子。「放心吧，婷姊兒今天的委屈不會白受的。」

顧婷對李姨娘自是完全的信任和依賴，自己哭得也累了，點點頭便沐浴歇下。

李姨娘看著她睡熟，這才起身去案桌上，提筆書寫了一封信，用蠟小心翼翼封好，交由高嬤嬤。

「等不及了，越快越好。」她的聲音多了幾分冷冽。「還有，再去和她說一聲，只要配合我做事，我不僅不將她見不得光的事抖出去，還會保她和她那沒用的丈夫一路榮華，三爺便是最好的例子！」

高嬤嬤心知肚明，將信箋貼身放好，躬身退了下去。

等顧崇琰下衙後，直奔攬翠閣而來，少不得要與李姨娘溫存一番。

他輕輕嗅著她身上幽幽的香氣，啞聲道：「今兒沈閣老私下裡尋我了，還說對我十分賞識。」

沈從貫是內閣首輔兼任吏部尚書，官員調動主要都看他的意思，「賞識」二字包含什麼意味，可想而知。

顧崇琰興奮極了，越發覺得懷中人實在是個寶，更加摟緊幾分。乾燥溫暖的大掌鑽進衣衫，悄悄移到她平坦光潔的小腹上，輕聲嘟囔。「怎麼還沒動靜？」

兩抹嫣紅浮上臉頰，李姨娘嗔道：「哪是說有就有的？」

小女兒般的作態惹得顧崇琰哈哈大笑。那柳氏便從不會如此，雖從來順著他的意，可難免怯弱失了情趣，不像李姨娘，既可清純又可嫵媚，千般形態，百看不厭。

李姨娘垂下了眼，有些哀戚，將頭輕輕靠在顧崇琰的肩膀上。「妾身對不住三爺，沒再為三爺生一兒半女……」

當年李姨娘進門後，柳氏與李姨娘便一前一後有孕。

柳氏懷了雙生子，提前一個月陣痛又是難產，足足生了一日夜才將顧妍生下來，又磨蹭了大半個時辰，顧衡之才呱呱墜地，然而顧衡之一出生便臉色青黑，出氣多進氣少，哭都哭不出來，急得龐太醫都將心思花費在顧衡之身上，無暇顧及其他。

偏生這個時候李姨娘也陣痛了，一通手忙腳亂後，顧婷出生，李姨娘因無人照料導致產後失調，落下了病根，本來她進門便是為了給顧崇琰孕育嗣子的，然而她卻只生了個姊兒，相反的正室夫人柳氏倒生了個哥兒。

如此一來，她的進門就有了畫蛇添足之嫌，毫無意義，若非這些年三爺的寵愛，只怕她與顧婷在府裡難以立足。

「不是說急不得的嗎？」顧崇琰不在意地道。

李姨娘生產後那會兒，龐太醫就只顧著柳氏和顧衡之，李姨娘沒生下兒子，府裡人都沒怎麼在意她，龐太醫隨便打發了個半桶水的小學徒去照料，弄得她如今這樣也很難再懷上。她只要一想起這些事，心裡就陣陣發堵，這些年慢慢地已經成了她的心病。甚至她也將這些責任通通歸結在柳氏和那兩個小崽子身上，若非他們，自己也不至於如今求著各種湯藥保養修復身子。

李姨娘目光晦澀幽暗了一瞬，很快揚起溫柔的笑容。「是，三爺說的事，這得看緣分。只是三爺如今膝下只有三少爺一個嗣子，三少爺的身子又時好時壞……」她頓了頓，復又正色起來。「這些年湯湯水水下來，三少爺都不見有什麼起色，說不定是招了什麼邪祟。」

大夏也是流行神鬼一說，這招邪祟一事在民間廣為流傳，一旦被祂們找上，便要蠶食陽氣，就會體弱多病，再嚴重些的，行為異於常人，然後慢慢擴散至一大家子，搞得家宅不寧。

顧崇琰本就是有些信這個，身上還長年戴著李姨娘去求的平安符，書房裡還掛了桃木劍，再聽李姨娘這麼一說，又想到了些其他事……

近來那秦姨娘便不說了，老夫人身子一直挺好，突然就病了；修之多麼聽話的孩子，在國子監鬧了事就跑回家；玉英莫名其妙去爬顧二爺的床；顧媛和賀氏隔三差五鬧一陣……這麼多事情串起來，確實太不尋常，難道就是招了邪祟？

「阿柔，也許妳真說對了。」顧崇琰神色一凜，急匆匆便往外頭去。

李姨娘也起身，象徵性地追了幾步，最後望著他的身影，微笑起來。

這些年朝夕相伴，若是還摸不清顧三爺的性子，她又如何能得專寵？

算計人算什麼？在高門大院裡，不好好算計，如何能有自己的一席之地？柳氏也是蠢，占著正室的地位，腦子卻是一根筋，也難怪這些年夫妻形同陌路。

過沒幾天，安氏就重提去普化寺燒香的事，顧崇琰還特意交代要顧衡之一道去，說普化寺有一位智遠法師醫道了得，讓法師診個脈，喝一碗符水，說不得能有起色，又說衡之的病他掛心得很，一日不癒，他寢食難安。

顧妍冷眼看著他惺惺作態，先不說衡之前世便是在去普化寺的路上喪命於馬蹄下，父親什麼時候這樣關心過衡之了？指名道姓地要衡之去，真是為了他好？喝符水？將一張符籙燒成灰燼和水吞下，就能治病除瘟、消災避難，真要這麼靈驗，那還要這天下大夫何用？父親怎麼不想想？

顧妍堅決反對，那符水無效不說，衡之身子弱，萬一吃壞了肚子怎麼辦？

然而顧崇琰心裡自然而然將顧妍這種違逆行為當成了妖邪作祟，哪裡容得她置喙一句，一錘定音道：「阿妍小不懂事，為父看妳近來氣短神虛，也跟著一道去喝一碗吧！」說著自個兒躲得遠遠的，生怕沾上霉運。

顧妍從他那種看怪物的神色裡領略出了一點意味，氣得渾身發抖，可顧崇琰都已經說服安氏還有老夫人，這些人一個個都覺得有理，竟讓她毫無招架之力，也就是說，此事勢在必行了！

顧妍深夜在床上翻來覆去難以入眠，好像一入夢，就會重現上一世的慘劇，額上細細密密發了一層汗。

顧妍深吸幾口氣，乾脆不睡了，讓值夜的景蘭悄悄地去備些東西：結實的長繩，鋒利的匕首，夾棉的衣物，甚至連蘗人的迷香都備了……

她不能保證途中會出什麼事，眼下只能走一步算一步，以不變應萬變。

待到出行之日，因燒香拜佛不好帶太多的丫鬟、婆子，顧妍便只帶了忍冬，與顧衡之坐著一輛車，浩浩蕩蕩地朝普化寺而去。

馬車搖搖晃晃顛簸了一路，顧衡之又是撩簾子看風景又是吃點心，興奮了好一會兒，覺得有些睏了，墊著靠枕休息起來，可顧妍卻始終保持精神的高度警覺，隨時提防有意外發生。但很奇怪的，馬車悠悠行駛了兩個時辰，一直到了普化寺，都沒有什麼異樣，一切都顯得極為風平浪靜。

顧妍除了困惑不已，一顆緊繃的心卻跟著慢慢鬆下來。

普化寺依山而建，位於城外西北角的沂山半腰，背靠山林，坐擁青翠環繞。上有青雲白日，山泉汩汩而流，周遭有良田千畝，鍾靈毓秀，古剎莊嚴肅穆，大氣恢弘。

民風所向大抵是跟隨皇家，天子信佛，則燕京寺廟香火鼎盛，天子通道，道觀清流便道客盈門。普化寺在這樣的動盪裡，卻是受影響最小的，足以見其底蘊深厚。

長寧侯府一行人剛剛下車，便有迎客僧迎上來。迎客僧自然是八面玲瓏的，普化寺常常接待京都貴人，他們對安氏並不陌生，再說顧家每年都會為寺廟添上一筆不小的香油錢當作善事，迎客僧更是以禮相待。

打了個佛偈，迎客僧道：「世子夫人，沐二夫人與沐小姐已經到了，正在禪房休息。」

安氏一愣，雙手合十施禮謝過僧人，暗暗瞪了眼顧修之，便由著僧人領路進入寺中。

古寺環境清幽，安氏自是要先去禪房拜會沐夫人，讓顧修之去一邊花圃的涼亭處等著，于氏則帶了幾位小娘子上香拜佛。

由於顧婷又稱病沒出來，顧媛被送去了賀家，來的人只有顧婼、顧妍、顧妤和顧衡之，也正因為顧婷的缺席，顧妍才會覺得越發不安，她牢牢盯著顧衡之，不讓他消失在自己視線內。

大雄寶殿煙霧繚繞，燭香四溢，顧妍隨眾人一道跪在蒲團上，雙手合十，抬頭靜靜望著菩薩那張溫和微笑的臉，心底動盪，一時不能平靜。

從重生伊始，一路步履維艱，她小心翼翼地活，生怕一步踏錯重蹈覆轍，全身心的緊繃，少有幾夕安寢。自己能重活一世是上天的恩賜，她那麼累，心那樣苦，無法與人訴說，可菩薩觀世間百態，慈悲為懷，定是知道的吧……

她的願望，自始至終，也只有那麼一個：願親人安康，順遂無虞。

顧妍對著菩薩虔誠地拜下去，匍匐在蒲團上久久不曾起身。

老僧人用溫緩平靜的語調為眾人開示，指點迷津。顧妍不知不覺已經淚流滿面，胡亂地抹乾淨了臉，再環視四周，竟不見顧衡之的影子，連貼身跟著他的春杏也不見了。

顧妍心裡倏地一跳，拉了顧婼問人去哪兒了，可顧婼剛隨著于氏一道去添香油錢，哪能注意到這裡，於是二人急急忙忙在大殿裡找尋起來。

普化寺那麼大，他們來燒香，還沒有這個本事封禁寺廟，可來來往往許多人，一時哪裡瞧得見顧衡之那瘦小的身影？

顧妍急壞了，讓忍冬也分散去尋，自己一踏出大雄寶殿，拐了個彎，卻發現顧衡之好好地站在那裡，春杏也跟在他的後頭。

顧衡之面前半蹲著一個穿了黑衣的勁瘦少年，然而背對著她，看不清容貌。

「大哥哥怎麼會來這裡？」顧衡之抓著他的手，眼睛晶亮。

顧妍極少見他對一個陌生人這樣。她長長吁口氣，只覺得胸腔裡那顆心險些要跳出來。手背抵著唇忍耐了一下，壓住眼裡的澀意，她才快步走過去。

軟緞繡鞋在青石地磚上踢踏作響，混著那少年的嗓音緩緩響起。「我來下棋。」低沈舒緩，像是一顆石子倏地從高處落下，「撲通」一聲落入山澗。

顧妍頓住了腳步，顧衡之已經發現她了，笑著跑過來抓住她的手，將手裡的桑皮紙包遞過去。「五姊，是糖蓮子。」

顧妍忍住扶額的衝動，她抬眸看向已經站起身、雙手環胸靠著紅漆落地柱的蕭瀝。

他看起來挺瘦的，一身黑袍裹緊身體，其下卻是蘊藏無盡的力量。五官精緻，皮膚卻不似時下京都貴公子一樣瑩白如玉，而是一種極為健康的小麥色，嘴角帶著淺淺笑意，甚至連目光都不是那種空洞幽深，而是隱隱的羨慕。

一定是她看錯了，蕭瀝有什麼可羨慕他們的？

顧妍望了眼捧著糖蓮子吃得高興的顧衡之，抬眸淡淡問道：「蕭世子這是何意？」

總弄得這麼小心做什麼？又不是在戰場上，還要隨時防備敵人的偷襲……可他又不是她的敵人。

「禮尚往來。」蕭瀝慢慢道。

顧妍沒弄懂，顧衡之揚了笑，道：「我送了大哥哥兔子燈，他便送我糖蓮子！」

顧妍這才想起上次元宵的事，不由暗暗瞪了眼顧衡之。也不知道這小子當時怎麼想的，何必去招惹蕭瀝？借花獻佛玩得可真溜，拿二哥送她的兔子燈去送別人，以至於上回二哥問起，她還撒謊說壞了呢！

這麼一想，又記起自己好像還欠蕭瀝一把匕首。人家說不必還，她卻不想真的不還，前段時日想的事多，居然就這麼忘了！

蕭瀝饒有興味看她那微微變換的目光。

一個十歲左右的女孩，少年老成，滿肚子心眼，倒是已經學會喜怒不形於色了。

恰好這時，顧妤也同樣尋到這裡，一眼便瞧見那修長挺拔的身影，忙快步走過去，斂衽盈盈施禮。「蕭世子，別來無恙。」

凝滯的氣氛被打破，顧妍鬆了口氣，蕭瀝心裡卻有些不悅。

他淡淡瞥了眼顧妤，沒什麼印象。

顧妤臉色微紅，胸口還一上一下地微喘著道：「去年臘月靈壽縣，大雪封路，若非蕭世子使人除了，小女與家父母便要繞道而行……一直想尋個機會當面道謝。」

蕭瀝又仔細想了想，似乎是有這件事。他當時急著回京，順便開路罷了，何況當時還堵了幾個商隊，那麼多人，哪裡還記得她？

「那沒什麼。」蕭瀝搖搖頭，不想多談。他又往顧妍那兒望了眼，淡淡笑著對顧衡之道：「我去找一緣大師下棋，你若想找我，可以去那兒。」

顧衡之連連點頭，顧妤面色卻是倏地一白，她回身望了望顧妍，見她正拿絹帕給顧衡之擦手，不由問道：「五妹竟也認識蕭世子？」

語氣雖然平緩，卻有難掩的尖銳，像顧妤這種平素很是克制自己情緒的人，這樣的激動太少見了，果然蕭瀝那張臉的吸引力還是很大的。

顧妍淡淡道：「有過幾面之緣。」

顧妤一愣。

這不是他們第一次見嗎？難道之前還有過？她都開始懷疑，是不是因為伊人縣主的緣由，顧妍與蕭瀝都已經相熟了……

顧妤一雙眼直直地望著她，扯著面皮笑道：「怎麼以前都沒聽五妹說起過？」

受不了這種陰陽怪氣的語調，顧妍回望過去。「我也從不曾聽四姊說起曾見過蕭世子的面，竟一眼便能認出來嗎？」

記得上回眾人問她的時候，顧妤可是極力否認自己見過蕭瀝形容樣貌的。

因為是在意的東西，所以便小心瞞著，當作寶貝一般來珍藏？

那目光像是一下子剖刮人心，顧妤有些心慌，又覺得謊言被戳穿，感到羞愧，臉色難看極了。

顧妍不想與她深刻探討這個問題，微笑道：「衡之已經找到了，麻煩四姊了，我帶他去禪房歇一歇，普化寺的齋菜還是很不錯的。」

微微頷首後，顧妍拉了顧衡之就走，顧妤站在原地，突然覺得胸口氣悶得慌，暗暗扯著帕子。

明明是她和蕭世子先識得的，怎麼會教顧妍搶了先？她才十歲而已，能懂什麼！

顧衡之睜著雙眼往後望了望，拉拉顧妍的衣袖道：「五姊，四姊生氣了。」

她當然知道顧妤生氣了，她還生氣了呢！

「不是和你說了待在原地嗎，你亂跑什麼！」一甩手，顧妍微紅了眼瞪著他，一把奪過他手裡的紙包，咬牙道：「糖蓮子就這麼好吃？你喜歡我也能做給你啊，這裡來來往往人這樣多，走散了你要怎麼辦？隨便一個人給你東西你就吃了，要是下了料呢？萬一他是壞人，把你賣了，你是不是還要給人家數錢啊？」

顧妍情緒失控，眼淚嘩啦啦就掉下來了。

前一刻還在菩薩面前求他們平安康泰，下一刻就發現衡之不見了，找到之後又大喜大悲，這樣的起落，她就是鐵打的心也支撐不住。

因為在意，所以格外小心，哪怕自己以身相代，也不想他出一點意外，他怎麼就不明白呢？

顧妍這一哭，顧衡之嚇一跳，怔了好一會兒，徒手胡亂地給她抹眼淚。

由於他比顧妍要矮一些，踮著腳有些吃力，乾脆抱住她的胳膊，腦袋一蹭一蹭的。「五姊，妳別哭，我下次聽話。」

軟軟糯糯的聲音就在耳畔，顧妍也覺得自己太情緒化了，她緩了緩，又瞪了他一眼。

「還有下次！」

「沒了，沒了！」顧衡之連連保證，又道：「五姊哭起來好醜，以後要嫁不出去了……」

在顧妍眼刀飛過來之前，顧衡之趕緊閃開，拉了她就走。「五姊快去洗把臉，髒死了。」嘴裡嘟囔著，卻又湊過來小聲問道：「普化寺的齋菜真的好吃？」

顧妍無言。「……」

第十八章

用完齋菜，顧妍覺得自己腦袋一陣陣地疼，一夜未睡的症狀浮現出來，眼皮沈重得要打架，睜都睜不開。

這時，有一個老和尚披著袈裟進了禪房。他的左手端了碗清水，右手折了枝柳條，先圍著顧妍和顧衡之轉了圈，用柳條沾水在二人周圍灑上一遍。周邊的丫鬟、婆子都避開了，忍冬脾氣倔不願走，也被安氏身邊的杏桃拖走。

顧妍神智清醒了大半，看那老和尚絮絮叨叨不知唸什麼咒，又從懷裡抽出兩張黃色符紙，上頭用朱砂書寫著梵文，火一燒，往方才那只碗裡扔去，那渾濁的符水便做好了。

杏桃親自上前，分了兩碗，一碗給顧妍，一碗給顧衡之，道：「三少爺、五小姐，這是智遠法師的符水，驅邪避害，強身健體，快喝了。」

顧妍咬著牙，只覺無語極了。這主意誰出的她也猜到了，終於發現她父親除了自私涼薄之外又一大特點——迂腐！

當他們是妖魔鬼怪呢，還找個和尚來作法，不是該找個道士來收了他們嗎？不過就是香灰水，真要這麼神了，怎麼不呈到方武帝案桌上去？

顧妍目光由那老和尚皺巴巴的臉上掃過。都說得道高僧是參悟了禪道，擁有大智慧的，可這個老禿驢長得賊眉鼠眼，眼神飄忽不定，舉止心浮氣躁，哪有一點大師的樣子？前世今生她可從沒聽過這號人物，又是從哪個犄角旮旯裡竄出來的？

顧妍堅決不喝，顧衡之捏著鼻子，光聞這個味道就受不了了。

顧婼也將信將疑。「這個真的有用？」

這話老和尚不樂意聽了，哼了聲，臉色沈下來，顧婼又不好多說。

杏桃見二人還沒反應，疾聲說道：「三少爺、五小姐，快些喝了，這是為了你們好。」

為了他們好？為何她卻聞到濃濃的蒙汗藥味？

天竺有一種花名為曼陀羅，有麻痺功效，自從由傳教士與佛教一道傳入中原，便被廣泛用於止痛化瘀，也有被當作老鼠藥，然而用得最多的，還是三教九流裡，將其花果取下碾磨成粉做成的蒙汗藥。曼陀羅花開豔麗，純圓完美，在佛經中為「適意」之意，種花僧人有時也會小心培育，種植幾株怡情養性，這老和尚要弄到蒙汗藥並非難事。

顧妍接過碗，對那老和尚甜甜笑了笑。「智遠大師，久仰了。」

智遠很喜歡被人奉若尊者的感覺，對小姑娘的笑容也慈愛了幾分，溫聲道：「施主喝了這碗水，便能得到神佛保佑，病痛不侵。」

「這麼厲害？」小姑娘眼睛一瞬亮晶晶的，在見到智遠頷首肯定後，便搶過顧衡之手裡的符水，一股腦兒都往桌旁邊一盆半枯萎的文竹裡倒了。

她動作太快，周遭人都沒來得及阻止。杏桃連忙上前，只見那渾濁的符水早已滲入土裡，留一層香灰在上面。

「五小姐！」杏桃瞇了眼，神色不豫。

安氏交代她必得要讓三少爺喝下，還特意留她在這兒看著，卻冷不防這小丫頭耍陰招！

顧妍拍拍手，指著那盆文竹道：「大師您看，那竹飽嘗病痛，備受煎熬，定是苦不堪言。傳我佛慈悲，割肉餵鷹，今日我與衡之也學一學釋尊博愛眾生，是否也是積德行善？」

智遠汗顏，無言以對。

杏桃卻咬牙責備起來。「五小姐太不知事，世子夫人是為了您和三少爺好，您如此作為，簡直辜負長輩一番好心！」

「行善事，謀福祉，積陰德。鴉能反哺，羊知跪乳，既是長輩好意，阿妍也想為他們打算。」她說得一本正經，扭過頭似不經意地瞥了眼那盆竹子，又仰頭望向杏桃問道：「杏桃姊姊，阿妍做錯了嗎？」

杏桃感覺像是一拳頭打在棉花上，無處發力。

錯？錯在哪兒？無論怎麼說，都占了大義，她還能怪罪什麼？怪罪五小姐一片孝子的拳拳之心？那她才要被指著脊梁骨來罵黑心腸呢！

偏生現在安氏還與沐夫人在一起，無暇顧及此地……

原先認為三爺要除邪祟是迷信了，這一刻她竟也開始相信，五小姐真真是個小妖孽！

杏桃咬牙忍了又忍，不好再說她，請了智遠和尚出去。

顧婼神情變得有些複雜，這事父親知會過她，她雖覺得荒誕不經，但總想試一試也沒錯，卻沒料到顧妍的反應這麼大。

「妳……」她張了張口，突然不知該說些什麼。

「二姊也那樣想？」

想什麼？想他們都是妖邪？

顧婼忙搖頭，道：「妳別誤會，我只是覺得，若對你們有好處，試試也是無妨。」

雖說顧妍的行為舉止與從前大相徑庭，但究竟是好是壞，她難道還分不清？

見顧婼都急了，顧妍這才笑出來。「二姊放心，我和衡之都沒事的。」

顧婼點點頭，囑咐她好好休息會兒，便回了自己禪房。

顧衡之蹲在桌邊那盆文竹旁，聚精會神看了一會兒，叫道：「五姊，螞蟻都淹死了！」

顧妍過去瞧了瞧，原來那文竹土裡有個螞蟻窩，方才兩碗水倒下去，螞蟻便跑出來了，然而這時一隻隻都趴倒著一動不動。

真的是淹死的？還是被蒙汗藥迷暈過去了？

顧妍拉他起來。「別看了，你該午憩了，去躺一會兒。」

她將春杏、陳嬤嬤趕去隔壁丫鬟、婆子待的房間，想了又想，還是在禪房香爐的檀香裡加了一點點迷香，待其徐徐燃燒起來，這才退出去，守在門口。

方才那碗混了蒙汗藥的符水，主要還是針對衡之來的——杏桃催促他們喝下的時候，目光都是牢牢鎖著衡之，就如同衡之是她的獵物，不肯放過一分一毫，至於自己，反而成了順帶，有或是沒有，不過無關緊要。

現在她能和衡之逃過一劫，下一次呢？她能時時刻刻照顧得到，不讓衡之被暗算？

顧妍站了許久，估算著裡頭的迷香燒盡了，才帶著忍冬開門走進去。

顧衡之睡得很香，眉目舒展，很是愜意，試著叫了他幾聲都沒醒，她才仔細比對起自己和他的模樣，雙生子就是這麼相像，五官輪廓幾乎一模一樣。

衡之比她還要瘦一點，近幾個月進補得當，倒是看不出來差別了，身高的話，若是在鞋子裡墊上一塊，也能大致持平，都是尚未變聲的孩子，要模仿起來並非難事。唯有不同的，便是衡之的眉毛，很淡很淡，不像她的，細長濃黑。

「忍冬，拿眉筆過來。」

忍冬依言取來，顧妍便比對著自己為顧衡之畫眉。青雀頭螺子黛，墨色烏青，在筆尖指腹一點點暈開，細長的柳葉眉彎彎，分明是與自己一個模子裡刻出來的。

顧妍笑了笑，讓忍冬為顧衡之梳起女子髮髻，自己則找了把鋒利的剪刀，將自己的眉毛慢慢刮去一層，換上衡之的衣裳。

「看得出來嗎？」她睜著眼睛，目光澄澈無邪，神情聲音亦是模仿了九成九，一時竟難辨真假。

「五小姐……」忍冬張大嘴巴，若非她見證方才經過，只怕自己也要以為面前站著的才是三少爺！

顧妍咳了聲，雙手支起腮幫子，指了指在床上的顧衡之，笑咪咪地道：「忍冬，妳叫錯了，五姊在睡覺呢！」

忍冬愣了好一會兒，木訥地點頭。「是……三、三少爺……」

直到忍冬走出禪房，頭腦還是有些暈乎乎的，沒搞明白五小姐在玩什麼，但她自知不聰明，哪怕想也想不通，乾脆守口如瓶，不去破壞主子的事便好。

安氏和顧修之一道回來的時候，二人面色迥異。

安氏雖盡力平復心情，卻始終沈著臉，反而顧修之神采飛揚，可見今日與沐夫人那兒的會面不是很順利。

沐二夫人是個長袖善舞的人，安氏與她極為談得來，甚至有種相見恨晚之感，他們都有意為兒女締結鴛盟，便特意製造機會讓兩個孩子見個面，本以為能順順利利，誰知顧修之生出了么蛾子，扮個勞什子英雄見義勇為，把一個偷竊的小賊打得爬不起來。

沐恩侯府可是讀書人家，哪裡見過這種喊打喊殺的場面，顧修之雖說做得沒錯，可沐家並不想將女兒嫁給一介武夫。

剛剛還談得熱火朝天的話題，一下子就被一盆水澆熄了，他顧修之是高興了，安氏卻險些氣個半死。

顧妍急匆匆地跑去找安氏時，她正喝著一碗涼茶降火，顧妍紅著眼拉過安氏的衣袖道：

「大伯母，快去看看五姊吧，我怎麼叫她都叫不醒！」

她一邊用手揉著眼睛，一邊低低地哭泣，安氏確實不曾發現面前站著的小兒其實已經換了個。她一瞬回頭望了眼身邊的杏桃，杏桃趕忙搖頭表示不清楚。

她分明是看著五小姐將東西都倒了，一滴都沒碰，怎麼可能昏過去？

安氏閉了閉眼暗恨，真是沒有一件事順暢的！

她蹲下身子輕拍「顧衡之」的後背，道：「衡之別擔心，大伯母隨你去看看好不好？」

顧妍忙點頭，拉了安氏就往禪房去，見床榻上的「顧妍」睡得安穩，面色紅潤、神情恬淡，看起來無病無痛，哪是好端端就暈厥過去的？

然而安氏連喚了幾聲，都沒見人有動靜，若真能裝得這般天衣無縫，她還真就不信了。

顧妍又哭嚷道：「大伯母，快找大夫啊，五姊一定是病了！大伯母，今日有個僧人拿了符水來的，讓他再弄一碗符水好不好？大師醫術高深，肯定有辦法的……」

安氏只覺得頭疼。智遠和尚哪裡是什麼得道大師，不過是一個養花僧人，那碗符水有沒有用鬼才知道！現在讓人過來，能說得出個一二三四才怪，說不定還將符水的事露餡兒，到時追究起來，扯到自己頭上，那才洗都洗不乾淨！

安氏才不願意冒這個險，她拉著「顧衡之」，道：「衡之別擔心，我們即刻下山去尋大夫，你五姊不會有事的。」說著就吩咐人準備啟程。反正今日修之和沐雪茗那事是沒戲了，祈福燒香添香油的也都完事了，早點回程亦是無礙。

顧修之一聽說顧妍昏睡不醒，好心情一瞬跌入谷底，趕忙就奔過來，安氏見了他就來氣，幾下將人趕走，吩咐忍冬把「顧妍」揹到馬車上。

既然「顧妍」都這樣了，自是得要有個穩重妥貼的人照顧著，毫無疑問顧婼便和「顧妍」乘坐一車，而「顧衡之」便帶著丫鬟、婆子單獨乘坐一輛。

顧妍往馬車裡望了望，對忍冬再三囑咐道：「忍冬，一定要看好五姊！」

忍冬腦子一根筋，自會按著主子說的去做，那話裡什麼意思，她也是明白的。

「是，三少爺。」忍冬雖不自在，卻也硬著頭皮回答，亦步亦趨跟著上車，顧修之則騎馬陪在一邊。

顧妍這才稍稍安了心。等過了這一路回到家，有人便是再想動手，也不會那般容易了，若是她多心自然最好，但若是真有個好歹，至少衡之不會有事……

顧妍回馬車上，便將早先準備好的繩子、匕首通通翻找出來，春杏看得目瞪口呆，連問怎麼回事，顧妍才懶得理她。

馬車悠悠然便動起來了。

普化寺建在半山腰，按理馬車應當都是停靠在山腳，祈福燒香的信眾步行上山。

但普化寺從前朝起便是名寺，早有近千年的歷史，香火千年未斷。環山造起山路，可供馬車上行下山，十分方便。

顧婼探出手，試了試「顧妍」額頭的溫度，再比對一下自己的，無甚差別。她又喚了幾句，「顧妍」卻只是輕輕嘟囔幾聲，皺皺眉又繼續睡了。

顧婼的眉心也跟著緊緊攏起，她怎麼覺得哪裡有點奇怪呢？

修長白淨的手指慢慢撫上「顧妍」秀麗的眉毛，幾乎沒有那種毛茸茸的觸感。她拿指腹撚了撚，竟還有些殘墨遺落下來。

忍冬僵著身子，一動也不敢動，心裡怦怦直跳，默唸著千萬別讓二小姐發現什麼，然而那冒了汗的額頭，其實已經出賣一切。

顧婼淡淡瞟忍冬一眼，用帕子沾了點茶水，輕輕給「顧妍」的眉目擦拭起來。

雪白的帕子染上墨色，那兩道彎彎的柳葉眉，竟也如此漸漸淡化。

「衡之？」顧婼驚得睜大眼，一瞬都有些傻了。

這一個才是衡之，那剛剛那一個是……

外頭一陣騷動，耳邊似乎有什麼東西劃過的破空之聲，「嗖」地一下，一晃便沒了。

顧妍目光微凜，隨後車馬就跟著猛烈搖晃，天旋地轉。

春杏原先正打著瞌睡，幾下便一頭栽倒下去，摔成一團，她好不容易穩住身子，便大聲問道：「怎麼回事，這是怎麼……」

話未及說完，又一個震顫，春杏被甩到馬車口，幾個起落就被弄了出去。

顧妍心下一驚，手指牢牢抓著車壁，心道了一句：果然。

她掙扎著要將那備好的繩索把自己綁到馬車上，至少免得甩出去，然而，下一刻，外頭的車夫身子後仰，「啪」一聲就倒了進來，手腳抽搐，口吐白沫。

那車夫翻著白眼，抽搐的手胡亂一抓，便抓住顧妍的腳踝，力道出奇的大，簡直要活生生將她的腳骨捏斷。

顧妍吃痛出聲，拚命踹著腳要掙脫，可這車夫明顯是犯了癲癇，如今神志不清，哪會聽話。外頭的馬已經瘋了，橫衝直撞簡直不看路，顧妍也被車夫拉著要往外甩，全身上下無一處可以施展，周圍一瞬都靜悄悄的，只有馬蹄一聲賽過一聲，一股濃濃的不祥湧上心頭。

變故發生在一瞬間，沒有任何徵兆。

這條路段，車馬一路暢行無阻，那馬飛奔起來，霎時便將其他人遠遠甩到後頭。所有人大吃一驚，顧修之怔了怔，面色大變，一鞭子甩下追上去，顧婼連忙掀開簾子，駭得臉色煞白。

「阿妍！」淒厲急切的驚叫，在空山幽谷裡，竟也傳得極遠。

蕭瀝騎了匹馬一路悠悠然，手裡捏了一黑一白兩粒棋子細細摩挲。

今日來尋一緣大師，是為下棋，也為占卜。吉凶禍福，在一緣大師的一支籤裡，盡都得解，且十分靈驗。離開前大師給了他黑白雙子，說遇難成祥……這是什麼意思？

一陣風拂過，尖利的聲響不同尋常，蕭瀝勒緊韁繩，鷹隼般銳利的眼犀利地掃視過周遭。尋常峭壁，草木叢生，只隱約見到一個靈貓般的身影幾個起落便消失在叢林間。

銀白袍角，玄色披風，還有那肩頭繡著的暗銀蟒紋……東廠番子？

蕭瀝眸光陡然變得幽深，耳郭微動，察覺到身後有雜亂馬蹄聲與驚呼，離得越來越近了……

顧妍覺得身體就要散架了，山路隨著下坡越來越急，那馬匹根本沒有要停下的意思，車夫還牢牢抓著她的腳踝，身體一點點往外滑。她只覺得腦子一瞬空白，什麼都想不了，雙手胡亂地想要抓住什麼東西，無意間摸到什麼冰涼涼的硬物，正是早先備好的匕首。

顧妍也沒法子了，拔出來對著車夫的手狠狠一刺，那車夫終於吃痛放開，然而車輪下一塊石頭擋了路，馬車狠狠顛簸一下後，顧妍終究還是被甩了出去。

對他人來說，也許僅僅只是一個瞬間，對她來講，卻像是過了一輩子。

那一刻，耳邊是風聲呼呼，她能看到春日天空澄淨得猶如一塊琉璃瓦，下頭的深淵草木繁盛，不知道究竟有多高，也不知道這樣摔下去她會不會粉身碎骨……腦中像是閃過很多片段，然而太快了、太多了，以至於一個都捕捉不到。

她乾脆閉上眼，靜靜等待死亡的到來……

預料中的疼痛並沒有出現，她感覺到有一隻強有力的臂膀攬住她的腰，極淡極淡的薄荷香氣籠在鼻尖，深澀幽冷。

蕭瀝見顧妍被甩飛出來時，便從馬上飛身而起，好不容易接住她，即刻便要面對身下的懸崖。他手掌幾下胡亂摸著崖壁，掌心磨出一道長長的血痕，總算找了塊突出的岩石穩住身形。

顧妍幽幽睜開眼，那一瞬毫無防備，未經掩飾，目光直直撞進蕭瀝眸中，他神情也變得莫測。「是……妳？」語氣帶了些不確信。

這樣的打扮，他一開始以為是顧衡之。可顧衡之絕不會這樣，清透純真的人，這時只怕早已嚇破了膽，哪能在生死關頭還有看破一切的豁達和從容？

怎麼好端端的扮成男裝？

蕭瀝沒來得及問，因為抓著的那塊岩石已經鬆動了。他眸子一瞇，打算用點勁將顧妍扔上去，自己再另尋方法，然而懷裡那人察覺他有所動作，突然小手牢牢抓住他的衣襟，整個人環住他。

「別，別丟下我……」那顫抖細軟的聲音像小貓似的哼哼唧唧。

方才以為自己必死無疑，便也看開了，可既然被救下，有機會活命，她就不能放棄。丟下她這個累贅自己逃生，這種事說不定蕭瀝真能做得出來，她一點兒也不想冒這個險。

輕軟溫暖的呼息噴灑在耳側，像羽毛輕拂過一樣，酥酥麻麻地一路沖刷到心裡，蕭瀝的動作微滯，一時身子都有些僵了，然而也僅是這麼一個猶豫的瞬間，那塊岩石脫落。即便再不想，蕭瀝也只能抱著顧妍往下墜。

顧修之在上頭大吼，望見的也只剩那一個黑點慢慢消失在林木裡。他腳下一軟，癱坐在地上，大滴大滴的汗從額頭淌下，雙眸充血通紅。

顧婼趕到的時候，見他趴在山路圍欄旁一動不動，一顆心一瞬落到了谷底。

顧修之紅著眼睛看過來，顫抖著唇好一會兒，才喃喃道：「對不起……衡之，衡之他……」

顧婼剛踉蹌走了兩步，聽到這話，腿腳便軟了，如那溺水之人抓住的最後一塊浮木也沈入海底。

眼淚像斷了線的珠子一樣往下掉，她哭著道：「二哥，是阿妍啊……那是阿妍啊！」

也不知道是該說他們幸運或是倒楣，沂山腳下樹木叢生，長了許多百年老樹，蕭瀝抓了幾根藤蔓盪下來，倒是減輕不少衝擊力，兩人在地上翻滾好幾圈才停下，除了有些磕傷，其餘倒是無礙。唯一比較慘的，大約便是蕭瀝那隻手，掌心血肉模糊，被藤條上的刺勾得幾可見骨，鮮血直淌。

顧妍咬著下唇緊緊盯著那傷口，蕭瀝倒是面不改色，隨意撕了條布熟練地包紮起來，他穿了身黑衣，哪怕沾上血也看不出痕跡，可看那還在往下滴的黏稠猩紅，顧妍卻有些不忍直視。

「你、你就這樣包紮，會發炎的……」大約知道是自己拖累了人，顧妍這時簡直心虛極了，連頭也不敢抬。

一路墜下來，固定髮髻的玉扣早不知什麼時候掉了，她一頭長髮披散下來，臉色慘白，看著可憐極了。

蕭瀝淡淡道：「沒事，止住血就好了。」

比這還要嚴重的傷也不是沒受過，那時候連塊乾淨的可以包紮的布條都找不到，還不是硬生生熬過來了。

他咬住一端，另一隻手快速地纏繞住手掌，幾個起落已經完工，正打算站起身，周圍一陣窸窣作響，很快幾十個人竄出來將二人團團圍住，個個手裡都還拿著明晃晃的武器。

為首的是個肥頭大耳的短腳漢子，看了眼顧妍和蕭瀝，哈哈笑起來。「就說有人闖進來，這兩個細皮嫩肉的，長得也不錯，定能賣個好價錢！」

這些人，一看便是響馬盜賊，蕭瀝對付起來，應該不是什麼大問題吧……

顧妍捏了捏先前被車夫拽得生疼的腳踝，心裡默默盤算著，如果待會兒要跑路，能有幾分成算。

她不由側頭望了眼蕭瀝，這人倒是沈得住氣，到現在都沒什麼動作……可她怎麼覺得他一點反抗的意思都沒有？

為首的漢子舉著把大刀走過來，目光落到蕭瀝的手上，見有鮮血沿著指縫滴落下來，連這樣都面不改色，可見是個練家子。

那大漢舉刀吼了一聲，招呼著兄弟就要上前，突然一隻手伸出來，制止他們的動作。

顧妍身體微繃，警惕地環望四周。至少等他們打起來，她也不能拖後腿，先得熟悉一下四周地形，看往哪裡逃比較安全。

誰知蕭瀝竟淡淡丟了一句話，乖乖伸出兩隻手，一副任他們為所欲為的模樣。「大爺，別白費力氣了，直接綁了吧。」

顧妍。「……」

說好的以一敵百呢？說好的驍勇善戰呢？不是說小戰神戰無不勝，攻無不克嗎？你這是在逗我！她一定是在作夢，或者就是她幻聽了，耳鳴了……

那盜匪漢子也愣了愣，隨即哈哈大笑起來。他當是什麼呢，原來是隻紙老虎，一下子就被嚇到了。

漢子自信感頓時爆棚，一時挺直了腰桿，裝模作樣地咳了聲。「來來來，把他們兩個綁起來。溫柔一點啊！」

顧妍整個人都不好了，狠狠瞪了蕭瀝一眼。是誰說的大難不死，必有後福？她這是剛出虎口，又入狼窩！他一定是故意的！

身為錦衣衛左指揮僉事，職責無非是效忠帝王，不比金吾衛、羽林衛、虎賁衛這些衛所做的都是明面上的事，錦衣衛多數情況下處在暗線，掌刑獄、巡查、緝捕、審問。

他蕭瀝肯束手就擒，只能說明這群響馬賊正好是他的目標所在。

不入虎穴，焉得虎子，你既然要搗了人家的老巢，又何必將她也一道牽連進去！

顧妍憤憤不平，但她手無縛雞之力，更別提要對付這些身強力壯的大漢，說不定人家一刀下來，她就缺條胳膊少隻腿了。眼下只得低頭，不情不願由著他們給自己雙手綁上麻繩，一隻粗糲的大手倏地捏住她的下巴。

「這是個小妞吧？長得可真俊，綺紅樓的蘭姑姑一定非常喜歡！」

冰涼的溫度，一瞬像是觸發了記憶裡的某根弦，一股噁心絕望痛苦湧上心頭。顧妍的眼前微暗，耳中也聽不見任何聲響了，只有回憶深處，那似男似女陰陽怪氣的音調一寸寸碾磨她的理智……

「柳建文的外甥女啊……呵呵，我還真得好好感謝妳……」

蕭瀝皺眉，幾步上去打掉那盜匪的手，接住全身僵硬的顧妍。

她也不知道是怎麼了，雙目中一片渙散，尋不到焦距。

「我妹妹身體不好。」蕭瀝淡淡解釋了一句，將顧妍橫抱起來，對那大當家說：「反正我們現在沒有反抗的力氣，帶路吧。」

眾人面面相覷，大當家的挑挑眉，手一揮，裡外三圈圍著他們便往老巢而去。

山底又恢復了平靜，有心人留了下來，將原先草木毀壞的痕跡遮掩過去，只是沒人發現，在那叢生的草木之下，落了一粒晶瑩剔透的黑色棋子。

顧修之如瘋了一般往山下追去，顧婼跌坐在地上泣不成聲，所有人都下了車馬，立在那處沈默無言。

安氏神色複雜地望了望幽深的山谷，心下一瞬怦怦亂跳，想著，這麼高摔下去，不死也得半殘了吧？雖然有些許心理準備，可她萬萬想不到，真能做得這麼狠！

她確實依言安排了一個患病的馬車夫，可那人又是怎麼做到精準地控制著是哪輛馬車癲狂，而其餘的相安無事？她以後若要對付自己，是不是也這樣輕而易舉？

安氏不禁打了個寒顫，暗自慶幸自己的選擇沒有錯。

顧衡之突然就醒過來了，空蕩蕩的車廂裡一個人都沒有，他揉了揉惺忪的睡眼，撩開簾子一看，所有人都在外頭站著，二姊還哭得肝腸寸斷。他坐到車轅上，腳尖踮了踮，吃力地下車。「二姊，妳哭什麼呢？」

清靈童稚的聲音，惹得眾人不由朝他看過來。顧衡之似乎發現自己身上穿著煙粉衫裙，不自在地提了提。

「衡之？」安氏的聲音微訝，一雙美目霍然不可思議地瞪大。

顧衡之撓撓頭。「大伯母怎麼了？我怎麼穿成這樣……」

安氏身子顫了顫，不由伸出手扶住杏桃，覺得腦殼陣陣地抽疼。

顧妤也同樣傻眼，和于氏面面相覷，陡然意識到了什麼，那目光又望向山下，原先有些沈重的心情，竟然微微雀躍起來。

這樣一來，她的五妹，定然凶多吉少了吧！

總是滯留在原地不是辦法，他們都是女眷幼兒，在此事上無能為力，安氏迅速帶著人回府，再做定奪。

李姨娘握著顧婷的手與她一道描摹大字，邊聽高嬤嬤說起顧妍驚馬落下山崖的消息。她驚訝問道：「是……五小姐？」

高嬤嬤說起這事便神色莫名了。「本是三少爺的，也不知怎麼回事，兩人裝扮顛倒了一下，那五小姐便這麼摔下去了……」

李姨娘讓顧婷去隔壁次間自己玩，回身仔細問起緣由，高嬤嬤將打聽來的一股腦兒說出來，又皺緊眉問道：「姨娘，您說五小姐是怎麼知道我們的計劃的？」

李姨娘默了默，搖搖頭。「不，她不會知道的，東廠大檔頭親自出馬了，連安氏都不是很清楚，她又從哪裡得知？」大約是那些人做的事露出馬腳，被她心細地發現了。這個小丫頭，真的是要翻天了……

不過翻不翻天的，也沒關係，反正目的都是一樣的。顧衡之之後，差不多就該是她了，如今不過順序顛倒了一下，倒也無礙。

「去盯著琉璃院那邊吧，有什麼消息了，儘快回覆。」

還能有什麼結果？等顧妍屍體被找回來，能不是面目全非就算好的了，柳氏怎麼也得傷心許久。

「是。」高嬤嬤高興地應下了。

另一廂的顧崇琰，聽聞顧妍驚馬落崖，第一反應竟然是鬆了一口氣。

他有一種羞於見人的情緒，自從鶯兒事件之後，對這個女兒就心虛得很。他分明記得顧妍以前總是圍在自己身邊甜甜地叫他父親，後來慢慢竟像看待陌生人一樣看待他。

陌生人便陌生人吧，多一個少一個女兒對他來說無所謂……

然而雖然心裡這麼想，他卻總得在外人面前做個樣子，急切又痛心地去官府報案，請求出動官兵，又帶了一堆侍衛、家丁去山谷裡搜尋。

在人前，他是個盡職盡責的好父親，然而他也不過是想確定，顧妍是真的死了。

顧妍和蕭瀝被帶去一個山洞裡，那山洞被藤蔓草木層層覆蓋，然而內部卻別有洞天。經過一條長長的通道後，竟是到了沂山陰面人煙罕至之地，一個山寨就這樣坐落在此。

蕭瀝瞇眼。狡兔三窟，這些人販子倒是聰明得很。老窩在京都，犯案卻去了百里開外的高澄慶安，那高澄慶安近來人心惶惶，許多相貌俊朗的少年郎君或是姿容秀麗的小娘子都莫名其妙失蹤，縣令上報到順天府，順天府尹又上報到朝廷，他調查了許久，才算有些眉目。

注意到那些賊子還扛了好幾個麻袋，蕭瀝便猜到，這次他們應該是剛剛出去「狩獵」歸來，又恰好讓他遇見了。這種事若說幸運倒也是，但真要全身而退，還帶了人的話……

蕭瀝微微低頭看了看懷裡的顧妍，大約是一路被抱著走太舒服，居然就這麼睡著了，他一時哭笑不得。

白嫩的小手牢牢抓著他的衣襟，眉間緊鎖，像是生怕自己一個鬆手就放開她，和方才在懸崖邊上一樣，竭盡全力地抓住自己這最後一根救命稻草。

蕭瀝儘量讓自己走起來平穩一些。這小丫頭看著就瘦，卻沒想到比他想的還要瘦，抱在手裡輕得如一片羽毛似的，也不知道平時都吃什麼。

那群賊匪將他們關進窖洞裡，一路走進去便分了三批人巡邏，裡面靠著土牆圍起了圍欄，大大小小的，每一間都似乎關了幾個人，個個疲軟無力。

蕭瀝和顧妍被關進最裡面一間，裡頭只有一個高瘦的少年，隨後又有兩個被弄暈的小娘子被扔進來。

「這些人都好好餓幾天，等沒力氣了，就不敢折騰了！」小嘍囉哈哈笑了聲，哼著小曲便將鐵門上鎖，大搖大擺走出去。

顧妍迷迷糊糊醒過來時，自己正靠著土牆，周圍點了兩把火，十分昏暗，有忽遠忽近的腳步聲窸窸窣窣，就像不知從哪裡冒出來的老鼠。她皺皺眉，轉眼撞進一雙幽暗的眸子，蕭瀝一身黑衣靠牆坐著，右手搭在曲起的膝蓋上，呼吸輕微，與夜色融為一體。

記憶慢慢匯聚，顧妍按了按眉心，只覺得太過荒誕，不由問道：「這裡是哪兒？」

蕭瀝淡淡回答：「山寨。」

「怎麼回事？」

「被綁了。」

「你……你故意的！」

蕭瀝瞥她一眼，不說話了。

顧妍覺得嗓子像被堵了一塊，氣得說不出話來。可轉念想想，若不是人家，她恐怕已經是一灘肉泥了。目光又落到蕭瀝的右手上，黑黑的布條包著，也不知道怎麼樣了。

她扶了扶額，才發現這個牢籠裡還有兩個十三、四歲的少女和一個十七、八歲的少年。

那兩個小娘子還昏迷著，少年卻用好奇的目光看著他們二人，見到顧妍看過來，他還扯了嘴角笑笑。「妳好啊！」

現在是好不好的問題嗎？

她又氣悶地坐下來，抱膝蜷成一團縮牆角。

蕭瀝見了莫名有點好笑。以前一直覺得她渾身帶刺，這樣一團起來，倒更像是刺蝟了。

那少年看了也覺得有趣，湊近了少許說道：「這裡很久沒人來了，一直都只有我一個……我姓蘇，你可以叫我大海。」

蘇……大海？

「這是表字吧？」哪有一見面就喊人家表字的？

他不好意思地撓頭。「村裡人都叫我大海的……先生給我取了個名字，叫蘇鳴丞，不過我還是喜歡人家叫我大海……」

顧妍面色立刻變得古怪起來，目光上上下下打量這個人，嘴巴吃驚地張開。

蘇嗚丞？不會吧！假的吧？

那個外號「膨大海」，重達兩百多斤，在昭德五年闖入京都，做了四十一天皇帝的順王蘇嗚丞！

不對，這個不是重點。

「你怎麼在這裡？」

說得好像以前就相識似的，蘇嗚丞撓了撓腦袋，不解道：「妳認識我？」

認識算不上吧，她只是前世做鬼魂那幾年見過他一、兩次，當然，那時候的蘇嗚丞早已是「膨大海」了。她會印象深刻，其實是因為蘇嗚丞攻打進燕京城，夏侯毅才會殺了妻子兒女，自縊於景山。還有，便是前世記憶裡的最後一幕，是大金國秦王斛律成瑾，將蘇嗚丞的人頭一刀斬下於太和殿前。

見顧妍搖搖頭，蘇嗚丞便也沒有在意，繼續說道：「我兩個月前就被抓過來了，這裡的賊人就是將小娘子和郎君賣給風月場的，本來要將我賣到楚月樓，但那裡的老倌說……說我太瘦了，就不要我。」

顧妍忍不住「噗」一聲笑出來。真不是她故意的，可聯想到日後蘇嗚丞那肥碩龐大的體型，她確實覺得這解釋實在太有喜感。

蕭瀝眸光淡淡地瞟過去，又很快收回，微垂了眼，開始閉目養神。

顧妍大概知道這裡就是人販子的老窩，也就是蕭瀝這次的目標。她磨磨蹭蹭過去，用手指戳了戳他手臂。

細微的觸感，極輕極淡，蕭瀝睜開眼看向她。

顧妍招手讓他低頭，湊到他耳邊低聲問道：「你準備怎麼做？」

按他的行事作風，從來不會打無把握的仗，他既然敢隻身入賊窩，定是有了萬全打算才對。

然而這次她又想多了，摔落山崖，遇上這群人販子，本就是意料之外的事，蕭瀝事先沒有設想過這一齣，又怎麼可能會早有什麼應對之策。

他沈吟半晌，看顧妍那雙閃閃發光的眼，總覺得自己若是說實話，她會毫不留情地對他張牙舞爪。雖然挺有趣的，可時機不對。

蕭瀝神情高深莫測，低聲道：「不可說。」

不說就不說，她還不稀罕聽！

靠著牆坐下來，這時外頭有個小嘍囉提了晚飯進來，只有一碗，是給蘇嗚丞的，其他人的都是清水。

顧妍知道這是要降降他們的火氣，沒有進食，便沒有這個力氣去瞎折騰，何況你即便是折騰，也逃不出去。

蘇嗚丞將那飯倒在一邊不吃，只拿了那碗水慢吞吞地喝著。

顧妍一愣，瞧見昏暗裡爬出兩隻小老鼠，爭先恐後去搶那碗飯吃起來，可不過半刻的工夫，一個個都癱軟地動不了了。

「這裡的晚飯裡都下了讓人全身痠軟無力的藥，吃了之後就一點反抗力都沒了，但是白天的飯食還是沒事的。」蘇嗚丞解釋道。

顧妍感激地對他笑了笑，拿過一碗水給蕭瀝，蕭瀝倒是不客氣地全喝了，卻見她毫無動靜。

「手。」顧妍有些彆扭地說道。

蕭瀝不明所以，下一刻整隻右手就被她拉了過去。

血液凝固起來，布條和血肉黏在一塊，顧妍拿帕子沾水，撕開布條，給他清理傷口，又重新包紮一遍，動作有些笨拙，但格外細心。

怎麼說也是因為她受的傷，她身上又沒帶藥，便撕了條雪緞軟衫，打上一個漂亮的結，這才罷手。

蕭瀝望了眼那碗猩紅的清水，忍了又忍，還是問道：「妳不渴？」

「不渴。」顧妍說完話，又往牆角蹲著去了。

第十九章

山林裡的搜尋熱火朝天，火把點亮整片林子，然而不是長寧侯府的，而是鎮國公府派出來的侍衛以及一部分錦衣衛。

顧家的家丁早就認定顧妍必死無疑，既然是屍體，人晚上去找總是瘮人，倒不如等白天陽氣重的時候再去。因而除卻顧修之還在一撥一撥地翻找叢木，其他盡都懈怠懶，不去湊這個熱鬧。

蕭瀝的馬停在山道上，至今未歸，太后關心外孫，也差人暗中跟著，只是那些暗衛不敢過分靠近，必得隔得很遠一段距離。事發後不久，暗衛便到那山道上，蕭瀝的坐騎通靈性，前蹄一下一下踢在圍欄上，那暗衛見了就頭皮發麻，再一問有人掉下去了，當下趕往山底去尋，實在沒法子，這才回國公府搬救兵。

蕭瀝在國公府的地位可不比顧妍在長寧侯府，且不說他是鎮國公世子，便說他母族是宗室，更是皇帝的親外甥，眾人又哪裡容得了他出半點差錯？哪怕有一點點機會，他們都不能放棄。

顧修之見了這場面，更覺得心底無限悲涼。都是爹生娘養為人子女的，就因為身分的不同，差距也如此明顯，他的阿妍還生死未卜，其他人卻已經放棄了希望。

那個會拉著他衣袖給他塞各種糖果點心，會陪他一起安安靜靜坐著發一天呆，唯一一個讓他願意吐露全部心思和秘密的阿妍，那麼重要的阿妍，說沒就沒了……

顧修之覺得喉口有什麼腥甜的東西要湧出來。在火光映照下，他煞白的臉上有一雙沁血的眸子。跟著他的小廝見著便嚇壞了，忙拉著他說：「二少爺，快回去吧，世子夫人吩咐小的將您帶回去，五小姐這裡自有人看著的……」

「滾！」顧修之一個字都不想聽。

哪裡有人看著？他們一個個都等著給阿妍收屍呢！他的阿妍才不會死，所有人都死了，阿妍也不會死的！

顧修之深吸一口氣，抹了把臉，又深一腳淺一腳踩在晚間水霧瀰漫的林間。火把被那水氣氤濕，掙扎著跳動了幾下，終於歸為黑寂。

顧修之恨恨地將它扔在地上，雙膝跪地，頭一次覺得自己渺小得可怕。連自己在乎的、最想要保護的人，他也沒有能力為她做一點事。他終於捂著臉哭出來，憋了一整天，在這一刻，再也忍不住了。

都說男兒有淚不輕彈，只因未到傷心處罷了。

昏暗的草地上似乎有什麼東西在閃爍微光，顧修之怔了怔，幾下撲騰過去，找到一粒純黑剔透的棋子，只那棋子的材質非金非石，卻是一種類似夜明珠的質地。

顧修之微微一愣，高聲喊人過來。那些錦衣衛身形靈活地幾個起躍趕到，在看到顧修之手中的東西時，都目露微光。

「一緣大師擅棋，還特別收藏一副夜光棋子，用螢光石打造，世子爺今日去尋一緣大師，這棋子定是世子爺的！」

顧修之記得顧妍掉下去的時候是蕭瀝陪著的，蕭瀝來過這兒，是不是阿妍也來過？

顧修之精神一振，忙借了火把四處找尋，竟在一棵大榕樹下找到一枚玉扣，是顧妍白日時用來束髮的，這下死寂的心也跟著慢慢活了起來。

「這裡有人走動過的痕跡，不過被掩蓋了。」

錦衣衛擅搜捕，這些小把戲在他們眼裡當然不值一提，何況這一塊四處都搜查過，並沒有半分人影，便只可能是之後去了其他地方。

顧修之便跟著他們一路追過去，然而線索又沒了。

「到這裡就斷了……」那人懊惱地捏緊了拳，恨恨說道。

顧修之忙問：「那還有沒有棋子，把火把熄了，看看有沒有棋子！」

眾人覺得有理，紛紛熄滅火苗。今夜沒有星月，四周漆黑一片，然而正是在這樣的黑暗裡，那顆白子的光芒才被放大了無數倍。

顧修之幾步上前抓在手裡，被藤蔓草木遮掩起來的洞口，終於公布於眾。

顧妍覺得後背癢得很，像是有什麼東西在咬著她的皮膚，伸手卻又搆不到，只能靠在牆上蹭著。衣料磨擦的聲音在寂靜裡十分清晰，原先被迷暈的兩個小娘子早前醒了過來，哭鬧好一會兒才消停，又聽著這樣磨人的聲音，不由驚聲尖叫。

守夜巡邏的山寇大聲罵了句，那兩小姑娘終於不敢說話了，這下顧妍也就不敢亂動了。

蕭瀝輕嘆一聲，把她拉開牆角，道：「蟲蟻最喜歡這些犄角旮旯，妳還偏往那兒蹭。」你怎麼不早說！顧妍瞪他，蕭瀝卻把她翻過來。「哪兒癢？」

「背、背心。」

輕柔有力的手指在背心緩緩撓著，他低聲問道：「是不是這裡？」

顧妍不自在地縮了縮肩膀，擺脫掉他雙手的束縛，重新靠回牆邊，突然覺得臉上有點熱。「不癢了。」她忙搖頭。

蕭瀝收了手，有些尷尬。

以前在軍營，這種事司空見慣，一時習慣使然，卻忘了這裡是燕京，而人家還是個姑娘。

蕭瀝右手握拳抵著唇輕咳了聲，目光落在方才顧妍待的那個牆角。土面很老舊了，有許多已經脫落，地上鋪了層稻草，稻草下竟然還是一個老鼠洞，周圍長了一層青苔蘚。

蕭瀝蹲下來拿拳頭敲敲牆壁，大概估測了一下厚度，竟是微微笑了。

「欸。」他招招手。

顧妍狐疑地湊過去，便聽他在耳邊說：「待會兒我打手勢，一二三，妳就尖叫出來。」

顧妍也注意到那老鼠洞周圍密布的青苔，剛才被稻草堆遮蓋了，她還沒注意。這地方陰冷乾燥的，沒有足夠的水分，哪裡會長青苔？除非這塊牆壁後面便是露天，有雨水滲透進來。

顧妍點頭，看著蕭瀝打完手勢，「啊」一聲尖叫響徹整個窖洞，與此同時，蕭瀝一拳打在牆角，竟是敲開一個洞。

值守的山寇受不了了，罵罵咧咧走過來。「妳他娘的大晚上叫什麼叫，再叫小心爺明天就把妳賣了！」

顧妍捂著嘴低泣。「這裡有老鼠！」

「老鼠！」另外兩個小娘子一聽有老鼠，驚得直接跳起來，哭喊叫喚的聲音不斷，直到那山寇一鞭子抽打在鐵門上，這才安靜下來。

「呸！真他娘嬌氣，也不想想這裡是哪兒！」那人打了個哈欠，又一路罵罵咧咧回去了。

蘇嗚丞發現了他們的舉動，腦袋湊過去，蕭瀝甩甩手，望著被打穿的牆壁，無聲笑了笑。「如果順利，天亮之前可以挖開一人寬的通道，只是得小心。」

蘇嗚丞自告奮勇挖起來，窸窸窣窣的聲音在暗夜裡太過清晰，另外兩個小娘子發現他們的意圖，便開始低低啜泣試圖掩蓋掉聲響。

這是顧妍經歷過最奇特的一晚，身處異地，朝不保夕，周圍都是不相熟的人，卻從沒有一刻像這樣安心過。

時間一分一秒過去，天邊泛起亮光。山寨陡然被一大批軍隊團團圍住，密不透風，火把燃起照亮了半邊天。

大當家的正摟著自己婆娘睡得香，突然一個小嘍囉急匆匆敲響了門。

「當家的、當家的，不好了！有官兵來了！」

大當家的一個激靈醒過來，罵了聲娘，胡亂穿上衣服，提著刀就衝出去，召喚幾個兄弟出去對付，然而當看到那密密麻麻足有上萬人的軍隊，嚇得刀都掉在地上。

一夜輪流的挖掘還是很有成效的，洞外透進來的亮光讓在場之人都燃起希望。

外頭鬧哄哄的，有人一腳踢開窨洞的大門，一群蒙面的黑衣人湧進來。值守的山寇提刀衝上去，幾下便被人解決得乾乾淨淨。

他們似乎不停留，目光幾下掃過囚牢，很快定格在最後一個。

來者不善，這是顧妍的第一直覺。

這些人殺氣騰騰地闖進來，若說是為救他們，那眼裡如同看獵物一般的目光卻又從何解釋？再看蕭瀝刹那沈下來的面色，顧妍陡然覺得事情不妙。

果然聽蕭瀝低聲說了一句。「你們先走！」

下一刻，囚牢的門鎖便被幾刀子砍壞，那些黑衣人爭先恐後湧進來，其中之三的目標非常明確，直接對上蕭瀝，而其餘兩個，則開始瞄準剩下的，殺人滅口。

顧妍往旁邊閃躲，那兩個小娘子嚇得花容失色，被蘇嗚丞推到挖出的洞口。人在生死存亡關頭總能爆發出無限潛力，兩個小娘子這時手腳並用「哧溜」幾下就滑了出去。

黑衣人白晃晃的刀子就對著蘇嗚丞砍下來，可他哪裡願意就這般輕易受死？連忙蹲下挖了一抔土，正對著黑衣人撒去。

砂石迷了眼，那人動作微滯，蘇嗚丞順勢抄起地上一塊大石頭往人頭上砸。

顧妍勝在身形嬌小靈活，追人的見是個小丫頭，開始便沒放心上，誰知被她東躲西藏的，硬是沒砍中一下。

黑衣人這下有些生氣，收了輕慢的態度。

蕭瀝這邊也不好對付，那三人的功夫顯然是幾人中最高的，配合默契，刀劍鋒利，而他手無寸鐵，一時閃躲不及，被逼到牆角，餘光瞥見顧妍已經靠牆蹲下來，那麼瘦小的人，縮成一團，瑟瑟發抖，心中驀地一緊。

他雙手張開，撐著牆壁躍起，對著其中一個的下頷就是一腿。

骨骼碎裂聲響起，那人手下不穩，朴刀飛出，蕭瀝搶了刀便回身一掃，一條整齊的血痕霎時出現在三個黑衣人喉骨之下，而他更是幾乎不停留，朝顧妍面前的黑衣男子後心就是一刺。

「嗤」地一下，利器刺破血肉，蕭瀝鬆了口氣的同時也怔了怔。如果他沒有聽錯，應該是有兩聲重疊了。

慢慢將刀拔出，黑衣人倒了下來，而縮在牆角的顧妍，卻握著一把精緻小巧的匕首，沾了滿頭滿臉的鮮紅。

顧修之曾經送給她一把匕首，在來時她便為以防萬一塞進鹿皮小靴裡，從沒想過有一刻會用得到，更沒想到她竟拿這匕首殺了人。

殺人啊……這也不是她第一次殺人了，只是上一回的記憶實在有些遙遠。

柳府抄家的時候，來了好多人。安雲和帶著一堆官兵進來，燒殺劫掠，活像是群土匪。舅母投繯自縊，她正守在舅母身邊，安雲和說了句。「明夫人生前可是個妙人，不知死後怎麼樣？」身為魏都最得力的手下，多的是人要為他分憂解惑。話音剛落，一個尖嘴猴腮的男人就撲上來。

她聽得到安雲和饒有興味的笑聲，就像這一切在他眼裡，不過就是一齣大戲，一場笑話。

瘋了般地推開那個男人，她抱著舅母的身子不讓人靠近，那男人也怒了，轉而捉住她。腥臭的氣味撲面而來，一口的大黃牙噁心極了，她雙手胡亂抓了一只鎏金燭檯，對著他的心口倏地刺進去。

是了，和現在一樣，滾燙鮮紅的血噴灑了她滿身，她至今仍記得那個男人死前看她的眼神。怨毒、驚恐、不信……怎麼能信呢？

這樣一個小丫頭，怎麼敢又怎麼能殺人?!

目光渙散尋不到聚焦處，顧妍怔怔盯著自己滿手的鮮血，似笑非笑。

蕭瀝突然不知道該說些什麼。西北每隔幾年便會徵兵，那些新入伍的役兵，一個個青澀得如同一張白紙，他看多了在戰場上殺人後，那些新兵驚慌失措的模樣。自己第一次殺人，大抵也是如此的。

顧妍，她的膽子很大，自認識她以來，他就覺得她膽子真不是一般的大。

蕭瀝拉了她的手臂把她提起來，她身體還是軟綿綿的沒有力道，一頭栽倒在他胸前，頓時一股混了血腥氣的幽香竄入鼻尖，他也僵著一動不動。

幾瞬呼吸的工夫，顧妍就直起身子，胡亂抹了把臉，重新將匕首塞回鹿皮小靴，直直往那個挖開的洞爬出去。

蕭瀝無言。「……」

他果然就是在瞎操心。

蘇嗚丞看著被自己敲昏的黑衣人，又補了兩下，扔掉石塊，道：「壯士，還不走啊？」

蕭瀝讓他先離開，自己則檢查了一下幾名黑衣人。

身上沒有任何配飾，無法辨別身分。其中一個還沒死絕，他補了一刀，這才從洞口竄出去。

賊寇的老窩被一鍋端了，天色已經大亮。

先前出去的兩名小娘子找到救兵，顧修之根據她們的引導一路追來，正巧見到顧妍一身是血披頭散髮地爬出來。

這個人，無論變得多麼狼狽，他都能一眼認出。他快步上前將顧妍攬到懷裡，手臂收縮又收縮，就差沒將她整個人都嵌進胸膛。

整整一夜的煎熬，那種處在生死邊緣徘徊的痛楚，他若是還不懂，也枉費自己活了這麼多年。阿妍對他來說，從來都不僅僅是妹妹、是親人，而是他願意用一生守護，至親至愛之人啊！

顧妍忍不住用手推了推。「二哥，好疼……」聲音都帶哭腔了。

掉下山崖沒哭，被關在那個牢房裡沒哭，剛剛殺了人也沒哭，卻在一踏出身後那片狼狽，馬上就有個可以依靠的堅實臂膀的時候，淚如雨下。

顧修之這才後知後覺地鬆開手，見到她一身鮮紅，驚得肝膽俱碎。「傷哪兒了？哪裡疼？」

蘇鳴丞和蕭瀝一前一後出來的時候，就只見到顧妍在一個俊朗少年面前哭成了淚人兒。

蕭瀝袖著手默默想著。所以方才那些冷靜理智，不過就是表相，她之所以堅強，不過是沒有遇到一個能讓她軟下來的人？

帶兵來圍剿山寨的是兵部右侍郎楊岩，見到蕭瀝平安無事也大大吁了口氣，上前說了些相關事宜。

顧妍拉了顧修之過來道謝，蕭瀝淡著面容沈默，蘇嗚丞當然連連擺手。「若不是你們，我也逃不出來，該是我謝妳才是。」

顧修之大步上前抱拳。「無論如何，阿妍能死裡逃生，多謝二位，還請受我一禮。」

顧妍還是頭一回見到顧修之這樣鄭重其事，同他一道欠了身。

蘇嗚丞只是在旁微笑著。他怎麼也不會想到，今日之事，會成為他日後的一道保命符。

蕭瀝淡淡道：「不用了，也算是多虧妳，這夥人販子才被抓獲，兩清。」

還有一個原因沒說，若不是因著他，顧妍剛剛也不會險些命喪刀下，究竟是誰欠誰，其實真不好說……

這麼互相謙讓總不是個事，楊岩看了看顧妍，笑問道：「可是暢元的外甥女？」

暢元，是舅舅柳建文的字。

顧妍笑道：「正是，楊伯伯。」

楊岩奇道：「妳怎麼知道我是誰？」

以前從未會面，若不是看她長得像柳家的伯母，他一時還認不出來。

顧妍陡然語塞，露餡兒了……

楊岩不甚在意，揮揮手道：「好了，開個玩笑，當真什麼，快回去吧，別讓爹娘擔心了。」

顧修之又再三謝過，一把將顧妍揹起來。

顧妍忙摟住他的脖子，抗議道：「二哥，我可以自己走！」

「廢話什麼！」

顧妍抿了抿嘴。「二哥，我餓了……」

「和我說有什麼用？」

「你身上沒帶吃的？」

「沒有！」

她拍拍他胸口，摸出一只裝了桃脯、杏仁的桑皮紙包，得意笑道：「看吧，就說是有的……」

後面的聲音越來越輕了，慢慢的再也聽不見。

蕭瀝不知自己恍惚了多久，直到楊岩幾聲呼喚才回神，他想揉揉眉心，看著手上包紮的雪白錦緞，突然又放下了。

「裡面還有些被抓了的小娘子和郎君，去把他們放出來，還有那些穿黑衣的男子，通通帶到刑部去。」蕭瀝簡單吩咐了一下，抬頭望了眼霧濛濛的天空，淡淡笑了笑。

又是一個要他命的，怎麼就這樣等不及呢？

顧妍回府一事引起不小的轟動，眾人除卻驚訝之外，高興的有，失望的也有。

先前一根弦始終緊繃著，突然鬆懈下來，整個人有些扛不住，沒等回家，顧妍就開始發熱，神志也有些迷糊，但是比起粉身碎骨，顧妍這樣完好無損地回來，無疑是個奇跡。所有人都說五小姐福星高照，將來是要走大運的。

至於顧崇琰則驚得一張嘴都合不攏。

區區一介凡人，血肉之軀，從那麼高的地方摔下去會沒事？還能全身完好地回來？當是話本裡的神仙一樣能飛簷走壁、騰雲駕霧呢？簡直荒唐！

然而又聽說顧妍是被鎮國公世子蕭瀝救了之後，突然又放了心。那蕭瀝才是真的天命所歸，顧妍若是沾上一點點人家的福氣，保住一條命倒也算不得什麼稀奇的事。

顧崇琰高高興興地開始扮演好父親的角色，等顧妍退燒也有幾日了，他才殷切地上門探望，又是旁敲又是側擊，問的無不都是有關蕭瀝的事。

「阿妍快跟為父講講，妳是怎麼和蕭世子一道脫險的？人家蕭世子有沒有對妳說什麼，或者做什麼？」一雙桃花眼炯炯有神，可說出的話卻越來越不對勁。

顧妍不耐煩地打斷他。「父親，你想說什麼不妨直說。」

顧崇琰咳了聲，一本正經地道：「阿妍，妳說小也不小了，再過一、兩年也可以議親了，女孩子家最重要的還不是名聲？妳和蕭世子在那山寨裡共度了一晚，妳這名聲……為父也是為了妳好。」

顧妍呵呵笑了。「父親，如果不是蕭瀝呢？」

「什麼？」顧崇琰沒懂。

顧妍深吸了口氣。「父親，如果和我一起的不是蕭世子，而是一個再普通、再尋常不過的人，你又打算怎麼做？是不是也要為我百般打算，就如同現在這樣，關心我的名聲？」

顧崇琰心中一驚。「妳這孩子說的什麼話！為父關心妳還不好嗎？不管是誰，壞了我女兒的名聲，為父怎麼能輕易就這麼算了？」

「可是父親，事實上那就是蕭瀝啊，是不是其他人又有什麼關係呢？」

她挑著眉，神情極淡，說的話也極輕柔，可那字字句句，怎麼都像是正中紅心，讓顧崇琰一時語塞，他的嘴唇緊緊抿成一條線，壓抑著心頭升起的點點怒氣。

瞧瞧她現在這個樣子，哪有一點點子女該有的模樣！

顧崇琰剛想開口，顧衡之卻悄無聲息地溜進來，站在他背後。「父親，五姊需要休息。」

顧崇琰嚇了一跳，等緩過神，眉間頗為不滿，可想到顧妍往後的價值，也只好忍下來。

「行了，阿妍好好歇息，等妳康復了，父親教妳寫字作畫。」

這樣的話，若在前世聽來，顧妍定然欣喜若狂，可是眼下，她怎麼覺得這樣諷刺？二姊才德兼備，衡之空有一腔熱血，她努力扮著乖巧，卻從不見有此「殊榮」。父親將親自教導兒女當作是馴養寵物呢，高興了就給一、兩顆糖吃！她從前百般求而不得，不曾聽他提起過要教她什麼，現在就能突然這樣「熱心腸」了？

顧妍可真想看看這張虛偽漂亮的皮囊下，究竟還有什麼！

她垂下眼簾，悶悶道：「謝謝父親。」

顧崇琰沒心思多想，他也從不花心思在顧妍身上，隨意交代幾句就走。

氣氛突然又有些凝滯。

顧妍望了眼已經坐在炕桌前卻背對著她的顧衡之，心裡到底多了些無奈。自從她回來，衡之每天都來這裡守著她，可愣是不肯開口和她說一句話，他這是在關心，卻也同樣生了氣，責備她自作主張，還替他作決定。可如果重來一次，在那樣的情況下，她只怕還是會作同樣的選擇。

「衡之……」顧妍輕喚，顧衡之扭著身子，就是不看她一眼。

她便指著桌上新出爐的杏仁牛乳凍，道：「已經放涼了，現在吃剛剛好。」

顧衡之還是不說話，不過手倒是伸出來，不客氣地拈了塊放嘴裡，然後又很快拈了第二塊。

顧妍很想笑，但生生憋著，岔了氣，就開始咳嗽。

顧衡之趕忙回頭，噔噔噔跑過來給她順氣，小手一下一下平緩有力地拍著她的背。

「不生氣了？」她笑問道。

顧衡之哼了聲，坐在床沿沈默了一會兒，問：「為什麼？不要和我說什麼是為了我好之類的話，這些我知道，但我不想聽！妳到底是怎麼想的，為什麼那個時候會這麼做？我不會相信妳只是為了好玩！」

這個問題，不只是顧衡之疑惑，幾乎所有人都有疑慮，且對她的說詞將信將疑。

顧婼扶著柳氏，恰恰停在外間，不知道是不是要進去。柳氏則抓著顧婼的手，怔怔望著面前的垂簾。

她聽到顧妍低笑了聲。「衡之，有些事你不懂。」

「妳總拿我當孩子，可妳又比我大多少？不過早出生近一個時辰，為什麼妳什麼事都要搶在前面？」顧衡之輕聲嘟囔了句。「分明我才是男子漢的……」

一個孩童，與她說著男子漢擔當的話，顧妍覺得好笑，又滿心感動。真要說衡之什麼都不懂，她也是不信的……

衡之與她的重生情況不一樣，他是與生俱來的敏感，能夠辨別身邊人對他的好意或是壞心。那碗符水拿來，就算沒有她的干擾，衡之只怕也不會喝的，杏桃那種灼灼如燒的目光，衡之要是沒有感覺，那才有鬼了，只是他滿心信任自己，所以才會被她輕易掉了包。可她要怎麼解釋呢？

重生之後，對待衡之，已經不僅僅是弟弟了，更多的卻是把他當成孩子，父母總想為孩子創建一個美好溫馨的環境，她的初衷也是這樣，可又覺得，衡之不能一輩子活在別人為他建的堡壘裡，至少要有個起碼的認知。

「那不是意外。」顧妍聲音壓得很低，極認真地說道：「所以，你要小心……」

外間的柳氏聽了這話，身子不由輕顫，她慌亂地扶住牆壁，驚得張了口。這個消息讓她錯愕，緊緊咬唇，這才掩住差點脫口而出的驚呼。

先前自己的用藥被鶯兒掉包之後，她便知曉，有人要謀她的命，那時候她以為自己要死了，頓時生了無限不捨。

對孩子的，對三爺的，對親人的……所以待近來身子好些了，她變得格外小心，可是那手居然又伸向她的孩子？她尚且年幼的孩子！

柳氏自責不已，暗罵自己疏忽，可臨了最心痛的還是顧妍的改變，不知道什麼時候開始，嬌小任性的小女兒變得穩重起來，她倒寧願顧妍還是那個撒嬌耍賴的孩子，而不是這樣能夠獨當一面。

是因為自己太無用了，所以要年幼的女兒為她操心，要這麼小的孩子承受面前的壓力？她在自己不知道的時候迅速成長，而這樣的成長，是她一手促成的！

顧妍抓著顧衡之的手，目光往外間看過去。隔了重簾子，她像是能看見娘親痛苦掙扎的樣子。

不想的，確實不想的。她的娘親本就不會工於心計，也沒什麼城府，這個性子多吃虧啊！若是在溫和開明的人家，那便算了，可偏偏是顧家啊！娘親這樣子，都能被他們生吞活剝好幾回了！

有些事情，她必須要讓娘親知曉，而有些壓力，她也必須要讓柳氏承受。讓她知道，她還有幾個孩子呢！他們都需要娘親，也同樣離不開她。

柳氏到底沒有進去，她突然不知該怎麼面對顧妍，或是要怎麼面對自己。她自小便被家中當成寶貝一般慣著、寵著，哪怕有什麼事，都有兄長、長輩在她前頭擋著，從不會擺到她的面前。這樣無憂無慮，雖說讓她一路順遂，卻也沒有給她能夠應變的能力。

柳江氏生前不止一次地擔憂，女兒這樣的性子，以後嫁入夫家該怎麼辦，可能擔得起正室夫人的責擔？

柳氏一直都按著長輩的要求做事，平生唯一一次任性，大抵便是嫁給顧崇琰。這門婚事當初不只是柳建文反對，柳江氏也是不滿意的，如今她的報應確實到了。

顧崇琰對她若即若離，李姨娘爬上頭壓她一籌，子女們處境堪憂，而她還似一只木偶被人操控著手腳無力還擊。

她能怎麼做，她該怎麼做？自己選的路，哪怕哭著也要走完，這是她僅有的驕傲和骨氣。

柳氏深深吸了口氣，擺擺手讓顧婼放開她，一步一步極慢地走出清瀾院。那一刻，瘦弱的身姿筆直堅挺，似乎含了一種堅決。

顧婼沒追上去，她相信有唐嬤嬤幫著開導，娘親會想通的。於是她轉身掀開簾子走進屋內，見顧妍還半靠在床沿，臉色微白。

「娘親走了。」顧婼說道。

意料之中的事，顧妍平淡地點頭，捏著有些痠軟無力的手臂。現今燒已經退了，身上卻沒什麼力氣，這場病，勢頭凶猛，只怕要養一段時日。

綠繡突然急匆匆地跑進來，見顧婼也在，慌亂行了一禮，道：「五小姐，伊人縣主來了，要來看您呢！」

顧妍一愣，顧婼卻是一驚。想到那日東宮賞花宴上，又心下了然，站起身道：「還愣著做什麼，還不去外頭迎接？」

顧妍有些茫然。蕭若伊怎麼想到來看她？按理說，這個時候，她應該已經不在鎮國公府，而是回宮了吧……隨隨便便出宮，太后竟也同意？

過沒一會兒，蕭若伊果然就到了，與她同來的還有安氏、顧妤和顧婷，身後跟了個高大魁梧的大漢，竟是晏仲，還有一個面容白皙的中年男子，畢恭畢敬跟著，只是看他乾乾淨淨的臉面，便知道這是某位公公了。

滿屋子的人都對蕭若伊行禮，顧衡之睜大一雙眼，就差沒指著她控訴道：「這是那個要搶燈籠的人！」

蕭若伊暗暗翻個白眼。縣主的儀態，在人前她總是要端著的，至於私底下什麼樣子，那便要看對什麼人了。

顧妤顯得很熱情，趕忙招呼小丫頭給蕭若伊搬上錦杌，顧婷卻有些瑟縮，悄悄站在最邊上，最好便是蕭若伊不曾見著她。

安氏笑道：「煩勞縣主來看望阿妍，真是有心了，說來還要多謝蕭世子，若非他，阿妍也不會死裡逃生。」

話說得中規中矩，蕭若伊卻不受用。「我與阿妍的情誼，沒必要謝來謝去的，說煩勞便太過了，至於大哥救她，那是看在我的臉面。」

顧妍強忍著才沒有笑出聲，可又覺得，蕭若伊是在刻意為她做臉面。

顧妤神色微變，隱晦地睃了眼顧妍，悄悄扯著帕子，顧婷也鼓著一張臉，安氏卻笑得更開心了。

這些人顧妍倒是沒在意，她的目光落在蕭若伊身後那位公公身上。從他一進門看見自己，目光便極為震驚，哪怕一瞬便隱藏起來，可若有似無飄在自己身上的深究目光，讓她很不舒服。

蕭若伊沒有急著坐下，看了眼晏仲，晏仲扯了扯嘴角走上前，一下子坐下來，顧妍甚至感到床榻有些微震。

她打量了一下，終於明白蕭若伊說的晏仲滋潤了一圈是什麼意思了。

老天，這不是滋潤了，他是腫了，整個人腫了一倍！

顧妍任由他給自己診脈，低下頭竭力掩飾嘴邊的笑意。可晏仲眼睛多尖啊，還能不明白她心裡那點小心思？鼻孔朝天就哼了聲。

安氏猜想這位壯漢應該就是太醫院的哪位太醫了，能被伊人縣主請過來，定是有真本事的。「這位大人醫術定是了得。不知能不能請他也給老夫人診個脈？老夫人也已經病了有些時日了，總也好不索利……」

安氏說這話還是經過考量的，首先以伊人縣主與顧妍的交情，這份面子情不好駁回，若這大夫真的治好老夫人的病，她也能在老夫人面前賣個好，一舉兩得。

然而晏仲又豈是任人擺布的？

蕭若伊委婉笑道：「晏先生診脈的時候，不喜歡被打擾，這兒人有些多了。」

其實也是變相地拒絕了，非但如此，還要將她們趕出去。

安氏臉一白，像是被生生搧了一個巴掌，又辣又疼。可伊人縣主開了口，她難道還要據理力爭？病人需要靜養，道理是誰都懂的。只是她沒料到，伊人縣主居然不給面子！

安氏悻悻地笑了笑，就帶著人出去了。

顧婷還記得東宮梨園那件事，覺得現在離開正如她意，顧妤卻有些暗恨安氏作妖，她都還沒能來得及好好和伊人縣主說幾句話呢！

安氏悄悄拉了顧妤一把，顧妤只好不情不願地離開了。顧婼也跟著一道出去，顧衡之卻是說什麼也不離開。

蕭若伊揉著眉心，無奈道：「韓公公，我就在這裡，哪兒也不去，你不用盯這樣牢，我還要和阿妍說會兒話呢。」

韓公公頷首，躬身退下，臨走前倒是又仔仔細細看了一番顧妍。

蕭若伊本還以為要費一番口舌的，沒想到這樣容易，不過也好，省了她不少事。她大大呼了口氣，也不去端什麼破架子，身子一歪斜倚在炕桌旁，看著桌上撒了杏仁末的牛乳凍，不客氣地拈了塊。

顧衡之的眼睛都睜圓了，噔噔噔跑過去將盤子一把奪走，凶神惡煞地瞪她。「妳又搶我東西！」

蕭若伊微愣，簡直哭笑不得。「小鬼，幹麼這樣小氣嘛！獨樂樂不如眾樂樂不是？」她仗著手長就要伸手搶過來，顧衡之就將乳凍全塞到嘴裡，扔了只空盤子給她。

蕭若伊也睜大眼，抖著唇「你」了半天，說不出其他話來，生氣地將盤子「砰」一聲扔桌上，控訴道：「阿妍，這小鬼太不可愛了！」

顧妍卻覺得很有意思，也不偏幫誰，反正蕭若伊也只是說笑而已。

晏仲收回手，瞇著眼睛看了看她，剖析的目光讓顧妍心頭微跳，像是有什麼秘密被人捕捉了一樣。

「小丫頭，妳這個年紀，有什麼好憂思的？」他只問了這麼一句話，沒等她回答，就起身去一旁寫方子了。

連晏仲也覺得她憂思過度了嗎？

顧妍沈默無言。

第二十章

在這時，外院的正堂裡，蕭瀝正面對著顧崇琰。

他今日本是陪蕭若伊來，只不過蕭若伊為了探望，他卻是為了調查。顧妍驚馬落崖一事原也輪不到他去管，然而那日在山林間見到東廠番子的蹤影，他就不得不上心了。

錦衣衛和東廠，都是受命於君王，職責類似，正是因為同行相爭，總有許多矛盾，加之近些年東廠的權力漸漸凌駕於錦衣衛之上，暗裡鬥得難分難捨。

他個人是沒興趣管這兩個機構的陳年舊事，錦衣衛如何或是東廠如何與他沒有半分干係，只不過那群要刺殺他的黑衣人矛頭隱隱指向了東廠，再想到那日見到的番子似乎職稱還不低，起碼也是個檔頭，這點細微之處讓他不得不深思熟慮，這才上門來尋解。

然而以錦衣衛的能力，什麼東西查不到，何必勞他親自跑一趟？實際什麼原因，蕭瀝自己都說不清。

顧崇琰和顧二爺今日都休沐，顧崇琰仗著自己女兒與蕭瀝「共患難」一場，覺得頗有底氣，說話間都帶著熟絡，再一聽蕭瀝問的都是那日顧妍驚馬之事，心裡那點火苗越燒越旺，差點沒拍蕭瀝的肩膀喚一聲「準女婿」。

當然，他不敢。雖然心裡是這樣希望的，然而以蕭瀝的背景，顧崇琰覺得，顧妍哪怕將來能做個貴妾，那都是造化了！

顧崇琰看著蕭瀝的時候，有種趨附奉承之意，這讓蕭瀝的目光越來越淡。

他認得這個人——太子之爭，顧三爺廷爭面折，被拖去午門外廷杖。

沒想到，原來這個人，是顧妍的父親。真是……一點也不像！

蕭瀝暗自唏噓，顧二爺冷眼看著，覺得他這個弟弟太急功近利，沈不住氣。蕭世子明顯是不耐煩了，他還一副老泰山的樣子給誰看呢？八字沒一撇，自己心裡倒是想得美美的。

蕭瀝見要問的差不多了，其實也沒有問出什麼，便打算告辭。

顧崇琰一聽可不得了，急急忙忙攔住。「蕭世子，有些事，在下覺得需要談談。」

蕭瀝頓下。

「阿妍從小聽話懂事又孝順，從不需要我這個父親操心，她聰慧過人，什麼東西都一學就會，我甚至曾覺得，她若是個男子，將來定能有一番大作為。」顧崇琰的目光迷離，像是沈浸在往昔回憶中。「只不過，到底女兒才是貼心的小棉襖，有這麼個軟軟甜甜的女兒叫著爹爹，時不時給撒個嬌，心裡就像是抹了蜜一樣的甜……」

和他說這些做什麼？那個小丫頭，聽話懂事乖巧？還會甜甜地撒嬌？

蕭瀝有些難以想像，顧崇琰說的，和他認識的，好像就是兩個人。

見蕭瀝有些心不在焉，顧崇琰抿緊唇，覺得還是打開天窗說亮話好了。

「阿妍怎麼說也是個姑娘家，更是我捧在手心如珠如寶的心肝肉，出了這樣的事，我這個做父親的很難受，比被刀剜了心還要疼……蕭世子，一個姑娘家，被賊匪劫走，還過了一晚上，這種事，擱在誰那裡都不好，必會是人生中的一個污點……過兩年阿妍也該議親了，若是因此往後處處受制，可怎麼辦？」

所以，就需要他做些什麼，來解決？

蕭瀝的目光更加淡了。自從他回到京都，多的是人搜羅各色美人往他屋裡塞，他照單全收，轉而全部賞給自己手下。

顧崇琰並不是第一個，卻是頭一個連自己還未長大的幼女都不放過的。理由在他看來，還那麼的……牽強。

蕭瀝「哦」了聲，便沒下文了。

顧崇琰很驚訝。他都這樣明顯了，難道蕭瀝還沒聽懂？

尋思著是不是要更直白些，便聽到蕭瀝說道：「那麼，我拒絕。」

他們甚至不知道他是什麼樣的人，他的個性、他的生活、他的一切，就這樣把她簡簡單單交付給別人？

顧崇琰很想繼續說什麼，顧修之不知道從哪裡竄進來，冷厲地瞪著蕭瀝。

「你憑什麼拒絕？」顧修之很憤怒。

在他看來，阿妍那樣好，值得所有人的欣賞、愛護，這個人居然嫌棄他的阿妍！自己當作性命的金銀珠寶，在他眼裡，怎麼就成了一堆破銅爛鐵！

顧崇琰鬆口氣，有些事，他要說出來，那就丟了老臉，由著修之去說，都是年輕人，衝動點也不是什麼大事。

蕭瀝怔了怔，問道：「那你希望我答應？」

顧修之聞言，突然像洩氣的皮球，什麼氣都一乾二淨了。答應？想得美！

顧修之哼了聲，沒話說了。

蕭瀝靜默了一瞬，說了句「告辭」，便大步往外走，顧崇琰根本不可能攔得住他。

顧崇琰又氣又怒，在看到顧二爺譏諷的笑容時，更是覺得老臉一熱，轉頭問顧修之。「你、你怎麼不好好說說？」

顧修之理所應當地回道：「那種人，不值得。」

「你懂什麼，什麼叫那種人？人家是鎮國公世子，才貌雙全，才勇兼優，還有高貴的家世和血統……」

要不是顧崇琰是顧妍的老爹，他這時候都要一棒子敲上去了！

「三叔難道就關注這些？」顧修之不耐煩地打斷。「三叔，您不要太迂腐了！阿妍被擄了又如何？和她一道被人販子抓走的人多了去，那麼多小娘子，您倒是要蕭瀝一個個全部領回家啊！」

「那些人哪能和我女兒比？」

顧修之道：「對，當然不能和阿妍比，但她們與阿妍不也是同樣的遭遇，甚至，她們比阿妍還要年長，很快便要面對說媒訂親之事，阿妍還小，過兩年這事都淡了，人家哪還會記得起來？再說了，要是阿妍真嫁不出去了，我這個做哥哥的養她！」

顧修之匆匆說完跑出去，顧崇琰差點被氣個半死。

女兒是他的，還需要顧修之這個隔房的堂兄瞎操什麼心。哪怕是做繼室、做妾，顧妍也必須得入高門，為他帶來一個位高權重的女婿！

另一廂的蕭瀝找了個人將他領去垂花拱門處的涼亭，因他是陪著蕭若伊一道來的，人還沒出來他就走，後果會很嚴重，他索性便等著了。

他今天穿了身石青色直裰，顯得格外勁瘦，姿容俊美無儔，放哪兒都能成為風景。

顧妤遠遠便看到他了。她知道蕭瀝是跟著來的，她很想看他，再和他說說話。可內院與外院相隔，她又不好貿然出去，便來這垂花門處碰碰運氣。

果然老天是站在她這邊的！

顧妤攏了攏頭髮，款款到他面前，盈盈地施一禮。「蕭世子，沒想到在這裡遇見你，可是來找縣主？」

蕭瀝有點不豫，他只想安安靜靜待一會兒。

這個時候，身為大家閨秀，見著陌生男子，不是應該迴避，當沒看到嗎？哪有自個兒往上湊的？

蕭瀝冷冷淡淡地點頭，算是打過招呼，尋思著要不還是先走吧。伊人要生氣就生氣，他哪天得空了，找隻小奶狗送她就好了。不過上次從王淑妃那裡要來的波斯貓，好像不過十天就被她撐死了。什麼花草小獸，到了蕭若伊手裡，從沒有活過一個月的……

顧妤忐忑於蕭瀝對她的態度，殊不知他的心思完全不在這裡。斟酌了片刻，她道：「縣主正在五妹那裡，一時半會兒恐怕還不會結束，五妹還將我們姊妹幾個全趕出來了，要和縣主說體己話呢！」

這話其實也是在說顧妍霸道，不顧念姊妹情，甚至在縣主面前都不給姊妹幾個面子，將她們都趕出來，然而蕭瀝覺得沒什麼不對的，伊人的性子他也多少知道些，不喜歡身邊有太多人，尤其那些狗皮膏藥一樣甩都甩不掉的人。

蕭瀝沒有什麼反應，顧妤覺得心裡悶悶的，她復又揚起笑容。「還要多謝蕭世子，若非您，五妹定然凶多吉少。」目光又落在蕭瀝纏著紗布的右手上。「蕭世子受傷了？現在如何了？」

若說一開始顧妍掉下山崖她還覺得心裡有些舒暢，但自從知曉顧妍是和蕭瀝一道的，她就腸子都悔青了，恨不得自己代替顧妍陪蕭瀝一道掉下去，話本裡都說男女同甘共苦，那便情比金堅了，指不定她和蕭郎也能如此。

蕭瀝皺了眉，真有些難耐了。

走還是不走，這是個問題……

所幸他沒有糾結多久，因為蕭若伊出來了，晏仲和韓公公跟在她的身後。

他從沒覺得蕭若伊這麼靠譜過！

顧好心生不滿，她好不容易才有機會和蕭瀝說一會兒話，怎麼總是有這麼多事打斷！可此時她又不好表現出自己的情緒，只能行禮。

「怎麼你們兩個在這裡？」蕭若伊狐疑的目光上上下下掃了蕭瀝一遍。

顧好先前和蕭瀝說話，他都愛答不理，她便以為他是個沈默寡言的人，已經做好準備要接蕭若伊的話了。

誰知蕭瀝先她一步淡淡道：「我在這裡等妳，她就過來了。」

顧好一張臉頓時脹得通紅。這話說得……好像她對蕭世子有什麼企圖似的！

雖然，確實如此，可這樣明晃晃說出來，簡直揭了她的遮羞布！

顧好想說，這只是場偶遇，是美妙的邂逅，蕭若伊卻突然恍然大悟地「哦」了聲。那種「你不用解釋，我全懂的」眼神，讓顧好無地自容。

「她還提到妳了。」蕭瀝又道。

蕭若伊「哦」一聲。「說我什麼了？」

「說妳把人全趕了出去，只和顧五說話。」

顧好不可思議地睜大雙眼。

什麼！什麼！什麼！她剛才明明說的是顧妍！

蕭若伊臉色一變，不開心了。

她想和阿妍說會兒話也不允許啊！真是小肚雞腸！

白了顧妤一眼，蕭若伊哼一聲後就走了，蕭瀝就更沒理由留下。

顧妤氣得眼淚啪答啪答往下掉，捂著臉急匆匆跑回房裡，抱著枕頭狠狠哭了一場。

這些事，顧妍並不知道，她只知曉，柳氏去找安氏細問驚馬的經過，又去找了父親，與他說著有人蓄意謀害的事。

馬車毀了，車夫死了，馬兒掉下山崖摔爛了，去追究什麼謀害，顧崇琰吃飽了撐著才會和柳氏瞎折騰。可柳氏不依不饒，她甚至第一次和父親大聲說話，然而父親罵了她一聲「愚婦」，拂袖就走。

雖然結果不盡如人意，但顧妍知曉母親已經在慢慢改變，這第一步跨出了，顧妍已經很心滿意足。

凡事，總要慢慢來的。

暮春過了，初夏已至，天氣開始熱了，顧妍的身體也早就好了。

前些日子，顧修之來找她，與她說，他不想讀書了，他喜歡武藝，不想繼續渾渾噩噩地過，他要去從軍，實現自己的抱負。

可如今邊關太平，哪有什麼好從軍的？

顧修之想到了福建。「西北、東北太平，瓦剌、韃子都服貼了，女真雖有動靜，但從不威脅大夏疆土，唯有東南時常有倭寇進犯，小打小鬧不斷，我就去福建。」

福建啊……舅舅也在福建的。

顧妍眼睛發酸。她著實想舅舅了，還有舅母和紀師兄。福建那麼遠，一封信寄過去，走驛站，都要足月，更別提親自去那兒了。

「二哥決定了？」顧妍問道。

她知道二哥早晚要脫離眼下束縛，他日後可是大金國最驍勇善戰的將軍，大金國土的開闢，多虧二哥才完成，她不覺得二哥去從軍有什麼不好。

顧修之很肯定地點頭，顧妍當然支持。

他確實不能繼續這樣下去了，一直默默讀什麼聖賢書，作什麼八股制藝，他一輩子沒有出頭之日。他要讓自己變強大，就像顧妍說的，要變得讓安氏無法掌控，要有這個能力，保護自己喜歡的人。

顧修之心意已決，只是顧妍沒想到，他走得這麼決絕，收拾幾件貼身衣物，帶了些細軟，沒說自己去哪兒，也沒和安氏或其他人打過招呼，一人一騎就消失了。

見過她的當天晚上，他就留書出走了，安氏氣得暈厥，大罵這個不孝子，又來找顧妍，問她知不知道顧修之的去向。

平日顧修之就和顧妍最親近了，他要做什麼，定是會告訴顧妍的。

可顧妍又哪會出賣他？

緘口不提此事，只說不知道，安氏又不能撬開她的嘴，真要她吐出什麼，只得恨恨作罷。

過了幾日，顧妍剛午憩醒來，綠繡就衝進來，急道：「小姐，太后口諭，讓您領旨！」

滿屋子人愣了愣，顧妍也跟著有點驚訝。她陡然福至心靈，想到蕭若伊那日來時，跟著一道的韓公公。

伊人縣主在宮裡的倚靠，無非就是太后，那韓公公既然時刻跟著她，有九成是太后的人，而韓公公看自己的眼神……很奇怪，活像是白日見鬼。

說起這位太后，上一世顧妍是無緣得見了。據說她本是尚衣局的一名宮女，被先帝臨幸，一夜承歡，才誕下先帝長子，也就是如今的方武帝。

方武帝十歲登基，太后便每日五更到方武帝住所，攜他一道登輦上朝，數十年如一日，親自照料他的起居。因而方武帝對這位太后，既是尊崇又是敬畏，極少會有反對她的時候，大約也只有在立太子之事上，與太后多年不曾達成共識。

這是個堅韌的女人，同樣，也是個極為硬氣的女人。

顧妍緩過神，面容平靜，收拾一下很快就去了前院。

來宣讀口諭的是個二十來歲的公公，顧妍筆直跪下，聽那太監細聲細氣說著一堆話，最後的總結，便是要顧妍入宮一趟，太后想見見她。

她也不知道太后怎麼突發奇想了，無論前世今生，她與這位太后都沒什麼牽扯，稍微能聯結上的，大抵是如今蕭若伊與她交好。難不成太后還要審視一下她，看看她是不是有這個資格，做伊人縣主的夥伴？

顧妍沒有拒絕的理由，恭恭敬敬領了旨意。

所有人看著她的目光都很驚訝，然而驚訝的同時，又摻雜了其他，如安氏和老夫人的驚喜，顧妤和賀氏的暗恨妒忌，柳氏和顧婼的濃濃擔憂。

太后召得急，眾人沒時間與她交代注意事項，顧妍便被公公請走了，她也只帶了青禾一同去。

由於丫鬟沒有資格進宮門，青禾被留在車外，顧妍便被請進太后的慈寧宮。

初夏的午後，陽光不算灼烈，卻刺目得厲害，沿著宮道走了一路，出了不少汗。但太后卻還不打算這麼快召見她，有管事姑姑說太后正在午憩，讓她等一會兒，她便如此站在臺階下曬著太陽。

臉有些燒起來了，她低頭看看腳下光可鑑人的青石板，似乎比她見過的色澤還要再黑稠一些。

就不知道是染了多少人的血……

皇宮給她的印象，不是莊嚴巍峨，不是至高無上，它只是一座金玉相砌的囚籠，規矩禮教，困頓了許多人的一生。這裡有她很不好的記憶，太糟糕了，一點都不願去想。

不知道等了多久，等到日光都沒那樣強烈了，管事姑姑終於出來請顧妍進去。她的腳因為長時間站立又疫又疼，一動就麻癢難耐，寸步難行。管事姑姑還在催促著她，顧妍只好忍著不適，快步跟上。

這位太后娘娘是在為難她呢！

慈寧宮的窗櫺上都掛起深色帷布，裡頭陰陰暗暗的，熏著極淺的檀香，有宮娥捲起帷布，外頭的天光照進來，顧妍的眼睛又不適地瞇了下。

太后坐在上首，有貌美宮娥拿著美人捶給她輕敲腿腳，顧妍忙跪下行禮。

「抬起頭來。」

顧妍從善如流地抬頭，目光卻不曾直視天顏。

她感覺到四周明顯一寂，有一角真紫色裙裾從眼前劃過，旋即下巴便被人緊緊攥在手裡，長長的護甲戳著她的頸項，帶來一陣刺痛。她不可避免地撞上太后的目光。

蒼老的面容，再如何保養，也顯得皺巴巴了，五官輪廓的精緻，能看得出，年輕時這是個美人。她髮絲緊緊盤著一絲不苟，一雙眼眸中透著冷厲的精光。

「妳，是誰？」

這話說得顧妍心中一跳，下意識的反應，竟是太后洞悉了她的來歷，然而在觸及那眼眸深處濃濃的忌憚時，她又鬆下心神。

怎麼會呢？她自問可還沒這個能力，能讓太后忌憚她什麼。

顧妍平淡說道：「民女顧妍。」

太后牢牢注視著她，從上至下，從內而外地打量，下巴處的力道越來越大，那護甲簡直就像是要戳進她的咽喉，要了她的命。

顧妍皺起眉，太后終於放手。直起身子，恢復了儀態端方，手扶著身邊的掌事姑姑。

「哀家常聽伊人提起妳。」太后慢條斯理地說道，一步步重新倚回美人榻上。

蕭若伊提不提還是次要，聽聞顧五，更多是因為蕭瀝的緣故。據說，蕭瀝是因為要救顧五才跟著掉下山崖的，她便起了心思，覺得顧妍是故意設的局，要套住她的外孫。

她找了韓公公跟著去見一見顧妍，沒想到，她竟然長了這樣一張臉！

太后低低笑道：「顧五，倒真是個討喜的可人兒。」

顧妍不敢苟同。她若討喜，那現在下巴脖頸處的疼痛又是怎麼回事？

太后把她當成了誰？

「去將哀家那只景泰藍長頸方觚賞給顧五。」

掌事姑姑應諾下去取了，太后顯然沒打算再與她多說什麼，就以疲倦為由讓她下去。

找她過來，就為了看她一眼，然後問問她是誰？

顧妍一點也搞不懂這些人心裡都在想什麼，就像她不知道，在她踏出慈寧宮之後，太后就打碎一套鬥彩茶具。

旁。

周遭伺候的人忙勸著太后息怒，韓公公掃著拂塵進來，瞥一眼四周，恭恭敬敬站在一

「都查到了什麼？她和完顏霜，有什麼干係？」

韓公公搖頭道：「沒有任何干係，只是長相相似。」

「相似？」太后美目霍瞪。「若說鄭貴妃與完顏霜相似，哀家便認了，可你瞧瞧她，簡直就是和完顏霜一個模子裡刻出來的！」

韓公公道：「太后，何必特意見這一面？萬千世界無奇不有，那人已經死了幾十年了，再不會威脅到您什麼，至於顧五，您便只當那是一個巧合。」

太后顫抖著看了看自己的雙手。歲月匆匆而過，她也逐漸年老色衰，可有些事，依然深深埋在心裡，想想便覺得抓心撓肝地痛癢。

「不能讓皇帝見著她，絕對不可以……」她喁喁低語，全不知說給誰聽。

另一廂的顧妍抱著那只沈重的景泰藍方觚，艱難地前行。

方觚形體比較大，以她如今的身形，舉在手裡，都能擋住自己的臉，重量又有些難以承受，她只走了一段路，背心已經出了一層汗，連連喘著氣。

賞她方觚，卻不差人為她拿著，因是太后賞的，更不得損壞丁點兒，她若是一不小心將它摔了，那便是大不敬之罪。

顧妍手臂很疼，又停了下來，前頭領路的公公不耐煩地喝道：「顧五小姐，您能快一點

嗎？」

太后宮裡的太監，比之其他地方，地位都要高上一層，光看太后這態度，便知曉她老人家是不待見顧五，那他也不用多留什麼情面。

顧妍咬咬牙，正要跟上，不知從哪兒傳來一句低笑。「什麼時候宮裡用這麼小的宮娥搬重物了？」

顧妍身子一顫，那領路的太監已經躬身行禮。「五皇孫。」

夏侯毅不在意地揮揮手。

方觚擋住顧妍的頭臉，但是看她穿了月白色的印花葫蘆衫裙，而不是如尋常宮娥的粉色宮裝，便知曉這不是哪宮的婢子了。

夏侯毅大步上前，接過顧妍手裡的方觚，笑道：「怎麼讓人家小姑娘搬這麼大個物件？」

障礙拿開，他也看清了顧妍的臉，微愣之後，面色就是一變。

「妳……」他驚得張大嘴，將方觚扔給那領路太監，太監誠惶誠恐接過，再看過去，夏侯毅正拿了塊方帕捂著顧妍的脖頸。「怎麼流血了？」

顧妍僵著身子一動不動。

流血了？想到方才太后那護甲使勁地戳著，可不就得流血嗎？

比她高了一個頭的少年飄逸寧和，眸光溫柔細膩，陽光碎金般燦烈，隔得這樣近，她還能看得清他鼻尖上細小的茸毛。

他對誰都是這樣溫和，曾經她還以為自己對他而言會有所不同，哪怕看到他與沐雪茗執子之手、鳳凰相攜時，她都是這樣自欺欺人。

心甘情願將知道的一切都告訴他，她救了他的命，卻將自己和至親至愛之人，通通送上了末路，而最後又發現，其實什麼都沒有得到。

怎麼就這樣蠢呢？

顧妍眸光倏冷，忙退後一步，夏侯毅的手就這麼吊在半空，那塊雪白的帕子染了血漬，飄飄落在地上。

他有些錯愕地看著她，那人卻已經盈盈福身，越過了他，重新接過太監手裡的方舡，嬌小的身形，背脊挺得筆直，亦步亦趨跟著走。

夏侯毅慢慢放下了手，蹲下身子將帕子撿起，緊緊攥在手心。

他什麼都沒做不是嗎？他有做錯什麼嗎？

抿著唇，遙遙望過去，已經不見人影了。

顧妍好不容易回到來時的馬車上，感覺身上都汗濕了，汗水順著頸項滑下，滴在傷口上，刺刺地發疼。

青禾嚇了一跳，連忙接過她手裡的東西，給她擦汗。「怎麼會這樣？」

顧妍不想多談，讓青禾沾了點水，給她將血漬擦乾淨。

所幸傷口小，不仔細瞧看不出來。

等顧妍回到侯府，除了面色稍顯潮紅，其他瞧不出不妥，她便被請去寧壽堂。

老夫人的身子總算有起色了，除卻精神不是很好，再不用如往常一般，總是病怏怏地躺在床上。

安氏、賀氏、柳氏、于氏都在，毫無疑問，她們個個都關心顧妍進宮的情形，太后怎麼看她，或是她有沒有惹出什麼事端？

安氏親自上前拉著顧妍的手，忙問道：「阿妍，快說說，太后召妳進宮，都是為了什麼？」

賀氏坐直了身子，手放在微微突起的小腹上，耳朵卻直直豎起來。

也不知道這丫頭哪來的運道，還能被太后召進宮去，她長這麼大，從來都只有在皇宮外面遠遠地看過，從沒真的進過呢！再想到自己被送去賀家的女兒，又百般不是滋味。

她的媛姊兒比起顧妍，從來都是只好不差的，媛姊兒若是在這裡，這殊榮定然就是她的了，賀氏私心想著，分明是顧妍搶了她女兒的機會，不由語氣尖酸起來。「為了什麼不要緊，五丫頭別惹了禍，把侯府也搭進去便是了！」

柳氏不樂意聽這話，皺眉篤定道：「二嫂，阿妍很懂事，她不會惹禍的！」

在從前，母親便不會這樣，她不敢反抗，只會自己跟自己生著悶氣，或是偷偷流淚。

賀氏聽這話就不舒服。她顧妍不會惹禍，言下之意，就說媛姊兒是個惹事精了！

容色一凜，賀氏張嘴就要反駁，上首的老夫人適時沈聲道：「都少說兩句！」

竟是太陽打西邊出來，老夫人隱隱有偏幫柳氏的痕跡。

倒也不是在她心裡對柳氏改觀了，而是賀氏讓她失了耐心，而顧妍最近似乎運道極好，遇到的貴人一個接著一個，柳氏有這麼個女兒，她自然願意給柳氏幾分顏面。

老夫人招招手，讓顧妍走過去坐到她身邊，拉起她的手。顧妍有些許反感，但微微忍耐一下，倒也過去了。

「阿妍，太后召妳進宮，可都說了些什麼？」老夫人慈和地問道。

要知道，如今的太后早已經不如從前一般約束管教方武帝了。她開始深居簡出，不插手朝堂或是後宮一干事宜，算算已有三、四年不曾見過外命婦，更別提是哪家小娘子，顧妍可是這些年裡頭一個，以後說出去，那是極長面子的事。

顧妍說道：「太后只問了一下我的名字，隨意扯聊了幾句，便讓我回來了。」

賀氏從鼻子裡發出「哼」的一聲，不通道：「隨意聊幾句，便去了這樣大半日？妳別是做了什麼，然後不敢說吧！」

「二嫂！」

「二弟妹！」

柳氏和安氏同時出聲喝止，于氏抿著唇，神情亦是不贊同。

柳氏是心疼女兒被詆毀，而安氏和于氏則是不滿賀氏那態度，好似是多麼希望顧妍惹了麻煩，給侯府帶來事端似的，她賀氏也是顧家人，都是一根繩上的螞蚱，一榮俱榮，一損俱損啊！

老夫人咬牙，看在她有身孕的分上，不與她一般計較。

「我去的時候，太后還在午憩，就讓我在外頭等了會兒……」顧妍如實回答。

在老夫人心中，自有一桿秤，是非曲直，不用她來說，老夫人自己就能想出各種理由。而聽了這話，老夫人就愣了，看到顧妍稍顯潮紅的面色，當下信了大半。

可沒道理太后教人來請五丫頭過去，自己還避而不見，晾著人的啊！難道太后想見五丫頭不是出於嘉賞善意，而是特意過去磋磨的？

老夫人看向顧妍的眼神當下就變得有些微妙了。

顧妍暗暗冷笑一聲，接著道：「太后還給了我她宮裡的一只景泰藍方觚，有這麼大。」她拿手比劃。

老夫人這才滿意，又嗔怪這孩子說話怎麼大喘氣。

這才對嘛！太后定是在擺架子呢！像太后這樣高高在上的人，習慣了處於頂端，對誰都有一種優越感的，又何必自降身分去遷就五丫頭？

萬一哪天五丫頭心氣高了，別人說一句那是太后給的面子，她老人家臉上也過不去。倒不如先給五丫頭一個下馬威，讓五丫頭擺正身分，知道自知之明，然後又賞賜物件，表示嘉勉之意。這樣，就剛剛好。

老夫人自以為想通了一切，眉目都舒展開來。「等了許久，阿妍定是辛苦了，快些回去好好歇息吧。」

轉頭又吩咐沈嬤嬤，取了自己壓箱底的一套紅寶石頭面給顧妍。

這是老夫人第二次賞她東西，一次比一次貴重。

顧妍斂容謝過，又道：「那只方觚便放祖母屋裡頭好不好？以阿妍的福氣，恐怕支不起來的，只有祖母才當得！」

這話老夫人極愛聽。她本來就有此意，只不過礙著是太后賞賜的東西，她不好主動開口，但顧妍既然這麼有眼力見，她當然不會推拒，便越看這小丫頭越覺得順眼。

賀氏的眼睛都紅了，哪怕從前盛寵如她和媛姊兒，都沒見過老夫人給她們這種好東西，現在全被顧妍搶走了！就說這個賊子，把她媛姊兒的一切都偷走了。

顧妍走回柳氏身邊，路過賀氏時，賀氏還故意伸出腳要絆她一下，被顧妍巧妙地避過了，賀氏又氣得不輕。

顧妍拉著柳氏的手一道回去，悄悄回頭望了眼賀氏。

她聞到了賀氏身上的艾香，藥典裡說，艾葉能散寒止痛、溫經止血，用艾葉做成艾葉炭，透過艾熏能緩解和消除平滑肌痙攣、消散血腫，亦能用來保胎。

賀氏這胎還不到五月吧，竟然已經要用到艾熏了？

顧妍開始心不在焉，她想起上一世賀氏在花園滑胎的事。她隔著賀氏那麼遠，見到賀氏身下全是血，倒在地上。

她跑過去看，然後賀氏便一口咬定是她害了她的孩子，百合也說，是她不小心碰到賀氏，然後賀氏才摔倒的。然而賀氏分明是在這之前便落了胎。

也許這一胎原就不穩，根本就保不住。賀氏只是覺得，對不起自己未出世的孩子，可她又不好承認這件事，不想讓自己內疚，便想找個替死鬼，或是下意識地為自己的孩子討個「公道」，而這麼好巧不巧的，她就路過，順理成章成了替罪羔羊。

顧妍一路沈思，感覺到柳氏在她面前蹲下來，指尖滑過她的脖頸，那一處被太后護甲刺破的地方。

「阿妍怎麼受傷了？」柳氏滿眼心疼。

看出來是經過處理了，若不是留心到顧妍雪白右衽小領上那點血跡，柳氏也不會注意到這個小小傷口。

有些事，哪怕自己都不在意，可母親在孩子身上的心思，總是格外細膩。

顧妍不好說今日在慈寧宮的那些事，母親知道了指不定又會心生擔憂，她道：「路過御花園的時候，樹木叢生，我低著頭走，一不留心被樹枝刮了一下，不礙事的。」

「那回去得找些藥塗一下，千萬別留了疤。」

顧妍甜笑著應了，心底驀地生出一絲心滿意足，依偎在柳氏身邊，由她牽著自己走。

「怎麼一個勁兒傻笑？」柳氏笑問。

顧妍又往柳氏身邊靠了靠。「就是覺得，很開心……」

哪怕是在夢裡，能和娘親這樣相依相行，她也要笑醒了！

柳氏無奈地捏了捏她的鼻子，好像這樣的阿妍，才是她本來應該有的樣子。

接下來的日子，顧妍簡直成了香餑餑，不僅是老夫人對她百般疼愛，平日素不關心她的父親，也總找著機會要彌補過去虧損的「父愛」，甚至對柳氏，父親的態度也比從前好了許多。

然而也許是猜到顧崇琰是出於哪個目的才有今日的改變，柳氏已經不能再用從前的眼光看待他了，雖然還是那樣溫順，對顧崇琰說的話言聽計從、百依百順，凡事以他為先，可那分柔和裡，獨獨缺了固有的癡戀。

歲歲年年，慢慢地磨，有稜角的石頭都要光滑圓潤了，感情深篤的夫妻，也能慢慢磨成一對怨侶，這種事柳氏也不是沒聽過。

年輕時的衝動，隨著時間流逝，緩緩沈澱下來。她早該看清的，卻一直自私的，為他、為自己找著各種藉口，然而，畢竟是自己的選擇，柳氏哪怕是心灰意冷，也不會做出什麼出格的事。

顧崇琰對她的好，她照單全收，但不會再像從前那樣，還要掏心掏肺地回報過去，甚至要比他給她的多得多……她的心意都打了水漂，人家還一眼都看不上呢！她該在意的，應該是她的幾個孩子。

婼兒長大了，阿妍懂事了，衡之的身體也好起來了……每個孩子都變了，而這些和她有什麼關係？細想想，她在他們的成長裡，扮演了什麼角色？起了什麼作用？他們日後想起她這個母親，會怎麼說？

她是個無能的母親，這是個不爭的事實。

有了這番領悟之後，柳氏慢慢開始將精力都花在孩子們身上。

第二十一章

李姨娘近來有些倦乏，懶懶的沒有力氣，興許是夏日來了，精神不濟，也興許，會是另一種可能——宮廷秘方，連妃嬪都奉若珍寶的良藥，肯定是有奇效的對吧？

李姨娘輕撫著平坦白膩的小腹，這樣想著。

高嬤嬤也笑道：「這次定然是沒有問題的！最擅長婦幼科的徐太醫家的祖傳秘方，便是個石女，也能好生養起來。」

「哪有這麼神奇！」李姨娘揮揮手，心裡還是隱隱期待。

顧婷噘著嘴來找她，想要一頭栽進她懷裡，被高嬤嬤攔住了。這個時候，李姨娘可受不得什麼衝撞。

「娘？」顧婷委屈得都要哭了。

李姨娘拉了她坐在自己身邊。

「娘，爹爹為什麼都不理我了？每次我去找他，他都草草敷衍，多說了幾句話，就開始不耐煩了……我以為爹爹是公事繁忙，可又總見他尋五姊。娘，爹爹以前不是這樣的！」顧婷拉著李姨娘的手臂搖晃。

顧婷到底只是個孩子，遇事難免沈不住氣。這些日子，她實在憋得太狠了，可見娘親似乎又不大舒服，她沒好意思說。

顧崇琰多日不曾來攬翠閣了，雖然他也沒有宿在琉璃院，但前往的次數卻大大增多。李姨娘十分清楚顧崇琰的秉性為人，她也很明白他需要的是什麼，對此並不意外。

她覺得這沒什麼不好的，他們都是同類人。顧崇琰喜歡顧婷，是因為顧婷自小乖巧，善解人意，如今若是對他鬧小脾氣，這可不是件好事。

「夏天來了，婷姊兒脾氣怎麼也跟著不好了？」李姨娘看著她的眼睛道：「婷姊兒別擔心，這是暫時的，很快爹爹最疼愛的又會是婷姊兒！」

只不過是天氣太熱了，有些小東西不安分起來了……

確實，今年的夏天好像來得早了些。

夏天來得早了，池子裡的子午蓮提前開了，堤岸上建有玉亭，高低錯落有致，古樸淡雅，與池中睡蓮相映成趣。亭子旁是個大葡萄架，葡萄長得好極了，水靈靈、一串串挨得緊緊的，只是此時依然青澀，難以入口。

顧衡之惦念著那些葡萄許久，每隔幾日便要去瞧瞧，見到哪一粒發黑發紫了，便摘下來嚐一嚐，顧妍笑話了他許久。

正巧趁著一日晴朗，顧妤便約了幾個姊妹去亭中作畫，備了許多瓜果、點心，切成小塊，擺得整整齊齊的，又用銀籤子插著。

顧衡之歡快極了，這裡一口、那裡一塊，根本停不下來。

玉亭裡已經擺開畫具、案桌、文房四寶，顧妤望著湖心的四色睡蓮道：「子午蓮向陽而生，迎風而長，此時正是盛開到極致之時，萬不可錯過。」

在風雅才情上，顧妤比她們任何人都要出色。她回身似不經意地掃了眼顧妍，見她在給顧衡之擦著黏了果汁水漬的手，毫無意動，不由問道：「五妹不與我們一道去嗎？三伯父的畫工亦是極好，五妹近來耳濡目染，定然大有進益了。」

輕言軟調，顧妍卻能感受到其中滿滿的的惡意。果然見顧婷嘴一撇，很不高興，顧婼的目光也跟著閃了閃。

說得好像父親對她有多麼好似的……這讓二姊怎麼想？她曾經還極度暗示地提醒二姊，要小心父親的「危險」，轉而她卻看似與父親相處融洽……二姊是不是會覺得她兩面三刀？

顧妍暗惱，淡淡看過去，道：「四姊太高看我了，我天資駑鈍，什麼都學不好，不比四姊樣樣拔尖，便不去獻醜了。」

話是自謙，說得也沒錯，顧妤卻有些不大高興。她本就是想叫顧妍去「出醜」的，人家不上套她能怎麼樣？

顧婼整了整衣襟，適時將話題引開，道：「四妹再不快些，子午蓮就該合上了！」

顧妤嬌嗔道：「哪有這麼快呀！」卻也與她們一道去亭中作畫。

顧衡之咬了一口甜瓜，眨巴眨巴眼，輕聲嘟囔。「四姊怎麼這樣奇怪？」

從前不爭不搶的人，突然間如吃了炮仗一樣，能不奇怪嗎？

可她既然是個人，又怎麼可能沒有慾念，她能良善大方，不過是沒有遇到真正在乎的。一旦放在心上了，眼裡就容不得一粒沙子，也會患得患失，小心謹慎經營。

紗幔蹁躚，伊人曼妙。亭中四角放上了冰塊，在其間作畫絲毫不會感到丁點兒暑氣。

顧妤幾筆勾勒出紅蓮輪廓，倒是不急著填色，反倒抬眸觀望了一下不遠處的顧妍，她正在剝著荔枝，一顆顆乳白飽滿的荔枝放在一只琉璃大碗裡，等顧衡之閒下來了，便就著那只大碗裡的吃。

活像個老媽子似的！

顧妤不屑，收回目光淺淺笑了笑。「還未恭喜二姊和六妹，三伯父榮升寶泉局司事，可是件大喜事。」

寶泉局隸屬戶部，事簡清閒，主要負責鑄錢營生，可以撈的油水極多。前段時日那寶泉局的司事因貪墨被罷黜，沈從貫便推舉顧崇琰擔任新任司事，方武帝不管事，只讓沈從貫自己拿主意，這樣一個大肥差便落在顧崇琰手裡。

「聽說三伯父有許多政友都送了賀禮，曲家還送了一盆紅珊瑚過來，有一尺高，顏色朱紅發亮，什麼時候也讓我飽飽眼福？」顧妤眼睛發亮。

那曲家正是安氏女兒顧姚的夫家。說起來，顧姚的夫君曲盛全，正是這寶泉局的監事，而顧崇琰新任司事，便成了曲盛全的頂頭上司……有了這層親戚關係，安氏再特意關照顧崇琰，讓他好生照看這位姪女婿，曲家怎麼也得有所表示。

顧婷一聽紅珊瑚就來氣。曲家送了紅珊瑚來，她一眼就看上了，喜歡得很，從前父親要是知道，定會將紅珊瑚放到她屋裡去，如今卻巴巴地送到顧妍那兒。

柳氏財大氣粗，顧妍也是看慣好東西的，這紅珊瑚人家不稀罕，推脫說屋裡沒地方供著它，父親沒法子，只好送去琉璃院。

她要的東西求不到，人家不要的東西父親還要送過去，顧婷怎麼想都覺得委屈。

顧婼抿緊唇。她覺得顧妤今日有些不尋常，似乎一直在針對顧妍，隱隱有挑撥離間她們姊妹的嫌疑。從前顧婼與顧妤是最談得來的，也是關係極好的，多年姊妹情，不是不得已，她也不願意往那個方向去想。

顧婼便道：「四妹什麼時候來琉璃院，就能見到了，一樣物事而已，總比不上人來得稀罕。」

顧妤微怔，二姊這可是在告訴她，顧妍是她妹妹，血濃於水的親妹妹，所以，她無論如何都會向著顧妍？什麼時候這兩姊妹關係變得這樣親密的？顧妍究竟哪裡好，為什麼這麼多人都願意抬舉她？

然而顧婷可沒有這樣的好修養，她有氣就要出，出不了她就渾身難受。這一把火憋了許久，先前經李姨娘安撫通暢了些，舊事重提，怨氣重又凝聚，顧婷擱下畫筆就朝湖邊看去。

顧妍和顧衡之不知何時已經不見了，就連他們的貼身丫鬟都沒了。

顧婷緊緊攢眉。這些日子顧妍行為異常，她在顧妍身上吃的悶虧也不少了。無緣無故失蹤，誰曉得都去做什麼勾當！直覺告訴她，顧妍定是有什麼秘密瞞著他們。

顧婷當下借口腹痛要回去歇息，並沒有提到顧妍隻字片語。

也許是覺得，若自己能發現顧妍的什麼隱秘，藉此拿捏住她，日後看她還怎麼在自己面前抬得起頭來！而這種事，多一個人知道，就等於分了一半給別人，哪裡有獨占來得痛快？

顧婷帶了貼身丫鬟去尋他們的蹤影，然而園子那麼大，濃蔭漫天，穿梭在其中都覺得頭暈，何況還要尋人？

顧婷不耐煩地讓人分散開來去尋，自己靠著棵樹歇息起來。

園子的另一頭，賀氏正在貼身丫鬟櫻桃的攙扶下慢悠悠地走動。

孕婦要多走動，將來生孩子的時候也容易些。當年好不容易懷了顧媛，就是因為不注意，身子養得寬胖，孩子太大，出不來，她又太虛，使不上力，這才虧損了身子，遲遲不曾再有動靜。現在她年紀大了，身體也不好，記取了教訓，便再不會如從前一般。

櫻桃看今日已經走了不少，賀氏都出了一身汗，便道：「夫人，可以了，回去吧。」

鄒大夫說二夫人胎象不穩，要多休養，甚至為了保胎，日日艾熏，二夫人卻堅持走動，說對孩子有好處。

難不成大夫的話不頂用，還由著二夫人胡來？

賀氏擺擺手。「孩子好不好我還不知道？他今日還在我肚子裡動呢，是個活潑的。」

但想想自己好像確實走了不少路，便也打算回去。然而就在這轉身的一剎那，肚子猛地一收緊，絞疼襲來，賀氏一下子白了臉，甚至她感到腿間有什麼滑膩膩的東西流出來。

「櫻、櫻桃……」賀氏抓緊櫻桃的手，疼得話都說不清了，腿一軟，重重栽下來。

櫻桃嚇得僵住了，清晰地看到賀氏裙下那雙雪白的綾襪，沾滿了猩紅黏稠的液體，且還在不斷地流出來。

「啊——」櫻桃尖聲大叫。

卻說前一刻，顧妍和顧衡之在池子的另一邊剝蓮蓬，青禾、忍冬駛了小舟去湖中，採了幾個蓮蓬。

顧衡之從來都是吃現成的蓮子，第一次親手剝，覺得新鮮又好玩，嫩生生、白花花的，還有蓮子特有的清香，想也不想一口咬下去，臉卻馬上跟著皺起來。「好苦！」

顧妍無奈極了，誰讓他吞這麼快！

將蓮子中間的蓮芯拔出來，又重新給他塞嘴裡。「嫌苦就把中間的小芯拔了，這東西性寒，你也確實不能多吃。」

兩人在湖邊一粒粒地剝，那一聲尖叫傳來的時候，顧衡之嚇得整個蓮蓬都掉了。

「五姊，妳也聽到了吧？」顧衡之尋著聲音的來向。

顧妍皺眉，這情景怎麼這麼像……上一世她就是聽到這尖叫聲，一時好奇湊過去，然後惹了一身的麻煩。

「喔，天太熱，大概是你幻聽了。」她淡淡道。

顧衡之無言。一旁的青禾與忍冬面面相覷，繼續若無其事地剝蓮子。到底是好吃心比好奇心重，顧衡之沒有糾結太久，又投身另一個最大的蓮蓬。

另一頭的顧婷就沒有這樣好運了。她先是被嚇了一跳，繼而便是興奮。這一處除了她們姊妹幾個，應該沒人來才對，二姊、四姊都在亭子裡呢，就只剩下顧妍了！指不定出了什麼事，讓她方寸大亂。

顧婷抱著看好戲的心態往聲音的來向去了，賀氏倒在地上疼得打滾，櫻桃想將賀氏扶起來，可她哪有這個力氣，若回去找人，留賀氏在這兒，又顯得不妥。

正巧顧婷撥開密林瞧見了這情景。她嚇了一跳，旋即腦中一白，待反應過來，第一個反應便是要逃。

她雖說年紀小，有些事理還是懂的，這種事被誰碰上都倒楣。

顧婷轉身就要跑，然而櫻桃的動作比她更快。眼看二夫人流這麼多血，只怕這孩子保不住了。二夫人出來散步，作為貼身婢子就應該攔著的，她沒攔住，出了事當然要算到自己頭上。她才十七歲，大好的年華啊，往後還要嫁人的！

櫻桃是個腦子活絡的，看到六小姐只有一個人出現，她就知道機會來了。

沒有勸下二夫人是她不對，自己一條命都不夠抵的，還要牽連老子娘，但若是因為其他人的原因，她至多也就落一個護主不力的罪名，可要輕多了。

眼下就她們幾個，她就是認準、咬定是六小姐幹的，六小姐又能怎樣？

二夫人心裡也明白，今兒這事還是二夫人自個兒任性，追究起來她也要吃排頭，一併推到其他人身上，不就萬事大吉？

櫻桃心念電轉，一張臉糊滿了淚水，大聲哭喊。「六小姐！六小姐！您怎麼可以這樣做啊……」

似乎是很混亂的一天，林中各色聲音不斷，顧妍只作耳聾不知，與顧衡之滿載而歸回了屋。

用新採的蓮子煲了銀耳蓮子羹，熬煮得黏稠酥爛，顧妍便讓景蘭送去琉璃院。柳氏不在，只說被叫去寧壽堂，氣氛也有些古怪。

她不置可否，慢條斯理地將一盅羹湯喝完。

直到入夜，一切都安定下來，才聽說，二夫人賀氏滑了胎，是一個成形的男嬰，而罪魁禍首竟然是顧婷。

顧婷拚命推脫自己沒有，不過是恰好路過，賀氏那時候已經倒在地上了。然而當時她身邊不曾有其他人，作不得證，賀氏與櫻桃又一口咬定是顧婷所為，所有的解釋都成了狡辯，顧婷有口也說不清。

賀氏傷心欲絕，顧二爺憐她有喪子之痛，整日守著，老夫人感嘆二房命途多舛的同時，也準備好好懲治顧婷。

所有的軌跡，與上一世分毫不差，只不過，這次的主角，成了顧婷。

顧妍相信賀氏傷心不假，也是真的悔恨，但若順勢將責任推到別人身上，自己的負罪感能有所減輕，又能換回丈夫和婆母憐憫的話，何樂而不為？

無不無辜，在賀氏心裡，根本無所謂，她在意的，從來只有自己如何，所以三房即便再委屈，也只能打落牙齒和血吞，認了這個虧。

顧妍突然很想知道，如果是顧婷，她的下場會不會和自己不一樣？當年她的處境可比顧婷糟糕多了，除了賀氏和櫻桃，己方的百合也出來指證她，父親不管她，母親無能為力，二姊人微言輕。在賀氏的咬牙切齒之下，她次日便被送去清涼庵。

從此，顧家基本就沒有她這個人了，哪怕後來母親病逝，她跑回來想見母親最後一面時，還被門房攔在外頭。隔了一世，現在想起來，那種心酸苦楚，其實一點不曾淺淡，但所幸的是，這一世，他們都還好好的。

第二天一大早，一輛青帷馬車載著顧婷走了。李姨娘一夜未合眼，目送著她離去，不哭也不鬧，只輕聲細語與她說著話，承諾很快會將她接回來。

對顧婷的處置，是將她送去清涼庵一年，為那個沒來得及到世間走一趟的弟弟祈福超度，也順帶養養性子。這還是顧崇琰在老夫人面前求了許久才談妥的。

一年的時間，說長不長，說短不短，但對於素來養尊處優的小姐，到那種地方幾乎是苦修了，但李姨娘目前只能接受這種結果，心底還是掀起了滔天巨浪。

顧婷與她說，她是在林子裡聽見櫻桃的叫聲，好奇之下去看了眼，結果就被拖了進去。

這種把戲李姨娘一眼就能看穿，但是偏偏擺脫不掉。

賀氏自己的錯，卻要婷姊兒來承擔，那是將她們母女倆看成軟柿子，可以任由她搓圓捏扁？

李姨娘按捺住怒火，玉手輕輕放在小腹上。

她現在不能動氣，還有許多事沒做呢。這些帳，總會一筆筆討回來的……

夏日的暑氣漸濃，顧妍和顧衡之又過了一個生辰。小孩子福氣薄，不能大肆操辦，柳氏親自下廚給他們煮一碗長壽麵，這個生辰就算過了。

沒幾日，顧崇琰突然找柳氏提起顧婼的婚事。

顧婼有十四了，親事還沒定下來。這事其實端看家裡長輩的意思，若家中打算再留她兩年，也不是大問題，可顧崇琰急急地要定下來，與老夫人商量，提及的人選正是大同總兵吳起的嫡幼子吳天材，今年恰好十五歲。

這大同府乃是大夏九邊重鎮之一，是一道重要防線，吳起作為大同總兵，身任要職，位高權重，顧婼若能嫁去，絕對是高攀了。

老夫人納悶兒子分明是文官，什麼時候也搭上武將？顧家是書香人家，讀書人總是有些自視過高，大多瞧不起那些舞刀弄槍的粗人，吳起再如何了得，老夫人還是不大滿意。

顧婼又不是嫁不出去，何必去遷就那些泥腿子，將來是要給人笑話的！

顧崇琰暗罵老夫人迂腐，自古娶媳娶低、嫁女高嫁，這樣攀高枝的事，居然還要猶豫，年紀越大越老糊塗了。

他只好道：「母親，吳天材與他爹不一樣，吳起雖是武將，吳天材卻是個讀書的好苗子，他自小就通讀四書五經，為人亦是耿直。」

老夫人還是猶豫，要好好考慮。就算吳天材再怎麼好，能改變他出身武將門戶的事實？

而柳氏聽聞這件事，第一反應便覺得不合適。她不關心人家身分如何，嫁得太好，夫妻和睦也就罷了，但萬一不好，女兒受了委屈，娘家不能為其撐腰，日子還能舒坦？當然，最首要的，還是要看對方的品行。吳天材這個人，她聞所未聞、見所未見，光憑顧崇琰說幾句話，她是不能完全放心的。

其次，這大同府也著實離得遠了些，顧婼要嫁去大同，幾年才能回來一趟省親？她自己就飽受遠嫁之苦，以至於連母親病重了，病逝了，才回姑蘇弔唁。

柳氏覺得不能這樣草率，便去找了顧崇琰。

顧崇琰才沒心思應對她。「妳一個婦道人家，頭髮長，見識短，懂什麼？吳家在當地類似諸侯王了，吳總兵最疼的就是這個幼子，婼兒若能與吳家結親，絕對有益無害。」

柳氏聽他話裡話外都在說著吳家如何好，隻字不提吳天材為人，當先便覺得不痛快。「三爺是嫁女兒，不是賣女兒，吳家再權貴，也得看合不合適，三爺怎麼不替婼兒想想？」

顧崇琰一聽就不對了，那一句「賣女兒」讓他勃然大怒，站起來大吼。「我怎麼不替婼兒想？吳天材是幼子，上頭還有幾個兄長，婼兒嫁過去不用當家，只要相夫教子便可，吳天材性情溫和，一表人才，當地多少名門閨秀想嫁給他呢，婼兒是幾輩子才修來的福氣！」

柳氏見他都生氣了，有些不敢說話，但想到女兒，還是絞了帕子道：「大同有那麼多名門淑媛趨之若鶩，怎麼就選到京都來，還看上了婼兒……」

「妳這是在懷疑我？」顧崇琰不耐煩聽這話，怒極拂袖。

柳氏只能默默流淚，回到琉璃院。

顧妍注意到母親眼睛微紅，問了唐嬤嬤怎麼回事，唐嬤嬤原原本本說了一遍，顧妍當下就有些沈默。

按照她對父親的瞭解，他若真的為二姊挑選這樣一個樣樣皆好的人選，那就真要天上下紅雨了。他所做的事，大多是為了他自己，骨肉親情算什麼？上一世的二姊就被他嫁給兩廣總督范一陽，一個年過半百的老頭子。二姊那時才剛及笄，范一陽做她祖父都綽綽有餘了，更別提那人還會施暴，二姊就是嫁過去不到半年，被活生生打死的。

前世沒有這一齣，她也不清楚那吳天材是何許人也，但她知道，父親不會無的放矢。正如母親說的，吳天材要是真的這樣好，能輪到二姊頭上？定是吳家許了父親什麼好處！可到底是什麼呢……

大同這麼遠，顧妍就算找人去打聽，一來一回，黃花菜都涼了，父親只怕已經將親事敲定，那時再反悔，不說容不容易，二姊的聲譽也要受損。

顧妍回去後就一籌莫展，但她的運道似是極好，這時候就有貴人相助。

蕭若伊遞了帖子過來，邀她去鎮國公府上作客。她每年隔一段時日還是會回國公府的，畢竟她姓蕭不姓夏侯，太后再強勢，也不能教她忘本。

顧妍感謝死了這場及時雨。她人脈有限，做事很不方便，但蕭若伊貴為縣主，自有她的本事，要查一個人，不過手到擒來。

顧妍趕緊回了帖，第二日便登門拜訪。

臨去前，顧妤一雙眼落在她身上，活像要給她燙出一個窟窿。

顧妍無奈得很。顧妤和蕭瀝的糾纏，前世就不清不楚，今生又牽連到一塊兒，恐怕又要一團亂麻。和蕭瀝有關的一切，顧妤都格外在意，也無怪此刻她去找蕭若伊，顧妤眼睛都看紅了。

她不想解釋，沒這個心情，也沒這個必要。

馬車到了鎮國公府後，便有婢子上前將顧妍領進去，蕭若伊候在湖邊的涼亭裡。

「還以為妳不肯來的，竟是答應了。」蕭若伊看到她人，也顧不得炎炎烈日，上前拉了她手坐下，拿手比了比，道：「妳好像長高了些。」

這個時候個子正竄得快，顧妍自己倒沒發現。

蕭若伊從地上提了只籠子起來，裡頭赫然裝了隻小刺蝟，縮成一團睡得正香。

「縣主這是何意？」

「這不是沒吃過刺蝟肉，想請妳找個師傅做一做嗎？最好就是香辣的，用晏叔種的那番椒來烹調，味道肯定好！」

顧妍發現那隻刺蝟似乎抖了抖，蜷得更緊了。

「開玩笑的！」蕭若伊將籠子放在桌上，一本正經道：「我才聽說前不久妳過了生辰，這個算是補送的生辰禮。」

顧妍好笑道：「那牠叫什麼名字？」

「阿白！」蕭若伊想也不想地道。

顧妍望了眼阿白烏黑發亮的尖刺，心裡默默為牠點上一根蠟。

二人說起話，蕭若伊突然問道：「聽阿毅說他前幾日在宮裡見著妳了，我問了才知道太后找妳，可太后卻只說隨便問妳幾句……」

這種事史無前例，蕭若伊在太后身邊多年，也從未見過。

她都不清楚的事，顧妍就更不清楚了，蕭若伊也沒太在意。顧妍順勢提起今日的來意，蕭若伊一聽睜圓了眼睛。

「很……為難嗎？」顧妍也覺得這樣不大好。說到底是家事，聽憑父母之命、媒妁之言就是了，做甚要橫生枝節，拿去麻煩外人？

蕭若伊「噗哧」一聲笑了。「倒不是為難，只是覺得好有趣。還以為妳什麼事都做得來呢，其實，也就是一個普通人啊！」

這話說得顧妍很慚愧，又聽蕭若伊拊掌道：「不過，我很開心。阿妍能找我幫忙，這是真拿我當朋友了吧，朋友有難，上刀山，下火海，兩肋插刀在所不惜！」

她一副英勇就義的樣子，顧妍哭笑不得，但不得不承認，心裡還是既感激又高興。

畢竟她所求之事，就是對父親的不信任，而為人子女，不應該以孝為先嗎？她這是有違禮教。

顧妍不知道的是，蕭若伊才不會管勞什子禮教。要是她老爹也和顧崇琰一樣，給她尋一門親事盲婚啞嫁，別說她去找人打聽，說不定離家出走都做得出來。

既然顧妍來了國公府，蕭若伊總要帶她去轉一轉的。國公府大致是分了三路，中路便是國公爺蕭遠山的居所，後頭緊跟著的是歷代世子的住處寧古堂。

這位老國公也是個傳奇人物，當初瓦剌與突厥聯盟，合力攻打大夏邊境，九邊重鎮已下其三，只要再打破一個缺口，長驅直入不成問題。

大夏多年不曾大肆征戰過，軍隊憊懶，戰鬥力直線下降，而那些馬背上的民族，有強壯的身體、精良的馬匹，打入大夏不過是幾月的工夫。幸得鎮國公用兵如神，率領一支鐵甲軍突出重圍，偷襲包抄，斷了敵方後路，又帶十萬人馬大戰了兩天一夜，才算平息戰事。

蠻夷元氣大傷，大夏也好不到哪裡去。十萬精兵良將折損大半，鎮國公不只是廢了一條腿，還失去三個兒子，其中最小的一個，年僅十七歲，尚未娶妻，國公夫人聽聞噩耗更是悲痛過世。

蕭瀝和蕭若伊的父親——原先的鎮國公世子蕭祺，便是在這場大戰裡喪命的。那時的蕭瀝才五歲，蕭若伊還是襁褓中的嬰兒，鎮國公府只留下蕭瀝和二房蕭泓兩個嗣子，蕭遠山便請封蕭瀝為世子。

只是這件事過去兩年之後，蕭祺卻突然出現在眾人面前。已死之人復生還陽，京都一陣譁然。後來只知蕭祺當年並未戰死，只是受了重傷，領回來的屍體面目全非，並非本尊，而他休養了一年多，這才康復歸來。

老子回來了，基本便沒有兒子什麼事了，世子之位理所應當就要歸還蕭祺的，然而也不知蕭遠山是如何想的，這件事始終不曾擺上檯面，方武帝賜了蕭祺一品威武將軍頭銜，也不管蕭祺做不做世子的事。

妹婿和外甥，哪個更加親近，方武帝心裡還能沒數？他到底還是將蕭祺視作外人的，人家鎮國公都沒開腔，方武帝當然也不會去討嫌。於是，蕭瀝還是鎮國公世子，兜兜轉轉也過了十年。

鎮國公府地位顯赫，這些事並非秘聞，人人知曉，然而似乎大家都養成一種約定俗成的默契，從沒聽人主動提及。

蕭若伊與她說道：「那西路是鄭夫人的地盤，東路是二房的，二叔去得早，我二嬸脾氣就跟著不大好，少見她出來了。」

顧妍想到鄭夫人是蕭祺的繼室，名義上也是蕭若伊的母親，然而聽蕭若伊的口氣，似乎並不待見小鄭氏。

走了沒幾步，蕭若伊熱得不行，出了一身汗。「最煩的便是夏日了！」

顧妍不禁好笑。「那縣主快去清洗一番，先平心靜氣些，我想到幾道涼點，正好用來解暑，等妳收拾好了，我們一起去亭裡。」

蕭若伊眼前一亮，連連點頭，讓貼身婢子帶顧妍去廚房，等她重新收拾好了回來，顧妍已經將碗碟一一擺在桌上。

她老遠便看到那一大片荷葉上擺著的一顆顆球狀點心，晶瑩剔透，幾步匆匆走上前，盯著看了半晌。

顧妍失笑。「這是水玄餅，用瓊脂、白涼粉和冰粉做的，兩刻鐘內必須吃完。縣主再不吃，就要化了。」

蕭若伊眼睛一圓，忙拿著小銀勺挖了一塊送進嘴裡，入口即化、爽滑甘甜，她舒服地瞇了眼睛。

涼亭裡本就放了不少冰，十分涼爽，籠子裡的阿白大約是嗅到香甜的氣味，聳著小鼻子幽幽轉醒了過來，顧妍就拿一塊綠豆涼糕餵牠，阿白前爪捧著啃得歡快。

蕭若伊瞧著有趣，頭一轉，看到一個人影飛快地閃過，似是發現了她們在這裡，然後又急急忙忙地跑開。

顧妍也盯著那個方向，只見一個穿著普通短褐的家丁，身形矮小，卻十分敏捷，只是動作倉皇，就如同在躲避什麼人。

蕭若伊納悶地喃喃自語。「那裡不是湖邊嗎？誰啊，沒事跑那兒去。」

顧妍陡然想起來一件事。方武三十八年，鎮國公府出了一樁驚天醜聞——蕭瀝將年僅五歲的幼弟蕭澈扔進湖裡溺斃。府中人找了一日沒找到蕭澈，後來還是有人見到有小公子穿的衣服浮在水裡，去打撈了才將蕭澈的屍體撈出來，人都已經泡浮腫了。

那時候她被馬車載著去清涼庵，一路上在哭，累了哭不動了，聽到馬車外頭的人說起這件事。她驚訝得不行，蕭瀝竟連至親手足都不放過！何況那蕭澈是個愚兒，對他根本不會造成什麼影響。

蕭澈是小鄭氏生的兒子，與蕭瀝同父異母，但出生便是個傻子，五歲了連句連貫的話也說不出來。坊間流傳蕭瀝實在看不慣這個弟弟，私下裡總是欺負蕭澈，又覺得蕭澈是丟了國公府的臉，便將蕭澈溺斃……這些蕭瀝從來沒有否認過。

可如今想想，確實太匪夷所思了，不說蕭瀝是不是存了心要蕭澈的命，以他的本事，不過動動手指頭，蕭澈就沒戲唱了，何必還將人扔到湖裡，等著別人來發現？

相反的，正是因為他孤傲，不屑解釋，才任由流言蜚語將他吞沒，被皇帝派去西北避避風頭。

不是說顧妍有多瞭解這個人，只是當年未曾細想，如今方覺疑點重重。

「縣主，蕭世子可在府中？」她問了一句。

蕭若伊一愣。「他神龍見首不見尾，我也不清楚。」說著戲謔地望向她。「怎麼，阿妍想見我大哥嗎？」

顧妍皺眉望了眼方才小廝消失的方向，猶豫著是不是要去看看，可怎麼說都與她無關。

顧妍這凝重的表情，蕭若伊察覺到不對勁，想了想，拉著顧妍往湖邊走。

這個角落基本是荒廢的，雜草叢生。離得越近，越能清晰聽聞撲騰的水聲，還有斷斷續續喉嚨口卡住的呼呵聲。

蕭若伊心中一沈，又加快步伐，在看到一個男孩在水裡掙扎，且動作越來越小時，她瞳孔縮了縮。

「快！快救人！」

忍冬諳水性，趕忙一頭栽進水裡，快速泅到蕭澈身邊，將他的臉托出水面，儘快帶來岸邊。

全身都濕透了，蕭澈一動不動，臉脹得發紅發紫。

蕭若伊嚇了一跳，手指探探他的鼻息，在感覺到一片死寂後，駭得一下跌坐在地。

「阿、阿妍……」她無助又茫然，這時候全沒半分主意。

雖是異母所生，蕭澈也是個不省心的孩子，蕭若伊對他沒多少感情，可發生這種事，免不了方寸大亂。

顧妍蹲下，急急按壓蕭澈的胸腹，又使勁掐他人中，回頭道：「快去叫大夫！」

婢子六神無主，聽了這話才慌亂跑開，蕭若伊腿軟起不來，恰好蕭澈吐出了一口水，總算臉色好看了些，呼吸也通暢起來。

顧妍這才鬆口氣。她發現這孩子的手緊緊蜷著，胖嘟嘟的小手裡好像抓了什麼。扳開手瞧了眼，竟是一只小巧的黃玉石貔貅印章，刻了「令先」二字。

「這是大哥的！」蕭若伊一眼就看出來了。「大哥回京的時候，祖父找一緣大師將這貔貅開了光送給大哥的，這上頭還有大哥的表字，怎麼會在三弟手裡？」

是了，怎麼會在蕭澈手裡，這就耐人尋味了。蕭澈要就這麼死了，誰能懷疑到蕭瀝頭上？唯一的憑證，就是這只印章了，刻了蕭瀝的表字，要賴也賴不掉。

剛才在水裡這樣撲騰，蕭澈居然還緊緊抓著不放？

顧妍覺得太過不可思議。她又看了看蕭澈的右手，剛被她扳開來，如今又合得緊緊的，而左手卻是無力地張開。

恐怕這孩子除了癡傻，右手還有些殘疾，天生便是蜷縮的，東西放在手裡，他就是想扔掉也沒有辦法，而類似的道理，蕭澈要將這印章抓到自己手裡，同樣十分費力。

這樣明顯又簡單的把戲，上一世怎麼就沒人發現？

大夫很快被請來了，蕭若伊不放心，讓人將晏仲也找過來為蕭澈瞧瞧。她知道今日之事是針對大哥而來，蕭澈要是出一點意外，蕭瀝定會被牽扯其中。

蕭瀝聲名狼藉了，到底誰能從中獲益？蕭澈雖是個傻孩子，到底還是小鄭氏的兒子，身後靠的是平昌侯，是鄭貴妃！誰這麼大膽，拿蕭澈做餌？

再說蕭澈雖什麼都不懂，可他身邊總有一堆僕婦、丫鬟跟著的，何時能容他單獨來這人跡罕至的地方？這事絕對是人為，而不是意外！

蕭若伊抿緊唇讓自己冷靜下來。問題的關鍵，還是出在那個小廝身上，只要捉住人，不怕順藤摸瓜摸不出那隻黑手。

她開始靜靜等候結果，然而等她派去的婢子回來之後，這一點希望也隨之破滅。

跟丟了……

顧妍並不奇怪，那人身形瘦小，又靈敏矯捷，隨意一個縫彎鑽進去，就能將人甩丟，捉不到實屬正常。

蕭若伊絞著帕子罵了幾句，又將目光轉向顧妍。

按說家醜不可外揚。府裡頭的小公子遭人毒手險些溺水身亡，矛頭又指到蕭瀝身上，這種兄弟鬩牆、家宅不寧的事，顧妍不好置喙，但既然自己已經見證了這場事故的始末，再要獨善其身，也沒那麼容易，蕭若伊既能盡心幫她，她理當投桃報李。

「國公府守衛森嚴，那小廝打扮之人能出入內宅，便不大可能是外來者，家丁、侍衛、丫鬟、僕婦，都有明文記錄，比對模樣，要找出那人來並不困難。」

蕭若伊點頭，一會兒又惱道：「我忘了他長啥樣了！」

「我還記得些……」顧妍道。

於是，一張堂紙鋪在案桌上，顧妍提筆就大致畫下那人的樣貌。「他長相普通，沒什麼特別之處，只左邊嘴角處有一顆痦子。」

顧妍正在作畫時，蕭瀝回來了。

他的臉色極淡，看不出異樣，遙遙就望見亭中提筆作畫的嬌小身影。額髮垂下遮住她一雙明亮的眸子，臉龐輪廓精緻清湛，認真細緻的神情，看起來安靜而美好。

他覺得，似乎只要遇上她，就總沒好事發生……

蕭瀝忽地有點想笑，他也不知道這時候自己怎麼有心情想這個，頓了腳步就不上前了。

一幅畫完畢，蕭若伊就上前瞅了眼。「對，就是這個樣子！接下來就好辦多了，阿妍妳真行！」

顧妍微微一笑，眼角瞥見一抹玄色。轉頭看去，就見蕭瀝長身直立，丰神俊朗。

他微垂眼，大步走上前，蕭若伊就將手裡的畫卷交給他。「大哥，你按著這個去找吧，三弟已經沒事了，晏叔看過說嗆了水，喝幾帖藥就好了。」

蕭瀝微微頷首，默了默，道：「多謝。」

顧妍搖搖頭，目光落在他右手上。那裡已經不包著紗布了，但手背處卻多了幾條猙獰的疤痕。

當時鮮血淋漓，她是知道傷得多重的，現在憶起來，也免不得心生愧疚，想著還是問了句。「你的手怎麼樣了？」

「沒事了。」話音雖淡，眼裡卻好像多了點笑意。

顧妍沒好意思看，匆匆告辭。

蕭若伊忙叫住她。「阿妍，妳不要阿白了？」

顧妍只好回來提了籠子，阿白竟還高興地打了個滾。

蕭瀝看得好笑，忽地喊了句。「冷簫。」

一個身輕如燕的黑衣男子飄飄然就落在涼亭十丈開外。

「跟著她，等到了顧家再回來。」

冷簫抬了抬眸子，極快地掃了眼，應諾退下。

蕭瀝另外找人按著畫像去尋人，蕭若伊就在一旁嘖嘖嘆道：「大哥什麼時候這樣細心，還差人護送？可從沒見你對我這麼好過。」

他不置可否。「妳想見到和上次一樣的事？」

蕭若伊想起那回顧妍驚馬落崖，一瞬便收了玩笑。「你查了這麼久，就沒查出什麼眉目嗎？」

「她來做什麼？」

見他生硬地轉了話題，蕭若伊大大翻了個白眼。「她父親要為她姊姊議親，便來尋我幫個忙，查一查大同總兵吳起的幼子吳天材。」

蕭瀝一聽就覺得不妙。他聽說過吳起的名頭。暴戾恣睢，殺人如草，手下在他面前，如坐針氈，一口大氣也不敢出，就怕一不留神將自己的命搭進去。

吳起管防嚴密，到京都已經少有人聽聞他的性情，可既然要嫁女，怎麼不打聽清楚？女兒嫁入這種人家，不是受罪？

「這個妳別管了，錦衣衛查消息比妳快多了。」他說道，望了望湛藍澄澈的天空。「就算是……還了這個人情。」

第二十二章

顧妍在馬車上時交代了青禾、忍冬，今日的事不可以洩漏半個字，哪怕是要傳出去，也得是從蕭家人的嘴裡傳出去，而不是她們中任何一個。

見青禾、忍冬連連保證，顧妍這才覺得不對。

蕭瀚落水是人為，而且蕭瀝是被栽贓，那上一世說他殘暴不仁，父母手足皆死於他手，是否也是謠傳？她認識的蕭瀝孤傲精明，全不像是外界說的那樣。

上一世見他是什麼時候，顧妍想不太起來了。只記得夏侯毅對這個表叔親切得很，她總是見著他們兩個處在一道。外形俊美無儔的少年，總能讓人印象深刻。

好像舅舅還和蕭瀝對弈，蕭瀝贏了，舅舅很欣賞這個年輕人，那時她還為夏侯毅不值，明明夏侯毅才是舅舅的學生，他卻誇讚一個外人，說到底，薑還是老的辣，一個人什麼品行，舅舅隱約能瞧出來，而她卻一定要等到萬劫不復了，才會有悔意。

顧妍回到府上，見到的第一個人便是顧妤，她像是早早地候在垂花門處了。一見到顧妍回來，她便迎上來親切問候，旁敲側擊問的卻全是鎮國公府的事。

世間從不缺癡男怨女，顧妤恰好便是其中一個可憐人。

「縣主只是想補送我一樣生辰禮。」她真覺得沒什麼可說的。

顧好便問：「那縣主送了什麼？」

顧妍就將裝阿白的籠子拿過來。

顧妤一瞬變了臉色。「五妹，妳不想給四姊看便算了，何必用這東西戲耍我？」

誰人送生辰禮會送一隻刺蝟？更何況還是自小生活在金窩銀窩裡的伊人縣主？指不定是在路上哪個旮旯裡扒出來的，還想騙她！

「四姊不信便算了。」顧妍不想解釋。有時候人鑽了牛角尖，就很難爬出來，尤其是女人。

顧妤氣狠了，清秀的面龐繃得緊緊的。

路還長著呢，以後什麼造化，誰又說得清！

顧妍回去後未曾提及隻字片語，做了幾道消暑涼點，顧衡之屁顛屁顛就跑過來了，出奇的是，他的目光不是盯著滿桌的點心，而是落在阿白身上，雙眼亮晶晶地發光，顧妍甚至一度以為他要將阿白燉了。

「五姊從哪兒弄來的？」他將阿白從籠子裡捉出來，抱著牠放在膝蓋上。「牠叫什麼名字？」

「阿白。」

「這個名字好！」

顧妍費解地扶額。

「五姊，送給我好不好？」顧衡之睜著雙大眼睛巴巴地望著她。

顧妍突然為難了，畢竟要是被蕭若伊知道她將阿白轉贈他人，自己估計會被追殺吧。

顧衡之鍥而不捨。「不給的話，讓我養好不好？」

這樣的話倒是可以接受，她順道也省了不少事。顧妍欣然應允。

一連過了兩日，蕭若伊那兒卻沒任何消息，顧妍心想還沒有那麼快，興許他們自家的事就一團亂著，無暇顧及其他，這下又有些頭痛，該如何教父親打消那個念頭。

傍晚下了場大雨，入夜才緩緩停下，外頭的鳴蟬、雨蛙叫喚不停，顧妍更沒了半絲睡意。

床頭的松油燈搖曳生光，她乾脆起身，披了件披風打開窗櫺。天邊一輪孤月高懸，月光皎潔如白練，地上積了水，四周被月光反照得更為明亮。

她似乎看到樹影婆娑間，有個人影若隱若現，可再待仔細看過去，卻又什麼都沒有。

大概是看錯了吧……

顧妍正想闔上窗子，卻聽得「咚」一聲，有一粒小石子落在她左手邊的木架子上。

她睜大眼，動作就是一緩。

緊接著，又是「咚」一聲，另一粒小石子不偏不倚還是落在那處，甚至力道大了些，砸出了一個小坑。

這可不是一般人做得到的。

招賊了？可哪個小賊這樣囂張，要偷東西了還事先打個招呼？

顧妍大開窗櫺，逕自後退兩步，如預期一般的，一個人影悄若無聲地跳進來。

饒是顧妍有了心理準備，都不免驚訝道：「你怎麼來了？」

蕭瀝站穩身子，淡淡道：「路過。」

顧妍這才看清他穿了身夜行衣，頭髮緊緊紮起來，手裡拿了塊純黑的蒙面巾，氣息不穩，像是剛剛從哪裡趕過來。

燕京城內到了晚上便會宵禁，他這樣隨意在外頭行走而不被發現，也是奇才。

「妳託伊人查的事有結果了，本來想遞張字條過來，看妳沒睡，覺得還是當面說更好些。」

他刻意將聲音放低，格外低沈，顧妍也正色起來。

「大同總兵吳起，凶悍殘暴，嗜殺成性，妻子馮氏，育有二子，幼子吳天材，今年十五，自小帶了一身胎毒，身長四尺，皮膚潰爛，全身瘡癤，近幾年身體越發不好了，吳起便想找人沖喜……」

暗夜裡，蕭瀝的聲音斷斷續續的，一字不漏落到她耳中。夏日的雨夜悶熱潮濕，胸口也像被堵住一樣，透不過氣。

她整個人站在光影裡，蕭瀝發現她的面色剎那變得雪白，一雙眼睛霍睜。

他有些不忍。知道這些的時候，他驚訝了許久，這樣的結果他萬萬不曾想過，哪怕他身為局外人，都唏噓不已，更不曉得顧妍會怎麼想。但很奇怪，她比自己想的要冷靜許多，似乎早料到了一般。

「就這樣？沒有其他的了？」顧妍問道。

蕭瀝一窒，沈吟半晌。他做事習慣梳理其中千絲萬縷的關係，抽絲剝繭，總能扒出一些被忽視的東西。他幽幽道：「戶部尚書方逑，出了名的妻管嚴，妻子小馮氏，和吳起夫人是同胞姊妹，感情甚篤。」

後面就沒再繼續下去，顧妍大致已猜了七七八八。

方逑掌管戶部，父親新官上任，免不了討好一下上司。可是奇珍異寶人家看得多了，哪裡能將父親送的放在眼裡？有什麼禮物，能一下子送到人家心坎裡？方逑既然懼內，討好方逑，倒不如轉而討好小馮氏，小馮氏高興了，方逑也就高興了。

可小馮氏又缺什麼呢？那就自然而然聯繫到了大馮氏，於是就有了父親意與吳起結親……

顧妍深吸一口氣。她該說什麼呢？說父親無情？缺德？

不不不，這才是他的本性。親情血緣，若能換來他的前程似錦，算得了什麼？他興許還要再來一句，那是你的造化，有了用武之地，死得其所。他養了他們這些年，難道還不容許自己討回一些利息？

蕭瀝沒再開口。顧妍的反應很平靜，但又在情理之中。好像他認識的那個人，就該是這個樣子的。

「謝謝。」

就在蕭瀝以為她不會說話了，一聲清脆的低喃響起，她甚至還淺淺笑了笑。

「蕭澈的事，多虧妳，我才省去個麻煩，舉手之勞。」

原也只是客套一句，誰知她恍然地點頭。「所以，又兩清了？」

這話聽著怎麼就有點不舒服呢？

「……算是吧。」聲音悶悶的，蕭瀝重新將面巾戴上，想和她說什麼，猶豫了一下，終究還是一個輕躍，跳出窗子，消失在月色裡。

真有做賊的潛質！顧妍莫名想道。

第二日一早去給老夫人請安，適逢父親休沐，老夫人關起門來和父親談話。

顧婼瞧著她眼底的青黑，不由問道：「昨日沒睡好？」

「哦，蟬聲太吵了……」

「那就回去歇著。」

顧妍搖頭道：「有些事，想和父親談談。」

顧婼微怔，這種事是頭一遭吧。她總覺得顧妍對父親的態度很冷淡，極少搭理，如今竟也主動起來了？

顧妍卻逕自走開了。

顧妤款款上前，喃喃說道：「自六妹走後，五妹和三伯父的感情倒是越來越好了……」她悄悄看顧婼的神情，果不其然見其皺了眉。

對於顧婼，顧妤還是挺瞭解的。顧婼表面上看著無所謂，心底其實在意極了。顧妍在人前裝得如何清淡，轉頭就奪走屬於他們幾個所有的父愛，顧婼怎麼可能會好受？少不得會在心裡埋下一根刺。

顧婼沈默地不說話，慢悠悠回去了，走到半路，也不知是怎麼想的，又折轉回來，躲到一邊的樹後，靜靜地看著顧妍。

顧崇琰滿臉笑意地出來時，顧妍心頭一緊，走過去笑咪咪地叫了聲「父親」，顧崇琰心情好，還摸摸她的腦袋，任由她拉著自己的衣袖往一旁亭中去。

顧婼看得心頭微堵，垂著眼半晌，到底還是悄悄跟了上去，遠遠便聽到顧妍甜甜的聲音。「父親要給二姊說親了嗎？二姊要出嫁了嗎？」

顧婼身子一僵，又離得近了些。

顧崇琰微怔，想到該是柳氏口無遮攔，心裡將她罵了通，朗笑道：「二姊是時候定親事了，阿妍到了年紀也會這樣的。」

「那對方是誰呢？會不會對二姊好？」

「那是當然，爹爹親自挑選的人才呢，相貌俊朗，文韜武略，家世清白……」顧崇琰又蹲下身子拍拍顧妍的頭道：「阿妍日後的夫君，爹爹也要親自挑選的，爹爹心裡已經有數了呢！」

顧妍低下頭，只覺得噁心，聽他說那話，簡直要笑出來。

有數？有什麼數？對他有沒有好處吧！

「可為什麼我聽說的不是這樣的呢？」她忽地抬頭，眸光森冷。

顧崇琰唬了跳，一下子不穩，後退了一步，跌坐在地上。

「吳天材不是天生胎毒嗎？不是病得快死了嗎？吳家人不是想找人沖喜，所以父親才要將二姊嫁過去嗎？」她說一句，就往前進一步，眼眸瞪大一分。

顧婼如遭雷擊，僵直著背脊一瞬說不出話來。

顧崇琰慌亂地爬起來，走到日光下，臉色蒼白如鬼。「妳、妳胡說八道什麼！」

顧妍真想哈哈大笑，總說不做虧心事，不怕鬼敲門。果然她父親虧心事做得多了，如今都心虛了。

「我真的只是胡說八道嗎？」

顧妍微笑著邁下臺階，顧崇琰又後退兩步。如此一來，隱在樹後的顧婼頓時避無可避。

顧崇琰一眼就看到顧婼，見她捂了嘴，滿眼不可置信地看著他，眸中隱含的水光讓顧崇琰當下皺起了眉。

很顯然，方才的話，顧婼也聽到了。

他大感頭痛，事情怎麼會發展到這個地步？

顧妍卻是毫不意外看到顧婼出現在這裡，或者說，她是故意將二姊引過來的，就為了讓她聽一聽父親的說詞。

顧崇琰現在鎮定下來了，平復心情，板起了臉。「阿妍，休得胡言亂語！那吳家小郎君什麼時候病重瀕死了？婼兒是為父的長女，為父能知道吳家要沖喜，還將婼兒往火坑裡推？妳將父親想成什麼人了，可別聽風就是雨！」

顧妍仰著頭，笑盈盈地看向他。「父親想為二姊議親是好事，若真是好人家，阿妍只有高興的分兒。上回我去尋伊人縣主，提及此事，縣主說幫我查查對方底細，知根知底到底能放心些。可是從縣主那兒得知的，便是這樣的結果……父親是在懷疑縣主的能力，還是不相信縣主的為人？」

這兩頂大帽子扣下來，顧崇琰半個字也不敢應。不提伊人縣主有封誥加身，光說她是鎮國公府的小娘子，便沒有人敢對她置喙。

顧崇琰不由眯了眼，認真打量顧妍。她年紀尚小，模樣還帶了稚氣，偏偏有種不符合這個年紀的怪異。從前只當她木訥，原來這小丫頭根本是在藏鋒！

「看來父親是真的不信，那我便再去問問縣主，興許是她不小心搞錯了……」

輕飄飄的聲音，聽在顧崇琰耳裡就如魔音入耳。

「阿妍！妳太麻煩縣主了！」

還想再去細究？她這是要搞得人盡皆知！一旦遭有心人稍微想想，他所有的目的就大白天下了！偷雞不著蝕把米，興許還落得名聲掃地。

「既然是縣主查出來的，想必錯不了。」顧崇琰說到這裡，免不了義憤填膺，恨聲道：「真是群缺德的，讓他們好好給我介紹戶好人家，卻就拿這個敷衍我，差點害了我寶貝女兒！」接著，還一臉讚賞地看著顧妍。「還是阿妍細心，不然妳姊姊要是真嫁去這種人家，為父可要內疚不安一輩子。」

顧婼的情緒平靜下來了，顧崇琰一直在自責，說得情真意切，她不知怎地感觸良多。既要為她議親，卻一點都不打聽清楚對方的底細，這是根本不曾上心，或是知曉全部隱情，還要將她與吳家綁到一起，這就更加讓人寒心了——無論哪一種，顧婼都是難過的。

「父親，別說了。」顧婼垂著頭良久，一字一頓道：「我信。」

信他是一時不察著了道，信他是智者千慮終有失，信他是全心全意為了她好。

顧崇琰微怔，旋即鬆了口氣。他有種感覺，顧妍已經脫離他能夠掌控的範圍了，令他捉摸不透，可顧婼不一樣，她還是那個乖巧懂事的長女，對他言聽計從。

「婼姊兒信便好，信便好。」他輕輕笑著，也知道這親事是做不成了。

不由隱晦地瞥了顧妍一眼，顧崇琰轉身，嘀嘀咕咕道：「看我不好好找那幾個不靠譜的算帳！」

很快，就不見人影了。

顧妍聽到顧婼長嘆道：「對不起。」

她知道二姊為什麼道歉。周邊連個丫鬟都沒有，顧婼是打發了她們悄悄跟著來的。

顧妤近來總是針對她，逮著機會便要挑撥一下，一次、兩次躲過了，三次、四次忍住了，五次、六次，一顆心就慢慢動搖了。何況二姊和她建立的信任本就不深厚，顧妤下一劑猛藥，無論是出於好奇，或是出於懷疑，二姊都有理由會跟著她。

本就人之常情，顧妍並不失望。她只是想讓顧婼好好看清一些事，又或許，經歷過這一次，能讓顧婼多信任她一些。

顧妍拉住她，顧婼抬起頭，眼眶泛紅，睫毛也濕漉漉的。「我是不是很蠢？」

顧妍忽然覺得嘴裡發苦。

曾經，她也一直這樣問自己。是不是很蠢，好壞不分，錯把魚目當珍珠？也曾經想，如果能聰明一點，會不會有什麼不一樣？

可是現在她不去想了，是好是壞都擺在那裡，重要的其實是你接不接受。

顧妍搖頭道：「娘親肯定備了甜湯，再不快些去，衡之就要全搶光了。」

六月初七，真是個特別的日子，無關節慶祭祀，只因為方武帝破天荒地上早朝了。

自從上回下旨定下太子，方武帝三個多月來沒再上過早朝，不知情的以為方武帝是對太子冊立一事不滿意，所以鬧著脾氣，知情的便曉得方武帝是一直忙著哄鄭貴妃高興。

而鄭貴妃端了兩個月，終於還是軟了，鬧鬧脾氣總得見好就收。留得青山在不愁沒柴燒，她一天得聖寵，福王一天都有機會。

鄭貴妃想開了，方武帝的日子就過得滋潤了，於是某天心情好，默默地早起登輦去太和殿。正好近日有一樁棘手事，雖然暫時壓制住了，卻急需方武帝拿主意。

早前實施海禁，海外往來交易阻絕，直到去歲初才解除禁令，於是沿海紛紛做起了海上貿易，尤以閩浙一帶最甚，然而海貿敞開，同時帶來隱患，琉球肆虐，倭寇猖獗，時不時侵犯大夏邊境。大夏陸戰勇猛，卻不善海戰，尤其在海禁二十年之後，海軍懈怠，一時被那倭寇占上風，近日便有一批倭寇溜上了閩東蕉城，在當地大肆劫掠燒殺。

布政司使王嘉避開眾人徹查此事，竟發現這事與福建幾個當地豪族有關。海船貿易，不是所有人都能發家致富的，在當地時常聽說有賊寇搶掠船隻，卻極少殃及到那幾大戶人家。

王嘉悄悄查了，才發現這些人與倭寇勾結，倭寇不與他們為敵，而他們就為倭寇掩護，助他們上岸，這才有了後來蕉城劫掠一說，王嘉即刻便將結果八百里加急上奏燕京，旋即滿朝譁然。

此事有損民族大義，罪不容誅，當夷滅三族！首當其衝的，便是蕉城的那幾門大戶。

據王嘉得來的線報，那幾戶人家都是當地老牌世家，只有一戶陳家是新秀，近十年在福建迅速崛起，曾教許多人不服。再往後深究，就牽連到姑蘇柳家，那柳家如今的族長柳建明的妻子，正是陳家女，也是有柳家的支持，陳家成長才如此迅猛。再一想現任福建巡撫柳建文，與柳建明可是親兄弟，嫂子的娘家，少不得要關照一二。那這裡面，是不是還有柳建文的摻和？

一樁樁、一件件證據擺上龍案，方武帝看得臉色鐵青。他荒廢朝政，卻不代表他不懂朝政。解除海禁是為了與人同利，不是為了勾結黨賊，官商勾結沆瀣一氣，戎狄蠻夷素來不齒，大夏尊華攘夷，勾結倭寇入侵，這種事放哪兒都遭人唾棄謾罵。

夷滅三族怎夠，當誅九族！

方武帝龍顏大怒，下令將那些大戶人家抄家，滿門入獄待審，又大呼錦衣衛都指揮使去將柳建文押回來，親自審問。

文武百官中有不少驚得張大嘴巴。柳建文在西銘黨中是出了名的狷介耿直，在場多人都曾與他共事、同窗，怎麼都想不到他會做出這種事。

楊岩更是打死也不信。他與柳建文自幼相識，那人自小聰慧，心思純正，對他而言亦師亦友，豈能看他蒙冤？

楊岩上前一步，大聲道：「皇上，柳大人品行純良，斷不會做出此等賣國之事，皇上您要明鑑！」

方武帝才懶得聽他說什麼，他發了頓火，眼前有點發黑，大喘著氣呢，誰管你明不明鑑！

魏庭忙眼疾手快地扶住方武帝，大聲喊了句「退朝」，便扶著方武帝走了。

殿中議聲滔天，大多是在譴責柳建文，顧崇琰聽得心驚肉跳。

那柳建文，可是他的大舅兄啊！三族之列，父族、母族、妻族，柳氏與柳建文同屬一族，雖說是嫁出去的女兒了，但真要嚴格算起來，同樣在連坐之列。柳氏一旦連坐，他還不得受影響啊？不說丟命吧，這官位就基本不保了。他寶泉局司事的位置還沒坐熱呢，就要拱手讓人了？

楊岩和幾個柳建文的同窗好友還在據理力爭，說他是遭人構陷，蒙受了無邊冤屈。

顧崇琰暗暗啐了口。一群耍花腔的，光靠說就能成真的了？自古財帛動人心，一文錢逼死英雄漢呢！

他柳家是有錢，可那錢以後都是柳建明的，柳建文能拿到多少？一本萬利的買賣，雖說有風險，換了他，他也做呢！

顧崇琰還記得當初娶柳氏，除了看中她身後柳家豐厚的家財，便是看到柳建文在朝中嶄露頭角，人緣極佳。或許也曾有過那麼一段真心，只是這真心如同紙薄，根本禁不住歲月時光的打磨。

現在他想想，柳氏都為他做了什麼？給他生了個病殃殃的兒子，別人一提起顧崇琰的夫人，就知道是個商戶女；柳建文狷介，從不會在官場上幫他，他上下打點還要被別人以為是拿了妻子的私房，坐實吃軟飯的，現在，現在……竟還要斷了他本就不順的青雲道！

顧崇琰想想就悔不當初。他六神無主，立刻回家去尋了李姨娘，畢竟魏都久處深宮，許多內廷的第一手消息他都可以通過李姨娘這個中間媒介知曉，這次是不是也一樣？

顧崇琰急急忙忙去了攬翠閣。

自從顧婷被送去清涼庵，這裡就冷清多了，李姨娘雖不捨，卻也很冷靜，她讓高嬤嬤跟著去照顧好顧婷。

顧崇琰一來就將事情與李姨娘說了，急得一腦門子汗。「怎麼樣，沒聽舅兄提起什麼嗎？這發生得太突然了，一點準備都沒有。」

李姨娘也很驚訝。「若是當真，定要牽連甚廣。三爺莫急，我找人去探探口風，興許沒有想得那樣糟糕。」

顧崇琰連連點頭。

過了兩日，李姨娘這裡就有了結果。

她正色說道：「那幾家大戶確實是與倭寇勾結，判了滿門抄斬，株連三族……柳大人罪名還沒定，如何處置尚未明說，但錦衣衛都指揮使已親自前往福建押送他回京候審。」

「那柳家如今是安全的嗎？」顧崇琰忙問。

事實上，他才不管柳家安不安全，他更在乎自己安不安全。柳建文若是無所牽扯也罷，若是被定罪通敵叛國，那麼柳家遭殃，他也要倒楣！

李姨娘搖搖頭。「柳家如何我不知道，但柳家族長大人柳陳氏自請下堂，一根繩子吊死在梁上，與柳家撇得乾乾淨淨。」

這是個狠心的女人，也很果決。為了避免自己娘家的事故牽連到夫家，寧可毀了自己也要保全一大家子。從此閩東陳家與姑蘇柳家毫無干係，哪怕要追究，人家死者為大，你天家再占理，還能罔顧天道人倫？

顧崇琰暗暗佩服柳陳氏的魄力，想到柳氏，又搖搖頭。柳氏是沒有此等膽色的，要說柳氏都窩囊了一輩子，怎麼在關鍵時刻不能有點作為？真要有這個自知之明，就該學學她長嫂，一根繩子吊死了，也省得給他添麻煩。

顧崇琰心裡有個念頭悄然萌生，接著就如同藤蔓纏繞一絲絲拔起，一發不可收拾。

李姨娘看著他變了的眼神，微微笑了。

她是知道這個男人的薄情寡義，柳陳氏的死也是她故意說給他聽的。其實柳家如今還真沒有到那種風雨飄搖的地步，一切都還得看柳建文回京後的陳述與判決。可顧崇琰哪能等到那個時候？他有這個心力去面對接下來可能發生的最糟糕的結果？

未雨綢繆，將一切惡性種子扼殺在萌芽期，現在還來得及。

李姨娘看著顧崇琰神情恍惚地走出去，低頭撫了撫小腹。她偷偷找人瞧過，確實是有了，只是未到三月，胎還沒坐穩，她便藏著不說，等到時候大白於世了，想必她的孩子在名分上不會受委屈。

與此同時，琉璃院裡的柳氏難過得淚如雨下。

倭寇讓人不齒，與倭寇勾結更是要遭世人唾棄的，近來京都議論紛紛，多多少少傳到內宅了，柳氏驚得半晌說不出話來。

顧妍同樣大驚失色。

前世可從來沒聽說過有這一齣啊！舅舅是在方武三十九年回京述職的，政績得優，方武帝還大為賞識重用他呢！陳家是柳家姻親，至少在她活著的時候，從沒聽過有勾結倭寇這一說，甚至舅舅還被牽連。似乎有些事情和前世不一樣了……

過沒兩天，又得來柳陳氏身亡的消息。

柳氏眼淚就跟著撲簌簌地往下落。她是柳江氏的老來女，柳陳氏嫁過來的時候，她還是個孩子。都說長嫂如母，柳陳氏對她就如親女兒一般照顧呵護，在家裡論誰最寵她，柳陳氏絕對排在她兄長前頭。

「是了，大嫂一貫如此的。她這人硬氣，不肯服個軟，都說她投錯了胎，就該是個男兒身的。」柳氏木然地坐著，胡亂地喃喃自語。

顧妍也有點難過。她對大舅母印象不深，總共見過沒幾次，只隱約記得是個身形嬌小的婦人，然而做起事來，真真果決狠斷。

自請下堂後，她便不會冠夫姓，單單只是陳家娘子。叛國賊經處斬，屍體都是被丟棄亂葬崗的，連個葬身之地都沒有，風水學上說這樣一輩子都會是孤魂野鬼，無法轉世輪迴。

柳氏顯然也想到了，她急急忙忙地起身翻找筆墨，要寄一封家書回去。柳陳氏已經夠慘了，萬不能死後連個安身之所都沒有！

淚水迷了眼，看不清，字跡沾了水都模糊了，一連換了三張紙，愣是沒有寫出一封。

顧妍握著她的手。「娘親，大舅定會給大舅母一個交代的。」

他們不是那種只能同甘、不可共苦的人。大舅母做出此等犧牲，柳家必不會無動於衷。

柳氏微怔，哭得更厲害了。「是，是……大兄與長嫂感情甚篤，這些年恩愛不移，大兄怎麼會不管她呢？」

難過了許久，柳氏累了歇下，顧妍眉心慢慢擰成一股。

柳家的事，她不瞭解，柳陳氏和陳家什麼樣的關係，她也不知道，可她相信舅舅的為人，他對倭寇上岸定不知情，可她相信又沒用，關鍵是方武帝信不信啊！

陳家和另外幾戶人家勾結倭寇也許屬實，但前世沒被扒出來。何況這種事被揭露，什麼後果他們應該清楚，證據必會保存好，哪能那麼輕易被發現？

一個布政司使，能有這樣大本事一查到底？

王嘉？從沒聽過這個人，從哪兒冒出來的？

錦衣衛都指揮使去將舅舅帶回京，定是要下詔獄的！錦衣衛鎮撫司，有的是讓你開口的刑罰，誰管你冤不冤枉？

顧妍頓感焦頭爛額，恰好顧婼拿了方子走出來，準備去煎藥。她一道和顧婼去了小廚房，打聽起陳家的事。

「陳家……聽說曾經一度輝煌過，後來沒落了，大舅母本是千金小姐，那時家道中落，她是長女，裡裡外外操持，十分能幹，後來來了柳家，柳府上下也對她極為尊敬。」

顧婼慢慢說道：「柳家和陳家成了姻親，陳家的日子好過了些，這裡面有什麼我也不清楚，然而小時候在柳家住過一段日子，好像沒發現大舅母和娘家有多麼親密的聯繫。」

所以，大舅母和陳家並不親近？

顧婼嘆道：「大舅母這是何必？哪怕陳家犯了大錯，罪不及出嫁女，連坐也到不了她頭上。」

按理說確實不會將出嫁的姑奶奶算進去的，但這也是個盲區，寬泛了算當然無事，可若是要緊的，出了五服也要給你揪出來斬立決。

「大舅母是為了以絕後患。」顧妍喃喃說道，突然有種不好的預感浮上來。「設身處地想，二姊，若是換了娘親，妳覺得會如何？」

娘親沒有大舅母的勇氣，她恐怕做不到那個地步。可總有人，會幫她做到的……

「妳怎麼這樣想！」顧婼一雙眼瞪得極大，後退兩步臉色煞白，連連搖頭。「和娘親有何干係，不准妳總說些有的沒的。」

「好，不說了，凡事總要往好的方向看。」顧妍低低說道。「我去找唐嬤嬤。」

人已經走了，顧婼的心情卻有些糟糕，她一直想著方才顧妍說的事。

陳家遭禍了，大舅母自縊而亡，那若是柳家動盪，娘親該何去何從？小舅已經在被帶往燕京的途中，興許過不久，他們就要面對這個問題，難道娘親也要學大舅母，找根繩子自己吊死？

瓦罐裡的湯藥開了，熱氣蒸騰地頂著蓋子。

顧婼心煩意亂，一時忘了用布隔著，徒手便去揭蓋，燙得她連忙縮手。

「婼姊兒，怎麼不小心些？」顧崇琰不知從哪兒冒出來，見狀大步上前。「怎麼魂不守舍的？看手都紅了，快去拿涼水泡泡。」

顧婼微怔，下一刻便被顧崇琰拉著往外走，又吩咐伴月好好給她洗洗。

從上次那親事過後，顧崇琰對她總是格外溫和，顧婼感動的同時，也有些心酸。她不知道父親是因為真的想對她好，還是因為愧疚。

衡之總說父親是不喜歡他們的，她也知道，很清楚，很明白。

顧婼重新回來的時候，顧崇琰已經不在了，就好像他從來都沒來過一樣，她有些自嘲地笑了笑。

瓦罐裡的湯藥還在咕嚕咕嚕地冒著泡泡，顧婼重新將藥湯倒出來，端著便去了琉璃院，但心裡的煩躁不安非但沒有減輕一點，反而越來越沈重。

顧妍清脆低沈的聲音，言猶在耳。

若是換了娘親，一切會是怎樣？

她想，她是知道的。從鶯兒將母親的湯藥做了手腳，到阿妍代替衡之驚馬落崖，再到父親先前為她選定的吳家婚事……一幕幕如走馬燈，旋轉變換地放映，壓迫得心底生寒。

這個家裡，容不下他們——得出這個結論，顧婼腳下便是一頓。

伴月奇怪地催了聲，顧婼怔了會兒，這才邁進琉璃院大門。

她不知道那一瞬自己是怎麼想的，似乎大腦還未有意識，手便自有主張地動了起來。她將素銀簪子放進藥碗裡，再取出來時，光鮮的外表已經被一層烏黑取代，散發著陰沈的光。

顧婼腳下一軟便跌在地上，那藥碗「砰」一聲摔落，四分五裂。

黑黝黝的藥汁灑了一地，沾濕她青藍色的荷葉裙，刺鼻的氣味一瞬變得腥臭不堪，讓人幾欲作嘔。

她也覺得異常噁心，乾嘔不停。

藥是她煎的，也是她端來的，全程都是她看管著，可為何銀簪會變色？娘親喝了這藥會怎樣？她是不是就成了殘害生母的千古罪人？

顧婼牢牢盯著手裡那截發黑的銀簪。

定是沾了藥的顏色，其實不是這樣的！

她用力地擦，想竭力擦去。可手都擦紅了、擦破了，血珠湧了出來，都不見銀簪有半分褪色。

珠釵四落，髮髻散亂，顧婼雙手插入髮中，一個勁兒地喃喃自語。「怎麼會……」

伴月唬了一跳，還未回過神來，就聽得一聲淒厲的慘叫。

素來穩重的二小姐，竟撲倒在地，如得了癔病般又哭又笑。

顧妍聞聲急匆匆趕來，就見顧婼蜷縮在地上，雙手抱著自己的腦袋，全身都如抖篩一般震顫不休。

伴月雜亂無章的解釋，顧妍聽得七七八八，只留心到二姊一直在問。

為什麼？為什麼要這樣對她？父親……為什麼要這麼對她？

心裡像是陡生一股無盡蒼涼，又像是早已結了痂的疤，重新揭開，才發現底下是一塊早已壞死的腐肉，無藥可救。

當信仰崩塌時，那種被拋棄的孤苦無依，顧妍覺得，她是明白的吧。

衡之和她說，父親不喜歡他們。確實，真的不喜歡呢。

她是從什麼時候開始認識到這一點的？好像也是在這樣的夏天……母親病逝了，衛嬤嬤來清涼庵看望她時與她說了。

她踩著木屐一路跑下山，鞋掉了，腳破了，搭了輛過路的牛車，千辛萬苦回到顧家門前，那些門房攔著不讓她進去，說侯府不是善堂，不收留叫花子。她又哭又鬧，他們就拿臂粗的棍子打她。

生平第一次爬了狗洞，她溜進去，遠遠地看到父親在亭中，環著李姨娘，輕暖溫和地笑著，在她耳邊呢喃低語。

她聽不清楚，但看到了唇形。

父親說，柳氏終於死了。終於死了，終於擺脫這個麻煩了。

李姨娘輕聲地笑，依偎在父親懷裡，眉眼盡數舒展，那模樣刺得眼疼。為他生兒育女的母親死了，屍骨未寒，父親為何還能這樣開心？

她撿了塊石子就朝他們扔去，尖角劃破了皮膚，李姨娘的額角就破了一道口子。父親的手高高揚起，重重落下，她腦子一瞬疼得發緊，喉口腥甜，一句話也說不出來。

周圍很安靜，她看著父親的嘴巴開開合合，一個字也聽不見，他攬著李姨娘，只留給她一個決然的背影，而如同一灘爛泥的她，就像丟穢物一樣，被丟到門外。

不，他們嫌她污了侯府的門面，便直接將她扔去城外。

那一天真的好熱啊，蚊蟲一個勁兒地叮咬著她，她好癢，但沒有力氣去抓。但是好奇怪，那一天的蟬聲，似乎格外的小。

父親大約不會知道，她的左耳聽不見了。因為那一巴掌，她的左耳，徹底失聰了。

然而即便清楚，他也不會有任何愧疚的。

這一點，她很明白。

嘴裡澀得發苦，顧妍不知何時淚流滿臉。她蹲下，抱著顧婼的身體，緊緊地抱著。

「姊姊，」她低聲喚道。「妳還有我們的……」

一屋子的人，知情的，不知情的，都在哭。

柳氏緊緊抓著手邊的珠簾，一圈圈地繞在手上，嵌進肉裡。但很奇怪的，這一刻，沒有流淚，而是神色茫然呆滯地看著抱作一團痛哭流涕的孩子，默然轉身。

唐嬤嬤來不及寬慰顧婼和顧妍，急急忙忙跟上柳氏。

「夫人……」外間還有隱隱哭聲傳來，內裡安靜得嚇人，可唐嬤嬤卻覺得這種沈靜更讓人心驚肉跳。

柳氏卻只是安安靜靜地坐在梳妝檯前。

「姑蘇城的女兒節最隆重了，家家戶戶的女兒們都要出去拜織女娘娘，祈求好姻緣，我還記得那時自己怎麼說的……乞手巧，乞貌巧，乞心通，乞顏容。乞我爹娘千百歲，乞我姊妹千萬年，乞我姻緣萬里牽。」柳氏慢慢地說，嘴唇蒼白如紙。

都說葡萄架下若能聽到牛郎織女的喁喁情話，定會受到他們的祝福保佑。她信了，所以對那丰神俊美的年輕公子傾心相許，背井離鄉，遠嫁京都。不再是家裡寵著的嬌女，學著做個溫良賢慧的妻子，學著習慣高門大戶裡的日子，支持她走過來的是什麼，都已經分不清了。

十多年癡心錯付，可還有救？

柳氏紅著一雙眼轉過身來。「嬤嬤，我後悔了……」

晚了十多年的悔意，是不是來不及了？

入夜，起風了，蕭若伊站定在書房前，剛想敲門，裡面就傳來一聲低喃。「進來。」

她扯扯嘴角，一腳踹開，沒好氣道：「耳朵這麼尖，你真不是屬貓的？我已經很輕了。」

蕭瀝眼皮都沒抬一下。

蕭若伊自討沒趣，往他案桌上看，都是些密摺，鬼畫符似的，亂七八糟，她轉眼就失了興趣。

「大哥，蕭澈那事還沒消息啊？」

蕭瀝「嗯」了聲。「沒有。」

騙誰呢！

「找到那小廝的時候，他已經因失足跌進井裡淹死了，是回事處負責茶水的小僕役，所以無從查起？」

「對。」

對你個頭！這是欺負她書讀得少吧？

一拍桌子站起來，她怒道：「蕭令先！」

蕭瀝擱下筆，頎長的身子挺直了，神色寡淡。他拉著蕭若伊就往外走。「出門，直走，左拐。」

蕭若伊雙手使勁扒著門框，哇哇直叫。「你又這樣，什麼都不說……誰還能像我這麼關心你！」

蕭瀝慢慢收了手。

蕭若伊便乘機一蹦跳進去，揚起下頷道：「人都說三個臭皮匠，頂個諸葛亮，我這麼聰明，怎麼也算大半個諸葛亮了吧！」

蕭瀝揉揉眉心，頓時很明白晏仲的無奈。

「伊人，我是為妳好。」他乾脆道：「妳去找晏叔玩吧，我最近比較忙。」

誰玩了！

「祖父的腿疾又犯了，疼得下不來床，晏叔可忙著呢。而且他最近魂不守舍，一天天不知瞎操心什麼，人都瘦了。」

蕭瀝回到案桌前，目光慢慢落在其中一張密函上。

最近朝堂上鬧得沸沸揚揚的，無非便是福建倭寇擾民。柳大人被押解入京，明夫人要如何自處？晏叔那是在擔心明夫人，這才形容憔悴。雖然晏叔不喜柳建文，但還是相信明夫人的眼光，也信柳大人的品格，甚至請他幫忙暗中調查。

密函是剛剛送過來的，上頭寫著福建布政司使王嘉的底細。挺普通的一個人，沒甚大作為，半年前差點病死，鬼門關走了遭回來後性情大變，這次還出了把風頭。

最有意思的是他這半年，竟然通過各方面管道，儘量與燕京內廷搭上線，那矛盾的中心，還是魏庭的乾兒子，王淑妃宮裡的典膳魏都。

蕭瀝隱隱感覺到有隻蟄蟲潛伏著，越來越猖獗。

前段時日他遭黑衣人刺殺，蕭澈落水的栽贓，嚴格算起來，其實都能和東廠扯上關係。

要說東廠廠公吳懷山怎麼會有這個膽子？不，吳懷山也是柄刀把子，背靠了鄭氏一族這棵大樹，享受著鄭家給予的好處，為主子做點事算什麼？

他不說給蕭若伊聽，只是不想將她扯進這張大網裡。

西邊住著的小鄭氏，野心可不比宮裡頭的鄭貴妃小，她甚至更加狠心。十月懷胎生下的孩子，雖說癡傻，到底血脈至親，用來做靶子，她眼睛都不眨一下。

蕭澈死了，他名聲毀了，免不了拱手讓出世子之位。小鄭氏惦記世子夫人的位置，可惦記得太久了。

有方武帝和太后在，他定然性命無虞，然而京都卻注定沒有他的容身之所。他不在乎回西北，卻不是現在，有些事沒做，他不能這麼回去。

如今想來是萬分慶幸，當時若不是有顧妍在，蕭澈只怕早已入殮，那這麼一算，他欠的人情好像還挺大的，之前幫她查的事，不夠還啊……

蕭瀝忽地正色看向蕭若伊。「近來柳大人的事挺麻煩的，顧五沒與妳說起什麼？」

蕭若伊眨巴兩下眼睛，吶吶道：「看著好像挺急的……大哥，那柳大人真的幫著勾結倭寇，包庇商戶啊？」

「暫時沒有確鑿證據，但也沒有能幫他洗白的憑證。」

「啊？」蕭若伊忍不住感慨道：「你說阿妍怎這樣倒楣，先前是驚馬，現在舅舅又出事，怎麼不好的都落到他們家頭上了。」

原也不過是有感而發，蕭瀝卻倏地一怔。他目光微定，不可思議地笑起來。「伊人。」

「幹麼？」

「雖然不想承認，不過，妳好像真的挺聰明的。」

話是好話，可怎麼聽著這樣彆扭？

蕭若伊古怪地看了他一眼。「那是當然，我聰明著呢！」

蕭瀝抿唇輕笑，算是誤打誤撞被她說中了吧。

他怎麼就忘了兩次遇上顧家驚馬呢？一次是在長興坊鬧區，他拿袖劍將馬頭擊穿，一次是在普化寺山道上，顧妍被甩了出去。這些事件都是東廠番子慣用的手法，綿細的牛毛細針，射入馬臀，緊緊絞著肉，那馬越是跑，絞得越厲害，哪怕事後查驗，也極難發現。

顧家是得罪了哪路神仙，值得東廠動用這種手段？吳懷山又是哪根筋搭錯了，日子閒得發慌了去針對人家？而現在，柳建文涉嫌通敵叛國，揭發者王嘉又和內廷來往密切……這群閹人啊！

蕭若伊見他神情莫測，突然就有些看不懂了。剛還說自己聰明來著的，難道是腦子間接地開竅？

蕭瀝倏然站了起來。「妳回去吧，我有點事出去一下。」

「已經宵禁了啊……喂！」

蕭若伊在後頭喊，追出門看，人已經不見了。

第二十三章

風聲嗚嗚，天上黑得一絲光都沒有，說不定一會兒就要下雨了。果然過了片刻就雷聲轟鳴，豆大的雨水噼哩啪啦落下來。

顧妍守著顧婼睡下，在睡夢裡她也不忘夢囈呢喃，斷斷續續聽不清在說什麼。

那碗被投了毒的湯藥，娘親喝下斷然必死無疑，顧家和柳家的牽連斷了，二姊成了弒母之人，十惡不赦，誰能將罪過推到他身上？說不得還要站出來，自責養不教父之過，以表切膚之痛，世人只會說他顧三爺深明大義。

就算去指責他，無憑無據，誰能認？

舅舅的事一日不解決，後續的麻煩便一日不會斷，白日聽唐嬤嬤說起了陳家的事……其實陳家和柳家的關係，並沒有那樣親近，甚至還多有磨擦，舅舅怎麼可能會在結黨倭寇上幫陳家？可這種事沒人提，被呈上方武帝案桌的，僅僅是柳、陳兩家的姻親關係，眾人理所應當地就將二者牽連起來。

走了這麼個空子，若不是有人刻意針對舅舅，顧妍怎麼也不信。王嘉摺子遞得這麼快，處理得如此迅速，不消說，朝中定有和他裡應外合之人。

等舅舅回了京都，才是真正羊入虎口！

而方武帝就是個不管事的，管他真假，大家都這麼說，那就是這樣吧，大手一揮教人去辦，他管你冤是不冤。前世舅舅受炮烙之刑的畫面還歷歷在目，此次若下詔獄，不脫層皮怎會放出來？關鍵還是要看方武帝的意思啊！

方武帝，方武帝……

方武帝最在乎的是什麼呢？是鄭貴妃？是福王？

廊廡外雨幕成簾，衛嬤嬤撐著傘為她擋住濺進來的雨絲，說道：「這天氣忽冷忽熱的，最易染病了，五小姐千萬當心身子。」

顧妍微窒，回神緊緊盯著衛嬤嬤，直看得她背後發毛，顧妍卻咯咯笑了。脆生生的，連嘩嘩雨聲都蓋不住。

「五小姐……」衛嬤嬤大驚。

顧妍搖搖頭。「嬤嬤說得是，確實要當心些，若一不小心染上什麼惡疾，無藥可治，那就糟糕了。」

「呸呸呸，五小姐別說這種話，大吉大利，大吉大利……」

衛嬤嬤絮絮叨叨地唸，顧妍笑了笑不置可否。

善人才會有善報，可她知道的，她從來就不是個好人。

第二日一早，顧妍便尋了個理由去找晏仲。

還記得方武三十九年，鄭貴妃病入膏肓，方武帝尋遍天下名醫，不惜一切代價要醫治好鄭貴妃。而在眾人束手無策的時候，是晏仲把鄭貴妃從鬼門關拉回來，事後方武帝問起他要何賞賜，晏仲只要了方武帝頭頂冠冕上那顆嬰孩拳頭大小的東珠。這東珠世間絕無僅有，又稱「龍珠」，乃是天子天命所在，晏仲提的要求簡直大逆不道，但方武帝卻毅然摘給他，而他轉身就把龍珠磨成了珍珠粉，晏仲狂傲的名聲由此傳開。

晏仲不會希望舅母有何閃失，那他必須想辦法保住舅舅。

若能讓一年後的情景提前上演，這一回的賞賜要求重新徹查，哪怕天王老子來了，都沒法撼動半分！

至於要怎麼做……晏仲要沒有這個本事，他也就別做神醫了。

顧妍也不廢話，見到了晏仲，便將來意盡數吐露，他驚得張大嘴，半晌無言，隨後就哈哈笑著出了門，顧妍也微微吁了口氣。

能做的她都做了。

馬車嘚嘚地回府了，前頭一長排的隊伍堵塞了路口，金銀鑲嵌的馬車，綴了許多寶石，異常華麗，而那些人的穿著打扮也十分罕見。

這樣堵在路中間，要人家如何過道？

車夫跳下車轅上前溝通，然而話還未說出口，只一眼，他便嚇得跌坐在地。

顧妍掀了簾子去瞧，離得近了，才發現這群人不僅衣著奇特，樣貌更是古怪。金色的頭髮，藍寶石一樣的眼睛，皮膚比雪還白，五官深邃……是異族人！

她倒沒什麼怕的，舅舅曾與她說過，在遙遠的西邊有金髮碧眼的人種。她一直遺憾自己不曾得見，原來是真的存在的。

顧妍下了車，微笑地看著他們，目光是柔和的，沒有看怪物的驚恐或憎惡，這讓一路受夠大夏人異樣眼光的異族來客非常高興。

走上前來的似乎是一位領隊，他禮貌地鞠躬，用並不地道的大夏話說道：「美麗的小姐您好，能幫助我們嗎？」

顧妍只記得舅舅說，異族人熱情爽朗，全沒有大夏的種種規矩，她便大方地點頭應是。

領隊高興極了，拉了顧妍便往他們那兒走，卻嚇壞跟來的青禾與景蘭。

「我們的馬車壞了，然而大夏的車子與我們的不一樣，我們不會修理，想找人幫忙，但他們見了我們就跑。」領隊指著那輛豪華的大馬車說道。

顧妍找了車夫來看，車夫嚇得直哆嗦，但見自家小姐一個孩子卻能鎮定自若，硬著頭皮唸了幾句阿彌陀佛，就上前查看。

是車輪絞住了，重新調整一下高度，很快便修整好。

領隊又鞠了個躬。「美麗的小姐，太感謝您了！」

馬車裡的人也掀開簾子，那是個滿臉落腮鬍的老者，看不清面容，皮膚不似其他人那麼雪白，一雙眼是淡淡的琥珀色，十分漂亮。

他看到顧妍，怔了怔，有一種震驚的情緒閃過，目光再也移不開。許久後，他乾脆下了馬車。

他很高，頭髮都白了，半彎著腰執起顧妍的手。「我叫戴爾德，美麗的小姐，您叫什麼名字？」

他聲音渾厚，吐字清晰，與方才的領隊相比，大夏話說得已是十分地道。

青禾跟景蘭簡直嚇傻了，這個老流氓，居然敢隨便拉小姑娘的手！

青禾防狼似的與景蘭一左一右護著顧妍，見戴爾德還在看著，大聲道：「我們小姐的名字，豈是隨便告訴你的！你快走，不然我們就報官了！」

戴爾德無動於衷。

青禾瞧對方人多勢眾，不好對付，便一前一後將顧妍推進馬車，吩咐車夫趕緊轉向離開。

車子都沒影了，戴爾德琥珀色的眼睛還在遠遠注視著。

身邊的領隊說了一句他們的本土話，戴爾德搖搖頭，輕聲呢喃。「很像……」

就在這一日，這群外來的異族人被恭恭敬敬請入行宮，戴爾德將一塊海域獻給方武帝，方武帝直接封他西德王——這是大夏的第一個外族王。

滿城大譁還未消停，又出了一件事。鄭貴妃病了，全身高熱，不得宣洩。一晚上下來，出氣多，進氣少，竟是奄奄一息。

太醫院傾巢出動，輪流把脈開方，誰知一場輪下來，鄭貴妃險些嚥了氣，急得方武帝方寸大亂，勒令鄭貴妃要是有個閃失，要太醫院全體陪葬，與此同時又廣招天下名醫，若能治好鄭貴妃，必賞賜無數。

晏仲卻是不急，這樣急匆匆竄出去，目的太明顯了——他等了三日，等到連鎮國公都有所耳聞，婉轉地勸了他一番，他才應下去宮中應診。

一帖藥下去，鄭貴妃的情況果然好了許多，方武帝大喜過望，稱讚晏仲妙手回春，要給他封侯，賞良田千畝，晏仲斷然拒絕了。

方武帝哪能白占這個便宜，非得要他說出個什麼。

晏仲「嘖」了聲，擰著眉思慮許久，這才道：「我這人沒啥愛好，就喜歡多管閒事，還專挑麻煩的管。聽說前段時日福建有人勾結外敵，我偏不信，與人打了賭，想請陛下給個答案。」

這有何難？小事一樁罷了。

方武帝便密詔了楊岩，讓他避開眾人耳目，親走一趟福建。

晏仲走出昭仁殿時大大吁了口氣，蕭瀝正佩著腰刀守在殿外，兩兩相視，眼裡都帶上了點點笑意。

錦衣衛聽從皇帝指令，蕭瀝在宮中是常客，要往鄭貴妃飲食裡動一動手腳，並非難事。

晏仲悄悄向他豎了大拇指，一甩手揚長而去，蕭瀝則抬頭望了望清湛的天際，心不在焉地想著，她的目的達到了……

他怔了一會兒，聽到昭仁殿內有腳步聲出來，回身就見魏庭躬著腰小心地走出來，說道：「皇上終於安心，現在睡下了。」又誇起晏仲的醫術。「真是再世華佗，藥到病除，多虧了國公爺，不然晏先生也不會輕易出手。」

蕭瀝隨意應付幾句，另一位僉事過來接任，蕭瀝將佩刀給了他，回身望著魏庭淡笑了笑。「不知公公願不願意賞臉，我請公公喝杯茶好了。我回京都時日不長，但記得麗陽坊有一家茶舍，裡頭的茉莉花茶再加兩片冰片，味道極好。」

魏庭心中一沈。那麗陽坊茶舍是他慣去的，茉莉花加冰片也是他的習慣，蕭世子這麼說……他調查過自己了！

魏庭也不知道自己是哪裡得罪了人，但蕭瀝身上有皇家的血脈，方武帝和太后寵著呢，他不能不給臉。

「蕭世子作東，哪有不去的道理，奴婢先謝過了。」

於是二人到了茶舍，對坐品茶。

蕭瀝淡笑道：「魏公公是風雅人，美茶、美人，樣樣不缺。」

魏庭臉色微變。「蕭世子此話何意？」

就像自己的隱秘暴露在人前，魏庭坐立難安。宮廷裡太監多少都會有對食，這不是稀罕事，拿出去說也算不了什麼，然而魏庭的對食，身分卻有些特殊——皇長孫的乳娘啊！前不久才立下的太子，而皇長孫乳娘又是魏大公公的對食，誰知道這裡面有沒有什麼！

蕭瀝卻沒打算管這個，只淡然問道：「魏公公是宮裡老人了，不知道與吳廠公關係如何？」

就知道是那隻吳老狗！

魏庭暗罵了句，道：「點頭之交。」

「那就好辦了。皇上先前允我任意使用錦衣衛便利，我閒來無事倒是發現了一些有趣的東西……吳廠公大約和我有過節吧，禮尚往來可不能荒廢了，只又顧忌著魏公公，實在不想傷了情面。」

蕭瀝說得模糊，魏庭聽得也糊塗。

蕭瀝遭人刺殺，魏庭隱隱能猜到是吳懷山做的，國公府那位和昭仁殿裡頭那位可通著氣呢！可司禮監和東廠沒什麼交集，吳懷山見了自己還是要恭敬稱一聲魏公公的。蕭瀝要去收拾吳懷山就去，怎就傷了他的情面？

見他不解，蕭瀝解釋道：「小魏公公與吳廠公私交不錯，還以為與魏公公也是莫逆之交。」他有些惋惜地搖頭。「是我大意了，既沒有，我便放心了。」

魏庭是聰明人，一點就通，他也拿到他想要知道的東西。

「那就不打擾魏公公了，我還有點事，告辭。」

直到蕭瀝走了，魏庭還有些懵。

小魏公公……魏都？

他一時咬緊牙。這個小崽子，和吳懷山那隻老狗做什麼勾當呢？

魏庭氣得拍案，連茶都顧不得喝了，急匆匆回了宮裡，直接去王淑妃的青陽殿。他是一時情急，其實完全可以叫個小太監將魏都給喚來，而今日皇長孫和五皇孫都在，青陽殿難得熱鬧了一回。

王淑妃很驚訝魏庭的到來，魏庭悄悄看了眼跟在皇長孫身後的乳娘靳氏，微笑道：「也沒什麼，皇上多日未去向太后請安，怕她老人家寂寞，娘娘最是太后知心人了，有空便多去陪陪太后。」

王淑妃連連點頭。

魏庭又朝夏侯淵、夏侯毅問好，過後瞧了瞧靳氏，笑咪咪地走了。

他一出門，臉色就垮下來，找了魏都，直接劈頭蓋臉一番罵。「你說清楚，你都背著我做些什麼事！怎麼和吳懷山那老狗扯上干係了，累得蕭世子還找到我頭上！」

魏都身形高大，樣貌極為清秀，一聽魏庭說的這話，臉色變了，忙道：「爹爹，真是冤枉啊，我能做什麼？」

「喲！我是不知道，你翅膀硬了，竟然還敢騙我？」魏庭一巴掌搧了過去。「認你做乾兒子，那是我抬舉你，這宮裡頭有的是人排著隊想叫我一聲乾爹，我大可以找個聽話的、懂事的……」

越聽越不對，魏都連忙跪下抱住魏庭的腿。「爹爹，小都子只有爹爹了，爹爹還不要小都子，小都子可怎麼辦啊？」

他痛哭流涕，滿臉淚水，魏庭哼了聲，一腳將他踹開。

「吳懷山狼子野心，你不是不知道吧？那老東西就等著看我的笑話呢，你倒好，和他沆瀣一氣，是想著怎麼把我拖下去呢？」魏庭蹲下身子，手指捏著魏都的下巴，用力掐著。

當年就是看中這個好樣貌吧……呸！果然好看的東西都是有毒的！

魏都跪在地上連連磕頭，說著以表忠心的話，魏庭哼了聲別過頭去。

靳氏不知從哪兒冒出來。

她是個嫵媚多姿的女人，年紀三十了，皮膚還嫩得能掐出水來。一雙柔若無骨的手挽住魏庭，飽滿的胸脯緊貼著魏庭的臂膀，他甚至能感受到她雪丘之下心臟的跳動。

魏庭知道，這女人的身體有多美，尤其在床上有多麼動人。

「不聽聽他怎麼說嗎？興許小都子是有苦衷的。」靳氏媚眼如絲，細聲說道。

魏庭瞇了眼。「看你乾娘求情，你最好如實說！」

魏都垂著腦袋，好一會兒才道：「我在宮外頭有個妹妹，小時候就和妹妹相依為命，進了宮，妹妹還常託人給我送銀子，她自己都不夠花的。這些年她過得苦，我想為她做些事，吳公公說他能幫我……爹爹，孩兒只是一時糊塗，僅僅是要幫一下妹妹而已。」

「而已？」魏庭冷笑。「魏都，你跟我不少年了，吳懷山什麼人你不知道？與虎謀皮，你是不是要和他一道坑我一把？」

「不會的！孩兒即便死也不會背叛爹爹，孩兒發誓，若不然不得好死！」

他說得果決，魏庭卻不信。

靳氏蹭著他的手，嬌聲道：「他也是情急，小都子跟著你這麼久，勞苦功高的，什麼樣人你還不知道啊？」

魏庭無動於衷，靳氏又湊近魏庭耳邊說了幾句，魏庭瞥她一眼，臉色終是好了些。

「你千不該萬不該，偏偏惹上吳懷山，惹上蕭世子，他將你祖宗八輩都扒出來了，這事沒完！你好自為之，日後如何，單看你要命還是要親人！」魏庭丟下一句話，拉了靳氏就走。

魏都跪了好久，跪到膝蓋都痲了。他擦了擦臉上的汗，知道這次暴露後，魏庭不會輕易再信他了。甚至若非靳氏求情，他早被弄死了。

怎麼會招惹上蕭世子呢？吳懷山的本事大，他做得又這樣隱蔽，竟還能被發現！

要命還是要親人？自然是要命的。沒了命，就什麼都沒了。

魏都搖搖晃晃站起來，步履蹣跚地回了自己房裡。

案桌上還放著一封青泥印的信箋，剛剛拆封過，上頭寫了李姨娘要他做的事，這次的目標是邯鄲賀家。

原也是極容易的，現在卻不好做了。他到底羽翼未豐……

魏都點了燭，慢慢將那封信燒毀。

數日後，東廠很快被清算，蕭瀝將牛毛軟針從那些早不知丟棄到哪兒的馬屍裡取出來，對比造材編制，目標直指東廠。

濫用職權，謀人性命，死路一條！

吳懷山犧牲手下兩員大將撇清干係，然而隨後呈到方武帝面前的摺子，又將他打回原形。

那群刺殺的黑衣人不是閹人，可身上刺了東廠的貓眼飛鷹像，雖然皮膚盡數被打磨得乾乾淨淨，表面瞧不出異樣，然而只要找來內裡行家，塗上特製的藥水蒸熏，立刻顯出原形。

吳懷山百口莫辯，方武帝揭了他的職，交由魏庭接管，吳懷山身後的鄭氏一族半句話也沒有。

魏庭高興極了，他垂涎東廠廠公這位置久矣。魏都不知道的是，本來若收復東廠，魏庭是打算交給他代管的，然而現在，他誰也不信了。

這一局動盪還未平息，很快錦衣衛都指揮使單槍匹馬跑回京都認罪。他押送柳建文進京，原已到了濟寧府，卻在驛站的時候被他溜掉了，不見蹤影。

方武帝心道，那應該是楊岩去接應了，於是做做樣子罰了都指揮使幾十大板子，又差人去尋人。然而彈劾柳建文的摺子此起彼伏，先是叛國賊，又成了逃犯，真是丟盡大夏朝所有官員的臉面。

顧崇琰急得滿頭大汗。原先還抱有一絲絲的幻想，興許一切都是誤會，可如今柳建文都畏罪潛逃了，還能有假？

他急急跑回去找李姨娘，問一問是個什麼意思，可李姨娘也急——近來魏都不理會她了，遞過去的信箋毫無音訊不說，連接頭的人都沒了。

見顧崇琰滿眼企盼，李姨娘鎮定下來，信口胡謅。「必是要罰的，且罪責定然不輕，三爺得想辦法儘快擺脫了才是。」

顧崇琰心中一沈，哪是這麼容易？上回狠了心，企圖借顧婼的手送柳氏上路，不知道哪個環節出了問題，柳氏半點事兒沒有，結果顧婼看他的眼神就像仇人。

柳氏對他的態度也變了，溫順的小綿羊知道反抗了，前後反差太大，一時間眾叛親離，他居然無所適從。

李姨娘就說道：「也不一定只有那個法子，三爺還可以這樣……」

她用手指蘸了茶水，在桌几上寫了一個「休」字。

顧崇琰搖頭。「不行，沒理由啊！」

柳氏算是盡了一個妻子和媳婦的責任，未犯七出，他該用什麼藉口？

李姨娘輕笑起來。「理由還不是找出來的？三爺怎麼會想不到？」

顧崇琰想了想，點頭就出了門。

晏仲來給柳氏和顧衡之複診時，說起柳建文逃脫一事，知情人皆明白，那只是障眼法而已。有些事，總是要親自去解決的。

顧妍心情極好地招待晏仲，恰好晏仲與她說起她先前贈送的番椒。「已經培育成功了一批，我大概知道了它的生長習性，妳若是需要，可以告訴妳。」

顧妍順著他的意思道：「若是方便的話……」

「當然方便！」晏仲毫不客氣，招招手讓小藥僮取了一只大袋子過來，裡頭全是新長出的番椒，用清水洗淨晾乾了。

「這些妳先拿著。」他很是大方。

「白送？」顧妍陡生警惕。

「妳想得美！」晏仲瞪她，又抖抖鼻子。「來來回回就那麼幾種花樣，早厭了。」

這是拿她當苦力吧？

顧妍扶了扶額。「是，讓我想想有什麼新做法。」

晏仲這才高興地回去了。

她掂掂有些沈重的袋子，讓忍冬收下。母親在廣平坊的茶樓，因為那些辣菜而生意爆棚，有不少人想偷師學藝，卻缺少了這最重要的一環，敗興而歸。

顧家不知道那茶樓是母親名下的產業，事實上，母親的陪嫁那樣豐富，顧家也沒能全部摸透，這還是唐嬤嬤盡力維護隱瞞下來的，否則以母親過去那樣的性子，早被翻了個底朝天。

父親是不會這樣容易甘休的，他縱然現在不想與柳家有牽扯，卻捨不得母親的身家，這整個顧家都捨不得母親帶來的財富，恨不得吞併了去，所以之前母親積重難返，龐太醫在藥方上做了微調，其實該是顧家人的授意吧？

顧妍轉身回去找柳氏，她正與唐嬤嬤還有顧婼核對著帳冊。

「這是在做什麼？」顧妍問道。

柳氏掃視著帳冊上的明細，淡淡說道：「有些東西太燙手，得想法子脫身才是，這些恆產，從前對我而言是仰仗，現在卻是麻煩。」

顧妍驚得張大了嘴巴。

柳氏失笑，眼裡有些酸澀，捏了捏她的小臉，道：「都說當局者迷，以前陷在裡頭，是看不清。」

顧妍又驚又喜，心下怦怦直跳。母親的面容清晰，柔和端秀，可她總覺得有哪裡變得不一樣了……是了，不一樣了，很多東西都和前世不一樣了！

顧妍高興得抱住柳氏的手臂，柳氏不由好笑起來。「怎麼還撒起嬌了？」

顧妍霎時有種安心踏實的感覺，她往柳氏手裡的帳冊看了眼，都是些鋪子、田莊，用筆蘸了朱砂圈起來的，都是要出手的，大多是東市收益極好的店面。

「娘親要將這些都賣了？」

柳氏搖頭。「不是賣了，是轉到他人名下……以姑蘇柳家的名義。」

那也就是說，從此這些東西，再不歸屬於母親，不是顧三夫人的，顧家即便想占為己有，從母親這裡，斷得不到分毫，除非有法子能繞過大夏律例……這自然是不可能的！

顧妍眼前一亮。這時候在外人看來，柳家風雨飄搖，任誰也不會想到母親會在這個風口浪尖，還回頭將所有資產歸返柳家……換了別人，撇清還來不及呢，但知道內幕的他們就不一樣了。

顧妍笑著說：「那就一定要找信得過的人才是。」

柳氏點頭，卻犯了難。

這時候，誰願意跟柳家有所牽扯啊？他們定是要避嫌的。柳氏就算有這意圖，也施展不開，只好讓胡掌櫃多多留心。

胡掌櫃隔了幾日就有消息了。「有一位葛老闆，近幾年從姑蘇來京都，從前與柳家就有過好幾次的合作，為人十分爽快正直，現在柳家遭難，葛老闆並沒有避猶不及、落井下石，可以一信。」

柳氏想親自和這位葛老闆見面細談，顧妍就非要一道跟著，柳氏也就隨她去了。

雙方約見在多寶齋，母女二人由胡掌櫃帶去了二樓包間。門口守著兩個佩刀的侍衛，虎背熊腰，面容肅殺。

胡掌櫃奉上帖子，其中一個大漢掃了眼，恭敬行了一禮，打開門放他們進去。

柳氏將顧妍攬緊步入，顧妍卻好奇地又回身一望，恰好見胡掌櫃攔住跟著她們一道來的雀兒和青禾，而他自己同樣站著不動，任由房門關上。

若不是知道胡掌櫃對柳家忠心耿耿，顧妍幾乎要以為他打什麼歪主意。

恰好聽見身邊柳氏倒抽了一口涼氣，顧妍驚訝地回眸，這一眼，卻更為震驚。

離柳氏幾步開外，站了個七旬左右的老人，鶴髮童顏、精神矍鑠，一臉的落腮鬍子擋住大半的面容，淡琥珀色眸子炯炯有神，正慈和愛憐地看著她們，其中甚至有水光閃閃。

顧妍一眼就認出來他來了，正是那日在東市街道上遇見的外族人首領，戴爾德！

據說方武帝封了他西德王，如今他可是許多達官顯貴欲結識的對象。

對於戴爾德的出現，顧妍已然感到不可思議，然而當接下來聽到柳氏的稱呼時，她更覺得腦中一片空白。

柳氏叫他：「父親！」

顧妍呆呆地看著柳氏跪在戴爾德面前痛哭流涕，看著戴爾德蹲下身子老淚縱橫，將柳氏扶起來，喚她玉致。

她的外祖父，不是二十多年前出海經商失事遇難了嗎？怎麼她的外祖父沒死嗎？還變成了這副模樣？

顧妍緊緊攢著秀眉，並沒有得見親人的喜悅和激動，而是滿滿的戒備。

既然沒有死，怎麼現在才出現？上一世去哪兒了？

柳氏難過極了，在戴爾德面前她就像是個沒長大的孩子，亂七八糟地說著話，內容不外乎是柳江氏過世了，說柳陳氏也死了，說柳建文吃了苦頭，說自己嫁人生了三個孩子……林林總總的說了一大堆，說到最後又泣不成聲。

戴爾德一面安撫她的情緒，一面自己也難過，一張臉上滿是淚水，花白的落腮鬍子黏在一塊兒，他乾脆將那鬍子撕下來。

顧妍這才看清他的臉，是十足大夏人的模樣，只因貼了那麼厚實的鬍子看不真切，眉目間依稀可以看到一點柳氏的影子，好像和舅舅也有一點相似，可那雙琥珀色的眼睛……難道也是假的？

顧妍盯著他的臉看了許久，戴爾德察覺到了，他望過來，淚眼矇矓的。

「這是阿妍？」他問道。

柳氏擦了淚，點點頭，招了顧妍過去，要她給戴爾德磕頭，道：「阿妍，快過來見見妳外祖父，妳可從沒見過他……」

柳氏對父親的印象，也僅限於小時候。依稀記得父親的輪廓，有一雙琥珀色的眼睛，所有人都說父親的眼睛異色不祥，她卻覺得漂亮極了，還惱恨自己為何沒有父親這樣美麗的眼睛。父親很疼她，在十歲之前，她都是父親捧在手掌心的寶貝，後來商船沈海，父親跟著一道去了，家裡只為他做了個衣冠塚。

顧妍淡淡望著戴爾德，並沒有如柳氏要求的那樣給他磕頭。她對這個突然竄出來的外祖父，還是持保留態度。

「娘，我見過了，這位是西德王。」

戴爾德微怔，苦澀地笑了笑。

柳氏輕嗔，戴爾德道：「沒事，孩子總是怕生的。阿妍和妳母親長得真像。」

這不是顧妍第一次聽到有人說，她和外祖母長得像，但是她沒有印象，也不知道是不是真的。

提起柳江氏，柳氏的眼睛又紅了一圈，但先前發洩過一回，如今也控制住了，這才想起來問他。「父親還活著，怎麼現在才回來？」

戴爾德長嘆了聲。「若是能回，自然是要回來的……」

他說起當年那些事。「那時我被沖上了一座島嶼，被島主救了，機緣巧合幫了島主，島主很感謝我，準備了船隻送我回大夏。然而回來的時候，大夏四邊海禁，一旦有靠近的船隻，立即會遭到炮轟，差了使臣去與他們溝通，他們不由分說將使臣殺了，我試了幾次無果，只好隨船返回。」

海禁一日不除，戴爾德一日無法回國，他縱然心繫大夏，也沒有其餘的辦法，只好在島上生活下去。

因海島常遭到周邊國家侵犯，他幫著島主抵禦了幾次，島主十分信任他，讓他做了國家的繼承人。既然做了新任島主，自然要肩負起國家的未來，他卻是一日沒忘記要回大夏，可這海禁一禁便是二十年，直到去年初解除，他才有機會回來。

「那時候，妳母親病逝了，柳家一切步入了正軌，聽說你們過得都很好，沒有我也一樣，我沒想打擾你們的生活。中間有再回去處理瑣事，本一時半會兒結束不來，但建文那事鬧得沸沸揚揚，我專門著人關注著大夏，立刻就回來了……」

可這一回來是個什麼說法，那就有講究了。若他還是柳家前任家主，那麼對柳建文的事沒有半點裨益，而若是以外國國主的身分，那他一個外族人，又哪有什麼理由干涉他國內政？

左右權衡，他將自己所持有的一整片海域都獻給了大夏，成為大夏的附屬國，方武帝封他為王，他這才在大夏有了說話權。當日來時遇上顧妍，因她容貌像極了柳江氏，這便上了心，再找人查了查，果然是他的外孫女。

聯絡上胡掌櫃，知曉了柳氏的現狀，他心如刀絞，大恨自己就該早點打聽清楚，不至於還留著他們在這裡受苦。

戴爾德捶胸頓足氣怒不堪，柳氏搖頭惋嘆。「父親無須自責，這是女兒咎由自取，一切都是我造的孽，我願意承擔。」她吸吸鼻子望向顧妍，又不忍起來。「只是，還累得孩子們與我一道……」

他多年未歸，沒做到一個好丈夫、好父親的責任，而柳氏怯弱，沒有好好保護自己的孩子，這種痛楚，戴爾德十分明白。

「玉致，不哭，妳受的苦，孩子們受的苦，為父一一為你們討回來！」做了十多年的海域王，戴爾德周身自有一番氣派，那是久居高位頤養出來的。

他現在回來了，多年的遺憾，必須要想法子彌補。

顧妍低下頭，她不該懷疑一個被迫與親人分離多年之人的決心，於是她輕聲喚了句「外祖父」。

戴爾德高興得直笑。「阿妍、玉致，妳們且看著吧，既然他們敢做，我們不如送他們一份大禮。」

常言道，高手在民間，東市的里弄巷道，每日喧鬧，精細的老藝人們，偶爾會在這些寂寥的角角落落裡，靠著手藝維持生計。

顧妍翻看手裡的一疊契紙，紙張老舊，各蓋了南北直隸某些府臺的印章，字跡模仿極像，外行人幾乎看不出一絲偽造的痕跡。

胡掌櫃說，老師傅做這一行有幾十年了，在道上信用極好，不用擔心有何後患。

確實，都說三年不開張，開張吃三年，老師傅造了這一疊單子，可算是狠狠賺了一筆，用來養老足夠了，而且這種事說出去，對他絕對沒有好處。

她將這些契紙放入錦盒中收起來，藏在高高的橫梁上。至於那些真的契約，柳氏與戴爾德一道去大理寺，找了大理寺卿，將交接手續辦完了。

西德王炙手可熱，大理寺卿自然願意賣這個人情，第一時間便處理了，一切都進行得悄無聲息。

顧妍剛剛從西德王就是外祖父的震驚裡平息下來，又聽聞倭寇再次打上岸的消息。

海上戰是倭寇的強項，大夏大敗而歸，急報直傳京都，連不管事的方武帝都驚動了。近幾年大夏的海師力量確實越來越薄弱，只好調動兩江水軍暫時抵擋，西德王乃海域王，在水戰上自有一番優勢，將手下最精銳的一支海軍交由方武帝，方武帝龍心大悅，又賞賜了西德王無數珍品。

方武帝有意讓一品威武將軍蕭祺去福建支援，蕭祺回去後便與小鄭氏抱怨。「真真是老糊塗了！那倭寇打的都是水戰，讓我一個陸戰將軍去有何用……回頭若是輸了，還要怪我無用！」

小鄭氏靈機一動道：「你病了，哪還打得起來？」她指了指東面。「十二年前那場戰役，你雖說是活著回來了，但有些內傷總免不了，近來又復發了，人家能怎麼說，逼你上場？咱們府裡頭，除了國公爺這個老戰神，可還有一個小戰神呢！替父征戰，可是多麼響噹噹的名頭，贏了那是整個國公府的榮耀。」

如果輸了，那也算不到蕭祺的頭上，甚至小戰神百戰百勝的傳說也要打破了。

蕭祺一想也對，第二天就「病」得爬不起來了。

鎮國公要找晏仲來給他診治，蕭祺死活不肯就範，蕭瀝看了半晌，冷笑了聲，就讓晏仲回去。

他清清淡淡地看著在床榻上癱軟無力的蕭祺，道：「父親病重，做兒子的無法侍疾了。」

這是認了代替蕭祺去福建的差事。

蕭祺有氣無力地擺手道：「令先長大了，為父相信你的才能，定要打得那群賊寇落花流水。」

蕭瀝不置可否。方武帝的聖旨還沒下，首領大將便已長他人志氣，滅自己威風。畏首畏尾，那是兵家大忌，臨陣脫逃，那是十惡不赦！他父親都樣樣不落。

蕭瀝轉身就走。

出行的那天豔陽高照，城外一棵碩大的合歡樹，投下一大片的濃蔭，粉色的合歡紛紛揚揚落了一地。

蕭若伊拉了顧妍來觀誓師會，顧衡之也抱著阿白來了。圓滾滾的阿白，摟在顧衡之的懷裡，一動不動，像極了一顆黑色的羊皮球，只不過多了許多尖刺。

蕭若伊瞪圓了眼睛，不敢置信這隻東西是前不久自己送出去的。顧妍也無奈地扶額，當初將阿白給衡之來養就是個錯誤的決定，他一天七、八頓地餵，沒將牠撐死，也是個奇跡。

蕭若伊從震驚裡回過神，湊過去連連問道：「你是怎麼養的？牠怎麼長得這樣好？我先前養了牠一段時日，精心照料，可牠還是瘦了……」小嘴一癟，委屈極了。

顧衡之本來沒打算理她，他可還記著蕭若伊在元宵節時搶他燈籠的事呢，可見她這麼一臉好奇豔羨，不知是觸動了哪根弦，憑空生出一絲得意，將自己的「養刺蝟心得」盡數說了。

阿白縮在顧衡之懷裡睡著回籠覺，蕭若伊的手靠近，牠似乎聞到一股香香甜甜的氣味，眯成縫的眼睛霍地睜圓，小鼻子一聳一聳，伸出粉粉的小舌頭舔著蕭若伊的手心，蕭若伊一顆心霎時軟得不行。

「妳是不是吃什麼東西了？」顧衡之問道。

「剛吃了兩塊豌豆黃。」

「那便是了，阿白的鼻子靈著呢，一點點味道都能聞出來，定是妳手上還有豌豆黃的氣味。」

「呀！這麼厲害！」

兩個小腦袋湊在一起嘰嘰咕咕，顧妍聽得嘴角直抽。

平時懶得跟豬一樣，吃了便睡，一到飯點或是聞到食物的氣息就跑得比兔子還快……這種事拿出來說，很驕傲？

她扶著額，感覺到有一個高大的影子投下來，恰好一朵合歡落在她的頭頂。

蕭瀝這時悄然走近，看見女孩的眼睛猶如夜空星子，陽光透過樹葉縫隙絲絲縷縷照下來，可以很清晰地看到空氣中飛揚的微塵，和她側臉頰柔和的弧度。然而，女孩的精明警惕很快回來了，將才一瞬的茫然，彷彿就是幻覺，眼一眨，就不見了。

蕭若伊走上前來說：「祝大哥早日大勝，班師回朝！」

說實話，蕭瀝有點不習慣這樣一本正經的蕭若伊，果然她下一瞬就破了功。「你要是輸了也沒關係，不用沒臉回家的。」

蕭瀝感到一陣無言。他挺直腰，身姿高大挺拔，氣勢凌人，嘴角微抿。「至多半年。」低沈自信的聲音緩緩響在頭頂，顧妍覺得他說得一點也不誇張，他確實有這個本事。

西德王乘著馬車姍姍來遲，誓師會還未開始，大軍已經整裝待發。西德王慈和地看了眼顧妍和顧衡之，對蕭瀝禮貌地笑了笑，將手中的權杖交給他。「拿著這個，可以任意調用本王的海域水師。」

蕭瀝恭敬地接過，對西德王抱拳行了一禮。

顧衡之拉著他的窄袖道：「大哥哥一定要大勝歸來。」

蕭瀝淡笑。「會的。」

他又將目光看向顧妍，瞳仁裡有某些期待的情緒。

顧妍驀然覺得有些窘迫，想起他曾幫自己良多，福身道了句。「保重。」

蕭瀝重重點頭，將盔甲戴上轉身。

濃烈芳香的美酒氣味蔓延，一罈罈佳釀見底，直到最後一口誓師酒飲完，齊齊一聲「砰」，瓷碗碎裂在地，每一個大夏兵士的口中吶喊著必勝的字眼，蕭瀝已經騎馬揮軍南下。

人已經看不見了，顧衡之倚著顧妍悄悄打量西德王。戴爾德便是外祖父這件事，暫時也只有柳氏和顧妍知曉而已，連唐嬤嬤都被蒙在鼓裡。

戴爾德真想蹲下好好抱抱這個外孫，但他轉頭望了望高高城牆上黑壓壓的人頭，其中不乏有顧家的人，一時只得忍住，坐著來時的馬車悠哉回府。

蕭若伊招來身後跟隨的一個黑衣男子，湊近顧妍耳邊道：「這是冷簫，大哥的暗衛，妳若有什麼事，吩咐他做就是了，絕對忠誠！」

冷簫微垂著眼，面容寡淡平凡，並不顯眼。

顧妍不解。「為什麼給我？」

「哦，他是這麼說的……嗯，她幫我解決了一個麻煩，於情於理，我都該還了這個人情，冷簫的辦事能力一流，能給她提供諸多方便。」

蕭若伊肅著臉，繪聲繪色地模仿蕭瀝說話的樣子，顧妍覺得好笑極了，同時心裡又有些異樣，似乎還是頭一次有人這麼幫她……還人情。

直到回到家中，她也沒弄清楚那點異樣的情緒是什麼，迎面就碰上顧妤和于氏相攜從垂花門處進來。她們也去城外觀誓師會了，只不過她們被攔在城牆內，只能遠觀，而她和衡之卻因為蕭若伊能夠親臨現場。

顧妤看紅了眼，她踮腳在人群裡尋尋覓覓，遠遠地才能看到那人的細碎剪影，可顧妍卻能這樣近地見他，還與他說話。人比人氣死人，顧妤滿腔妒火都化作了夾槍帶棍的言詞相激。

「誓師會果然壯觀，我們站在城牆上觀望都覺驚心動魄，想必近距離看更加有所感觸。」她看到顧婼從她們身後走過來，低低笑著說：「只是可惜了，四姊沒有這個福氣，二姊也沒能有這個好運道，五妹可一定要跟姊姊們好好說說……」

顧婼腳步一頓，眉心緩緩蹙起。于氏也有些奇怪顧妤怎麼就說這些話，女兒一直很有分寸，而今卻好像在刻意挑事，離間顧婼和顧妍似的。

顧妍好整以暇，換了從前，她或許還會擔心二姊想偏了，但幾次交心後，這種顧慮已不復存在。

就見顧婼緩步走過來，指尖微動，挑落她頭上無意間落了的合歡花，嗔怪道：「也不注意些。」又回過頭看著顧妤道：「四妹也別羨慕他人，各有際遇而已，阿妍是有那福氣的。」

她覺得，她大概需要重新審視一下顧妤了。有些事不一樣，連人都變得不一樣了，從前總覺得四妹高尚清雅，其實也和大家一樣，會妒、會爭、會搶。

顧妤雙目霍瞪，不可思議。

她羨慕顧妍？笑話！她比顧妍有才情，比她識禮知書，琴棋書畫哪一點顧妍是她的對手？她還有個全心全意寵她、疼她的好爹爹，這些顧妍都有嗎？

她有什麼好羨慕的？

那幾人已經走遠了，于氏輕聲喚了一句，顧好回過神，自嘲地笑了笑。
怎麼辦，她好像是真的羨慕她……憑什麼她命裡有這些貴人！
明明她也很好，一點也不比人差的。

第二十四章

西德王府整修一新，西德王正式喬遷入府，邀請了京都勛貴官宦。諸多貴婦都帶著小娘子們赴宴，安氏也帶著府裡頭幾位姑娘去了。

西德王府一時間十分熱鬧，只是在這樣的歡騰裡，酒盞碎裂聲倏然響起，便見西德王正對著一個小娘子大發雷霆。

而從那言語裡可以聽出，這位小娘子悄悄與人議論西德王是怪物，然後被本尊聽去了。

西德王是異族人，長相怪異，相信不止一個人這樣想過，也曾私下裡討論，只是這麼剛好地被抓現行，可就是倒了血楣了。

安氏不可置信地睜大雙眼，只因這被奚落得體無完膚的小娘子，正是長寧侯府的二小姐顧婼！方才還與她說要尋沐七小姐去敘舊的顧婼，轉眼就被西德王拎出來當眾責難。

安氏一張臉紅了又白，白了又青，發現眾人投遞過來的目光，眼前又是陣陣地發黑。

西德王一雙眼睛瞟到沐雪茗身上，琥珀色眼眸精光微閃，指著顧婼問道：「剛剛她是不是這樣說了？」

沐雪茗尷尬得很，方才顧婼剛對她說了沒幾句話，她正想表示贊同，西德王便神出鬼沒般地出現在她們身後了……要是自己的嘴快一分，是不是要和顧婼一樣？

沐雪茗正後怕，沐二夫人悄悄掐了她一把，她趕忙點頭。「是的，顧二確實這樣說……不過王爺，您英武不凡、相貌堂堂，絕對不是怪物！」

沐雪茗趕忙表明態度。

沐二夫人這才鬆了口氣，拉著她趕緊遠離些，免得無辜牽連。事後她也曾囑咐沐雪茗別再與顧婼往來，說不定自己哪天還要搭進去。沐雪茗深以為然。

而此刻顧婼心中發涼，眼淚撲簌簌。

西德王仍不肯甘休，居高臨下地道：「妳說本王是妖怪，那不如我們去皇上那兒評評理，本王是不是妖怪？皇上是真命天子，定是不怕邪祟的！」

顧婼哭著連連賠不是。

安氏站都站不穩了……西德王怎麼還得理不饒人了？怎麼說人家也是個小姑娘，這樣斤斤計較，有沒有一點容人雅量！

然而下面一句話讓安氏的抱怨霎時湮滅，只剩了窘迫和無措。

「妳是哪家的小娘子，這樣口無遮攔，本王不好好治治妳，參你們一本，本王就不叫戴爾德！」西德王抱起胳膊，閒閒地掃了一圈。「在我們那兒，如此是侵犯人權，是要被推上斷頭臺的，小姑娘腦袋這麼可愛，身首異處可不好看。不如就絞刑吧，這樣能留個全屍。」

眾人縮了縮腦袋，無數雙眼睛齊刷刷地看向了安氏，安氏原本想說的話一個字也說不出來了。

這個暴王！怎麼如此血腥！

可她又挑不出錯……西德王是異族人，都說是按著異族的規矩了，皇上也准許他不守大夏禮教，她一個婦道人家，哪裡敢置喙半字？只怕所有人都要說長寧侯府沒有教養了，西德王這樣小題大做，還要鬧到聖上那裡去，方武帝難道還偏幫一個中流的侯府，而不顧炙手可熱的外族王？肯定不可能的！

安氏急中生智，連連搖頭。「不是的，王爺，這姑娘早被逐出顧家了，族譜上的名字都劃去了，卻非要厚著臉皮地跟過來，讓我無奈得很。」

她一面說，一面按壓住震驚不已的顧妍，狠狠瞪她一眼，警告她不要開口。

顧婼淚眼矇矓。即便心裡已經有了答案，可在聽到這話的時候，也是心涼的。

她做了這麼多年的乖孩子，尊敬長輩，孝順父母……可到了緊要關頭，所謂的家人，連維護她一下也不肯，還急急地撇清與她的關係。

顧妍緊緊抿著唇，低垂了頭默不作聲，彷彿是屈從安氏的威嚴。

西德王怒火中燒，不是對顧婼，而是對安氏和顧家。

他竭力想維護的女兒和外孫女，原來就是這樣被糟蹋的！

「這樣啊……」西德王拚命壓制住自己的滔天怒意，喃喃唸了句，找來侍衛將顧婼抓住，關押起來。「可不能對不起妳的稱謂，讓妳見識一下，什麼叫怪物。」

眾人頓時有種不想再繼續待下去的衝動。

顧婼如同一灘爛泥被拖走了，西德王還回過頭來朝眾人呵呵一笑，尤其望著安氏的方向，落腮鬍下笑出一口大白牙。

安氏扶著桌角，才扯著臉皮回了一個微笑，一旁的顧妍扯著安氏的衣袖直問：「大伯母，二姊被帶走了，怎麼辦？她怎麼就被逐出顧家了？大伯母妳快救救她……」

安氏直接甩開她的手。「閉嘴！注意妳說的話！要是不這樣說，妳們一個個都要吃排頭，顧家也會遭殃，妳還嫌近來事情不夠多？」

這樣一想，好像樁樁件件都和三房有關，安氏氣得直咬牙，讓人將顧妍帶走，省得她繼續鬧騰說漏了嘴。

然而到底是待不下去了，安氏趕緊回去，其他人也陸陸續續歸家。

精明的人看出門道，心中對安氏的做法雖有些不齒，但似乎一時也沒有什麼一勞永逸的法子。

外族人和大夏人就是不一樣……太殘暴！

安氏回去後就打發顧妍，趕緊去尋老夫人，急急說了一通，老夫人直皺眉。「婼丫頭平日裡說話也有分寸，怎麼今日這樣不知好歹？」

「母親，甭管是為何，現在要怎麼辦？」

老夫人沈默了好一陣，低低說道：「妳做得不錯。既然已經除族了，就將她名字劃去，一個姑娘而已，便不用開祠堂了。」

安氏這才鬆口氣，心道還好反應快。她趕緊著人去辦，老夫人拿起佛珠，反覆呢喃叨，若離得近，可以聽到她是在祈求菩薩保佑他們一家順遂安康。

世人大都喜歡求神拜佛，渴望神佛庇佑，越是做多了虧心事，越想尋求心靈寄託。然而我佛慈悲，卻是向善而生，黑心腸的人，佛祖焉能理會？

顧崇琰近來都教人去查柳氏的底細，差點把人家祖宗八輩子都挖出來了，好像還真有了點眉目。

柳氏的母親柳江氏是遼東撫順一挑貨郎的獨女，祖上幾代單傳，後來一家輾轉到江南，柳江氏嫁進柳家，其父母相繼去世，江家就絕後了。柳家歷來也是子嗣單薄的，柳氏父親柳昱那一輩，只有他和柳昊兩個兄弟，柳昱去世得早，留有二子，一個是現任柳家族長柳建明，一個便是柳建文，柳氏父親柳昊有一子一女，長子早夭，幼女便是柳氏。

究其根本，柳家祖上可從沒出過什麼雙生子，江家也沒有，顧家更沒有……雙生子在大夏少見得很，只有血脈親緣裡有過先例，後代才有可能，那麼，顧妍和顧衡之是怎麼來的？

當年柳氏誕下雙生子的時候，府裡頭上上下下都很高興，沒有人思慮過這個問題。而且柳氏生了顧婼後幾年都沒有動靜，可偏偏等到納了妾，柳氏就有孕了，怎麼就這樣巧呢？再比對一下自己和顧妍、顧衡之的模樣，顧崇琰發現他們一半隨了柳氏，另一半，可丁點兒都不像自己。

原本也只是想找點什麼藉口把柳氏給休了，可一不小心挖出了這麼件事，他就越來越懷疑顧妍和顧衡之是怎麼來的。日日夜夜地想，越想越覺得自己被人給戴綠帽了！

他喜不喜歡柳氏，要不要柳氏那是一回事，可柳氏背著他和別的男人有一腿，那就是另一回事了。

男人最怕什麼？還不是怕自己女人紅杏出牆，被別人指著鼻子罵綠毛龜？是可忍，孰不可忍？

顧崇琰拍案而起，可他不能無的放矢，總得想個法子佐證一下。顧妍那兒他是不會去了，這小丫頭就是他的剋星！那他就只好去找一找顧衡之。

顧崇琰到東跨院的時候，顧衡之正在逗阿白，他拿了新做的綠豆糕餵牠，阿白不肯吃，顧衡之就對著阿白碎碎唸。「阿白，你看你都瘦了，五姊說這個補身體，夏天吃還能降火，甜甜的，你快嚐嚐嘛！」

阿白縮成一團，顧衡之想了想，道：「你是不是渴了？那喝水。」

顧衡之又拿一碗清水湊到阿白面前，阿白翻了個身子，滾得遠了些。他抱膝坐在地上，可憐巴巴地看著阿白，像個做錯事的孩子。阿白察覺到他低落的情緒，晃晃悠悠爬起來，小身子慢慢挪到他腳邊，拿自己的背刺磨著他的手，顧衡之這才笑了。

顧崇琰越發覺得顧衡之玩物喪志，根本無藥可救。「衡之。」

顧崇琰的聲音響起，顧衡之嚇了一跳，手一個用力，刺在阿白的背刺上，竄出了血珠子，可他來不及擦，就直直站了起來。

顧崇琰也在看他，想透過他的面容，找到一點點和自己相似的痕跡。

手指上的血珠子滴答滴答落在阿白喝的清水裡，顧崇琰眉心一挑，暗道得來全不費功夫。

他皺緊眉急道：「怎麼不小心些，快去包紮一下，瞧瞧你手都出血了！」

顧衡之很驚訝，還沒來得及說話，就被顧崇琰攆走。

顧崇琰就這麼蹲下來，怔怔地看著清水碗裡那淡淡的紅，拿出早已準備的細針刺穿指腹，滴了兩滴血。然後，渾濁的血液慢慢融合，他剛鬆了口氣，就見那兩片鮮紅中間似是隔了一道血牆，如何也交匯不到一處。

「嗡」的一聲，顧崇琰的腦子裡炸開了，眼前直冒金星。

他直勾勾地盯著那只碗，臉色鐵青，全身僵硬，似乎感覺到有綠雲蓋頂，嘩啦啦掉下來的都是綠油油的雨點。

顧崇琰大怒，猛地站起來，一腳就將那碗踢開。

好哇！柳氏……竟給他戴了這麼多年綠帽子！

顧崇琰氣得眼都紅了，拔腿就往琉璃院去，然而當顧崇琰奔到正院的時候，柳氏卻不在，問了才知道，和顧妍一道去老夫人那兒了。

顧婼被逐出門庭，做娘的若不去求個情、哭一場，不是可疑？老夫人早就料到這個結果，哪裡肯讓人進去？母女倆還沒進門呢，就被幾個粗壯的婆子攔在外頭，安氏出來勸了幾句，又無話可說。

顧崇琰踏著大步子過來了，看見柳氏跪在地上，心頭泛起陣陣噁心，抬腳就對著她的背心踢去。

顧妍眼角瞥見顧崇琰的動作，忙拉了柳氏一把，顧崇琰一腳踩空，險些摔個狗吃屎，他怒氣攻心，手掌揚起，就對著顧妍的臉打下來，如前世一般，這一巴掌結結實實落下，顧妍都嚐到嘴裡的腥甜。

柳氏發了狠，奮力將他往外推，驚怒叫道：「顧崇琰，你竟敢打阿妍！」

她連忙將顧妍攬在懷裡，仔仔細細地瞧。小女兒嘴角沁了血，左臉頰一個明顯的五指印，小臉痛苦地皺著。

顧崇琰目光凶狠，就像要將她們拆解入腹，以消心頭之恨。「我憑什麼不敢？又不是我的女兒，我有什麼不敢的？」

安氏頓時看不懂了，但慣做好人的她，還是攔住了顧崇琰。「三弟有什麼話好好說，這會兒可別鬧。」

顧崇琰咬牙道：「一個淫娃蕩婦，一個小野種，有什麼可說的？就該通通浸豬籠！」

安氏一聽不得了，連忙讓人將柳氏和顧妍帶進屋裡，又好勸歹勸讓顧崇琰先消消火，還把顧衡之一道叫過來。

老夫人出來聽顧崇琰將來龍去脈說了一遍。

「我說怎麼顧家祖上都沒出過什麼雙生子，一到我這兒就有了呢？顧妍和顧衡之長相哪裡像我了？剛剛我去滴血驗親……好傢伙，被妳騙了這麼多年！」

顧崇琰爭得面紅耳赤，老夫人臉色陰沈得要滴出水來。柳氏這時候無言以對，在人看來便是默認了。

老夫人不由閉了眼，渾身發抖，憤怒程度絲毫不比顧崇琰小。

顧家怎麼就出了這樣的事！世代書香啊，乾淨得很，全毀在這個傷風敗俗、不守婦道的女人手裡了！

柳家朝不保夕，顧婼開罪西德王，柳氏紅杏出牆，兩個孩子還是野種……三房就被她毀了，顧家也完了。

老夫人一雙眼凶光畢露。「還有什麼好說的，這種事，說不得，錯不得。」她深吸一口氣忍耐著，咬牙道：「都處理了吧……」

柳氏紅著雙眼憤憤地抬頭。是了，這些人就是這樣的，寧可錯殺一百，也不能放過一個。她真不知道自己從前怎麼就這樣眼瞎，什麼都看不懂。

「妳這麼做，可想好後招了？阿妍和伊人縣主是至交，前兩日才見過，也約好了以後再見，她突然便出事了，伊人縣主能放過？你們做得再仔細，擋得住上頭的調查？世上沒有不透風的牆，那時候，顧家名聲掃地，鋃鐺入獄，我想我一定很開心……」柳氏冷冷地看著他們，從嘴裡說出來的話字字誅心，老夫人簡直不相信這是那個一直唯唯諾諾、弱不禁風的三兒媳。

安氏倒抽了一口涼氣，她完全可以想像那樣的下場，打不得、罵不得、動不得……哪怕監禁起來，也總有一天會被拆穿。

安氏望了望柳氏，她穿了身團花襟子，梳著桃心髻，頭上戴了十二支明晃晃的雀頭金釵，通身貴氣……很奇怪，柳氏從來不喜歡金飾，她覺得這些太俗，可今日竟打扮得如此金貴，讓安氏想起了一件事，柳氏的身家確實豐厚。沒有人比她這個管家的更清楚，幾千兩銀子甩出去，柳氏連眼睛都不眨一下。

安氏眼睛鋥亮，附到老夫人耳邊說了幾句，離得近的顧崇琰也聽見了，眉角一跳，老夫人沈沈的目光也慢慢收起來。

「柳氏，給妳一個選擇，可以保你們母子三人一命。」

柳氏不安於室，顧家血統不純，這種事顧家不敢捅出去。他們要著臉呢，百年書香的名聲要維護，耕讀傳家最注重教養品行了，抖漏出半分，都是要命的事，他們想要悄悄地解決，然而後頭跟著個大隱患，隨時有人為他們出頭。手腳做得再乾淨，只要有心，還怕找不出蛛絲馬跡？

那時候可不僅是揭開顧家遮羞布了，草菅人命這一條，就夠喝一壺的！可就這樣嚥下這口氣，當一切都沒發生過，怎麼甘心？

柳氏有倚仗，顧家有顧慮，他們打成了僵局。雙方騎虎難下，老夫人又說要給他們一個選擇。

還能有什麼選擇？臉都撕開了，現在告訴他們，願意給他們一條活路……那定是要用什麼等價的東西來交換了。母親有什麼是他們需要的？答案早已呼之欲出。

顧妍感受到母親攬著自己的手慢慢攥緊，她聽到母親問：「你們要什麼？」

柳氏木著臉，不哭不笑，目光平靜，就如同俎上魚肉，任人宰割。

安氏瞇眼笑，白圓的臉看著十分溫和。「柳氏，妳罔顧倫常，悖於禮教，原本只有沈塘一條路走，可看妳還有這麼兩個年幼的孩子，罷了，就當我們發發善心，好歹也是幾條人命。鬧到這個地步實在是沒法子繼續下去了，將妳的嫁妝留下，拿著休書與兩個孩子一道走吧，總還是照看妳的了，若不要日後兩個孩子一輩子掛上姦生子的名頭，妳自當明白如何做。」

拿萬頃良田、宅子、鋪子換他們母子三人一條活路，顧家有了這麼些錢財，起碼三代以內富庶無憂，一紙休書，從此柳氏與顧家再無瓜葛，柳家的禍事攀扯不到顧家的身上，為了顧妍和顧衡之的未來，柳氏又不敢說出一個不字，而顧家的聲望也能保住，簡直一舉兩得。

安氏往顧崇琰那兒瞟了眼，看他神色緩下來，不如方才那般激動，當下便放心了。

顧崇琰私心裡想著。誰會跟錢過不去啊？這世上，人心易變，金銀卻是最實在的東西。他吃了這麼個大委屈，等柳氏那些銀子到手了，他一定要占大半！

柳氏氣極，渾身發抖，她指著上首那些人，大聲道：「你們將東西都拿去了，人又只道我是個棄婦，我們孤兒寡母，要如何自處？你們可真是良心！」

老夫人冷笑出來。「妳是個什麼東西？一隻破鞋罷了，還想染指顧家門楣？本就是該死的命，給妳指一條明路還不領情，真以為我怕了伊人縣主？阿妍是個乖孩子，我不介意讓她再乖一些，口不能言、手不能動，最多只當她染了惡疾，三夫人柳氏憂思過甚而亡，衡之病發不得而治，等你們都死絕了，這些都還是我們的。記得到地府去和閻王爺訴冤情，不過想必閻王爺也不會理妳這種娼婦的！」

不過是為了那一點點萬一，否則，誰願意在這兒與他們浪費口舌？

顧衡之瑟縮著身體，顧妍將臉埋在柳氏懷中，柳氏睜大眼，緊了緊手臂，將兩個孩子摟住，挺直的脊梁，終於一點點彎折，頭顱垂下，像是一時老了十歲。

老夫人滿意極了這種勝利者的姿態，給顧崇琰和身邊的沈嬤嬤使了個眼色，顧崇琰立即磨墨寫休書，沈嬤嬤則親自去柳氏院子裡大肆翻找。

當顧崇琰洋洋灑灑寫了一整張甩在柳氏臉上時，沈嬤嬤也回來了，對著老夫人搖頭。

老夫人大怒，一掌拍在紅木案桌上。「說，契紙、鑰匙都在哪裡！」

幸而留了柳氏一命，不然沈嬤嬤都找不出來，可真就被她擺了一道了。

柳氏低著頭，仔仔細細將休書拿起來研讀，顧崇琰以不賢、無狀、不貞為由將她休棄，而兩個孩子，則是因為不孝，將他們驅逐。

說是給他們留條活路，可從此之後，哪還有他們容身之所？這些名狀跟著他們，他們這輩子已經完了，心寒是什麼感覺，她想，今日她體會得很徹底了。

沈嬤嬤掐著柳氏的下巴逼迫她抬頭，指甲狠狠掐進她的肉裡，顧妍和顧衡之撲叫著過去，攪作一團，混亂不堪。

沈嬤嬤又抓著顧妍的後領將她提起來，笑嘻嘻道：「老奴手腳可沒個輕重，五小姐會不會有個好歹，老奴可保證不了。」

柳氏憤恨地抬頭，聲嘶力竭地撲過去將顧妍搶下來，終於泣不成聲。「在清瀾院內室的第二根房梁上頭……」

眾人倒抽一口涼氣，誰也沒料到，居然藏在這樣的地方。

安氏「嘖嘖」地嘆了幾聲，沈嬤嬤復又回去找尋，過沒半刻鐘便拿了錦盒回來，老夫人迫不及待地打開，滿滿一盒子的契紙，看得人雙眼生光，顧崇琰和安氏亦是心情舒暢。

幾人仔仔細細翻看了一番，不由張大了嘴巴。宅子、田地、林木、塘池、鋪面、金銀飾物數不勝數，不只是在燕京，還有保定、邯鄲、大同、太原……

老夫人眼睛就如同明火般灼灼燃燒，這些東西，他們簡直三輩子都用不完！

老夫人忙收起來，牢牢抱在懷裡不肯撒手，安氏癟了癟嘴，到底沒說什麼，顧崇琰眼睛就黏在上頭，再沒離開過。

「既如此，簽一個轉讓書，按個手指印吧。」

沈嬤嬤將轉讓書交給柳氏，柳氏含淚簽下，又按了印泥捺上一個鮮紅的拇指印。

老夫人這才笑了。這下她也絲毫不用留情面，差人將柳氏、顧妍和顧衡之一道趕出門，至於柳氏的那些心腹丫鬟、婆子……顧家可容不得異心人，這些就交給柳氏去頭疼，他們可沒有閒錢去養外人。

朱紅色大門緩緩闔上，窄巷站了一排人，柳氏怔了一會兒，抬眸望著已經暗下來的天色。灰濛濛的一片，大約又要下雨了。柳氏慘澹地笑了笑，低頭俯下身子緊緊抱著顧妍和顧衡之。

顧妍的臉上還是高高腫著，火辣辣地疼，但這一刻的心情卻帶著隱隱的喜悅興奮。

總算擺脫了不是嗎？他們和顧家了斷了，接下來的遊戲才剛剛開始，誰是魚，誰是餌，總要分個清楚的！

不知道是顧家人良心未泯，或是他們不想柳氏這麼一行人浩浩蕩蕩地出走，第二日就將顧家推往風口浪尖，總之他們雇了幾輛馬車，將一行人載離了九彎胡同。

剛剛入夜，瓢潑大雨就澆下來，整個燕京城格外寂靜，早早地入夢安眠，但對於有些人，這注定是個不眠夜。

長寧侯府裡燈火通明，老夫人緊緊關上房門，清點著柳氏的這些嫁妝，笑得合不攏嘴，安氏掌燈立於一旁，眉眼間也盡是笑意。

顧大爺、顧二爺和顧三爺通通坐著悠閒地喝茶，一人一本翻看著手裡的帳冊。

「三弟妹……喔不，是柳氏，柳氏的陪嫁原來這麼多，這柳家得多富有啊！」顧大爺眼珠子都不夠轉了，光他手裡這麼一本記載金銀器物的冊子，裡頭這些東西，足夠他吃喝玩樂一輩子了！

顧崇琰哼一聲，有些看不起他大哥的膚淺，這麼點小東西就大驚小怪。「柳家就柳氏這麼一個女兒，當年柳氏的陪嫁，抵得上半數柳家家財，且全是些肥貨……」

他心裡一時滋味百千。原來柳氏一直都留了個心眼，他自以為看到的私產，原只是冰山一角。夫妻之間不是應該坦誠相待嗎？原來也是防著他的！可防著又如何？還不是落到他手裡了？

想著，又往顧二爺那兒看過去，所有人裡，顧二爺算是最平靜的了，彷彿沒有被驚訝到，然而只要看他捏著帳冊緊得發白的手指，就可以想像他內心是何種情緒。

這些東西，大半還是要歸入他手中的，顧崇琰霎時揚眉吐氣，又暗恨著——我都被戴綠帽了，按理就該全是我的，偏偏還要分一份給別人！

他看向老夫人。「母親，兄弟幾個都在，這要如何分法，母親給個準信吧。」

安氏蹙眉，顧大爺和顧二爺同時噤聲，老夫人翻看的手指微頓，過了一會兒才抬起頭來。

「這都還沒清點完呢，你就這樣猴急了？」她嗔怪一句，臂膀輕輕一攏，那些契紙離得她又近了些，好似被她圈在懷裡。

顧崇琰想想也對。「那母親快些點清，怎麼說我也受了莫大的委屈才換來的，可不能讓我白白受著！」

老夫人隱隱升起一絲怒氣，但還是笑著說：「母親還能不顧你？得了，有什麼好爭的，總會讓你們幾個滿意的。」

在場人都笑了，這笑容有多假，也只有他們自己清楚。

又一陣雷鳴響起，老夫人看了看外頭的雨幕，道：「這麼大雨，都回去吧。」

顧大爺和顧二爺站起來，安氏也乖順地走到顧大爺身邊，顧崇琰卻有些不樂意——他怕老夫人年紀大糊塗了，點不清楚，恨不得幫她一把。

老夫人瞪他一眼。「怎麼，還怕娘親搶了你的？」

顧崇琰不好意思地笑了笑，終於回去了。

屋子裡空下來，沈嬤嬤湊上去，附耳低聲說道：「他們現在身無分文，唐嬤嬤當了頭飾，換了些現銀，找了家乾淨的客棧，暫時落定下來了。」

老夫人微不可察地點頭。她的手貼在胸口，像呵護珍寶一樣撫了撫。那裡裝的是柳氏白日裡簽的轉讓書，有了它，這些東西都是她的。

都是她的，沒人搶得走！

老夫人將契紙重新裝回錦盒裡，想了半晌，覺得實在沒有什麼好藏的地方，乾脆上了床後抱在懷裡入睡，一夜嘴角都是彎著的。

另一廂，顧崇琰興奮得睡不著，抬腳就去了攬翠閣。

「柳氏走了，阿柔。」他低聲說著，大掌撫摸到李姨娘微凸的小腹。

李姨娘柔順地笑道：「恭喜三爺！」

三月已到，顧崇琰也知道李姨娘有孕了，丟棄顧妍、顧衡之那兩個孩子，他一點也不覺可惜，心不向著他們，再有價值也無用。他們的存在，就是在時刻提醒著他，柳氏的不貞，和他的恥辱。而且李姨娘肚子裡還揣著一個，他應當滿含希望的不是嗎？

顧崇琰毫不猶豫地就在攬翠閣這兒歇下。

他情緒激動亢奮，李姨娘問他為何，他卻不肯說，說了就等同共用，他還要將東西分給李姨娘一份……本就不多，再禁不起割捨。

隔著廣平坊兩條街的一間普通客棧裡，卻燈火通明。

顧婼拿熱巾子敷在顧妍的左臉頰上，顧妍不由疼得倒抽一口涼氣。

「下手可真狠！」

顧婼手裡動作卻越發放輕，挖了塊藥膏均勻地塗抹到她臉上，顧衡之一手抱著阿白，一手緊緊抓著她，說什麼也不肯放開。

顧妍卻覺得很好笑，比起上輩子父親直接將她打聾了，今生她該感謝他的手下留情。

柳氏和西德王對面而坐，兩父女時隔二十多年，還是頭一次這樣嚴肅地談話。

「大理寺卿那裡我已經打過招呼了，明日大理寺會審，他會立即受理，妳真的準備好了？」

西德王不大放心。從前將她寵得，一有事就躲人身後，她膽子從來都不大，也不知受不受得起。倒是阿妍，柳氏沒長的那些心眼和膽魄，全長在這個小丫頭身上了。

西德王看著小外孫女，眸底泛起隱隱笑意，有種與有榮焉之感。

「擊鼓鳴冤投訴狀，喊的是冤屈，我有冤屈沒錯，需要準備什麼？」柳氏語氣極為平淡，她臉色煞白，雙眼卻深紅，乍一看憔悴極了。

先前雖是作戲，可傷心不假，難過不假，委屈亦不假，折磨的豈止是身心？她早就不是小孩子，早該學著長大了。

西德王安慰地拍拍柳氏的肩膀，轉而好奇地問道：「阿妍，妳有幾分把握？」

顧妍抬抬眸子，想笑一下，扯動了傷口又疼得齜牙，只好繃著臉道：「他們有多貪婪，就會有多急切，外祖父且看著，明日一早他們就會有動作的。」

只要今晚冷簫一切順利的話……

若問冷簫現在去做什麼了？他就如一個鬼魅，悄悄蟄伏潛入長寧侯府。

冷簫黑白兩道通吃，一些下九流的東西做起來也得心應手，他將迷藥吹進房裡，等了一會兒，就從窗口躍入。

老夫人已經睡著了，側臥著，薄被蓋到胸口，可以看見她胸前抱著一只精緻的錦盒。他小心翼翼將她手挪開，哪怕迷暈了，老夫人此時依舊緊緊抱著，手指扳都扳不開。

冷簫瞇了眼，點了她手腕上的穴道，老夫人這才鬆手。他也不去拿錦盒，只掀開她的褻衣，將裡頭一張薄紙拿出來，又重新換了張，不由就想起那個瘦小的女孩對他說的話。

「夢寐以求的東西得到了，她定然愛不釋手，你不用四處翻找了，東西就藏在她胸口褻衣之下。」

真被她說中了……

轉讓書掉了包，冷簫又搬了牆角一只景泰藍方觚，正是先前太后賞賜的那只，而後不再多留，如來時一般匆匆而去，無影無蹤。

直到清晨雞鳴擾人清夢，老夫人才從夢裡醒來。

年紀大了，睡眠就淺，但很奇怪，昨夜她似乎睡得特別香。愛憐地撫了撫錦盒，她打開看著那些滿滿當當的房契、地契，一顆心都被填滿了。摸摸胸口，感覺到那薄薄的紙張安好地放在那兒，又長長吁了口氣。

起身、洗漱、穿衣，老夫人眼睛轉著四處瞧了瞧，總覺得哪兒有點不對勁，好像少了點什麼，可她想了半晌，一時又想不出，只道自個兒是疑神疑鬼了。

顧崇琰休沐，早早地便來請安。「母親，點完了沒？」

見他雙目灼灼如火，老夫人都有些不耐了，急成這個樣子做什麼，自己平日是短缺了他什麼！

她淡淡道：「柳氏有多少東西你不知道，還來這裡問我？這幾大本子的帳冊還有那麼多契紙，一晚上能點完？你當你母親是不用睡覺的？」

顧崇琰有些不樂意了。就說讓他來嘛！老夫人是老了，必須歇息，但要他熬夜，他卻是樂意的。

顧崇琰耐著性子道：「母親說得是，是兒子想岔了。」

老夫人想想三兒子的性子，嘆口氣道：「東市有幾間鋪子已經規整好了，你要是沒事，去看看吧。」

顧崇琰當然樂意，特意問老夫人要了那幾間鋪子的契紙，擺足了大老闆的派頭，帶著隨從就乘著馬車急急去了。

東市一直都是京都最熱鬧的地方，若說南城是權力的中心，那麼東城就是財富的源頭。

老夫人讓他去看的，都是幾家小鋪子，他覺得沒有意思，老夫人被他磨得沒法子，給了他醉仙樓的紙契。

醉仙樓原先是茶樓，半年前因推出一種紅辣菜，賓客盈門，慢慢改成飯館酒樓，在京都只此一份，打出了好大的名聲。

顧崇琰一大早見到排成長龍的隊伍，笑得如沐春風。他也不排隊，昂首挺胸大搖大擺地走進去，卻被店小二攔住了。

顧崇琰掃他一眼。「你是個什麼東西，膽敢攔我？當心我將你辭了，捲鋪蓋走人！」

小二被唬得一愣一愣的，顧崇琰昂了頭又往裡走，小二回過神來，再次將他攔下。

顧崇琰勃然大怒。「你知道我是誰嗎？」

小二搖頭。

顧崇琰「哈」一聲笑，將契紙掏出來在他面前抖了抖。「睜大你的雙眼看清楚，我是這醉仙樓的新老闆！」

小二眨眨眼，搖頭道：「我不識字。」

「……叫你們掌櫃的過來！」

看他煞有介事的模樣，小二將信將疑地把胡掌櫃請出來。

胡掌櫃笑容滿面地接待他。「這位爺說，您是醉仙樓的新老闆？」

顧崇琰大手一甩，將契紙扔到胡掌櫃面前，胡掌櫃看了半晌都沒說話，顧崇琰也只道他是驚訝的，想著他態度不錯，放緩了語氣道：「你們原先的老闆已經將這醉仙樓給我了，以後我就是你們的新老闆。」

胡掌櫃還在細看，好半會兒抬眸掃了他一眼，搖搖頭，道：「這位爺，我想，您是誤會了。」

第二十五章

刑部、都察院、大理寺，大夏的三大政法機構，並稱三法司，掌刑獄案件審理，最是公正嚴明。

柳氏一早便來到大理寺前，一紙訴狀投遞上去，狀告長寧侯顧家欺善怕惡、德行敗壞，欺她勢單力薄，辱她清白名聲，將她休棄，污她一雙兒女品行，將之除族……要求大理寺給個公道，懲治顧家，判她與顧三爺義絕，判兩子女與顧家脫離關係。

興許一開始收到這樣的狀紙，大理寺卿會一笑了之，清官難斷家務事，這種東西最好不要碰，否則斷斷討不著好，然而這一回西德王特意打過了招呼，大理寺卿不得不從。

柳氏被休棄，跟柳氏與顧三爺義絕，這是兩個說法，一方面是男方提出，一方面卻是女方主動，面子上的事，有時候真是要人命！何況柳氏還是受了誣衊才被休棄的，這就有違倫理綱常，大理寺卿當下便受理，將柳氏請進公堂。

顧二爺現今是大理寺丞之一，掌分判寺事，正刑之輕重。一聽說柳氏狀告顧家，顧二爺當即嚇了一跳，又想盡辦法看了柳氏的訴狀，驚得張大嘴巴。

這、這女人還真敢！不是她自個兒紅杏出牆了，怎麼還反過來倒打一耙，要治他們的罪？

誣衊？哪裡是誣衊？老三都滴血驗親了，結果擺在那兒，她也不怕被戳穿。到時候丟的可不止她一人的臉了，顧家的門風一下子就被她全丟光了！難道是受了刺激，乾脆豁出去了，要掙個魚死網破？她是沒打算活了，所以也要拉顧家下水？

顧二爺驚出一身冷汗。俗話說光腳的不怕穿鞋的，柳氏要真不管不顧起來，誰攔得住！他差人回侯府報信，自己溜到公堂上，旁聽審問。

柳氏、顧妍和顧衡之跪在公堂上，正待開審時，外頭又有人喊，原是顧三爺惹上了西德王，被人押上公堂。

柳氏聞言在心裡微微鬆了口氣，大理寺卿和顧二爺卻同時一怔。

怎麼又是西德王？顧崇琰是吃了熊心豹子膽了，惹上這尊大佛！

顧二爺懷疑自己聽錯了，大理寺卿就趕忙讓人將之帶進來，只見顧崇琰的雙手被縛在身後，押著他進來的是一個金髮碧眼的男子。顧妍認得他，那日西德王入京時的領隊，她聽到大理寺卿叫他托羅大人。

異族人不用守大夏禮，托羅一腳踢在顧崇琰的腿彎，讓他跪下，自己則按著西方禮節微微躬身。

「大人，就是這個人，一大早來醉仙樓，拿了份偽造的文書，說他是醉仙樓的東家，幸好我們掌櫃的眼睛毒辣，當場將他戳穿。」托羅讓身後的胡掌櫃將從顧崇琰那處拿來的契紙呈上去。

顧崇琰這是偽造文書，想從西德王口中奪食？

大理寺有專門的鑑師，那些契紙很快便被鑑別出是仿造的。

顧崇琰驚得瞪大了眼。自胡掌櫃與他說那文書是假的，他就一路懵了，直到此時，依舊沒回過神來。

「不可能，這怎麼可能是假的？大人，您仔細些，這可是原主給的，怎麼能是假？」顧崇琰急紅了眼，眼角一瞥，剛好看見柳氏和一雙兒女跪在堂上，顧不得驚訝疑惑，當即指著道：「大人，就是她，就是這個賤婦，醉仙樓就是她的，是她給的契紙！」

在場的堂官、衙役大吃一驚，大理寺卿卻絲毫不意外——他早就驚訝過了。當初柳氏與西德王便是來他這裡交接，由他做的公證人，他對醉仙樓的歸屬知道得清清楚楚。可一聽顧崇琰一個讀書人，在堂上口出惡言，大理寺卿印象就不好了。

他「啪」一聲拍響了驚堂木，顧崇琰噤了聲，就聽他問道：「什麼不可能？你這是在懷疑大理寺的公正，還是在質疑本官的人品？」

顧崇琰當然不敢，論此刻，他是審犯；論職位，大理寺卿是正三品大員，他不敢得罪。

到了這時，顧崇琰大概有些眉目了，大抵那些契紙文書真是假的。可他不確定，是柳氏給他們的本就是假的，還是老夫人為了敷衍他，給了他仿書，就為了私吞。他想柳氏沒有這個膽子，恐怕這是老夫人的主意。

顧崇琰的臉色一瞬變得很難看，覺得另外幾份躺在他懷中的契紙立即滾燙起來，燙得他不由伸手撫了撫胸口。

托羅眼尖地瞧見了，怕他要搞什麼花樣，扒開他胸口的衣衫，幾張單薄的紙張又飄飄落了出來。

顧崇琰一驚，想伸手去抓，但托羅比他快了一步。

「啊哈，這兒還有呢！」托羅揚了揚那幾張紙，送給鑑師去看。

毫無疑問，都是假的。多家店面的契紙同時造假，若是偶然，那就太過匪夷所思了。

大理寺卿直直地看向顧崇琰。「這些要怎麼解釋？」

顧崇琰當然說那是柳氏的，極盡全力與自己撇清干係。

柳氏身子微繃，暗暗吸口氣，抬眸道：「大人，民婦從不曾給過顧三爺什麼契紙，更別提造假一說，民婦以為，大人是十分清楚的。」

大理寺卿點點頭，他確實十分清楚，經自己手的東西，總是有印象的。

顧崇琰一聽可就不得了。「妳在胡說什麼！」

方才還在想是老夫人做的手腳呢，但心念電轉，似乎老夫人沒這個理由和西德王作對。

那便是柳氏這賤婦，想陷害他！

呵！公堂之上，豈容她信口雌黃？

「大人！這些都是柳氏昨日親手交給我們的，她還寫了轉讓書，白紙黑字紅手印，抵賴不得！」

大理寺卿就有些奇怪。「轉讓書呢？」

「在我母親長寧侯夫人手裡。」

柳氏嗤笑其不知所云，大理寺卿思索了片刻，還是決定讓人請長寧侯老夫人來一趟。

顧二爺忽地覺得有些不妥，可究竟是哪兒不妥，他又說不上來。

衙役將才出門，老夫人竟已經到了。畢竟顧二爺先前報了信，老夫人到底不放心，叫上了安氏一道。橫豎她兩個兒子都在，這一趟說什麼也得來。

一進門，就見到柳氏筆直地跪著，老夫人氣得大罵道：「賤婦，妳還嫌不夠丟人，要鬧得滿城風雨？」

柳氏淡淡道：「丟人的是你們，我沒什麼可丟的。」

「妳說什麼？」

柳氏面不改色。「大人，顧家污我名節，對我兒女施暴，還以莫須有的罪名將我休棄，民婦不服，民婦要求給個公道！」

老夫人冷笑道：「柳氏，飯可以亂吃，話可不能亂說，妳可要想清楚了！」

大理寺卿不滿地咳了聲。「柳氏說什麼是她的自由。」暗指讓老夫人不要插嘴置喙。

老夫人沈著臉應是。

兩樁訴狀連在一塊兒，大理寺卿自然是先處理西德王的，就要求老夫人將柳氏寫的轉讓書拿出來。

老夫人微怔，一時不懂怎麼就扯上轉讓書了。

顧崇琰急道：「母親，快拿出來給大人瞧瞧，您今早給我的那些契紙，全是仿造的！那賤婦還口口聲聲說從沒給過我們什麼地契、房契，那這些假冒的是哪兒來的？」

老夫人瞪圓了眼，先是驚訝於契紙的偽造，繼而滔天怒火席捲心頭。竟被這賤婦耍著玩了！

老夫人從懷裡將轉讓書拿出來，交由衙差給大理寺卿遞上去。大理寺卿打開瞧上一眼，目光就凝滯了。

顧崇琰心頭大定。「大人，白紙黑字，還有手印，您可以就地比較一下，那賤婦說的話，沒一個字是真的。」

「長寧侯夫人，妳這是在戲耍本官？」大理寺卿大怒，一把將紙甩了出去。「睜大妳的眼好好瞧瞧，這上頭哪有字？根本白紙一張！」

所謂的轉讓書飄落在顧崇琰的面前，顧崇琰不信邪，撿起來一看，還真的乾乾淨淨，什麼都沒有！

「母親！您是不是拿錯了？轉讓書放哪兒了？」

安氏奪過來仔細翻找，老夫人也趕緊睜大眼看，連顧二爺也忍不住衝出來。

「母親，這真的是白紙，您放哪兒了？是不是拿錯了？」

老夫人在胸前找了個底朝天，半點紙屑都沒有，她神情大駭。「不可能的，不可能啊！

我從昨兒個就沒有拿出來過，怎麼就憑空消失了？」

顧崇琰怒其不爭，當下火了。「就說交給我保管，您非要自己來，東西放哪兒都忘了，您可真是老糊塗了！」

顧二爺冷喝一聲。「三弟，這是您母親！」

大理寺卿沒工夫理會他們的家務事，只問道：「轉讓書拿不出來嗎？那公證人呢？柳氏若將這些東西給了你們，還寫了轉讓書，總有公證人在場吧！」

安氏急出一腦門子汗。

什麼公證人！昨天那樣的情形，算是他們強奪柳氏嫁妝吧，還請公證人在場，那顧家的醜事不就人盡皆知了？於是便沒有公證人在場。

老夫人也吶吶地說不出話。

顧妍冷眼看著。在金錢面前，貪婪的人，哪裡還能想得了這麼多？他們只顧眼前了，誰還去考慮後續？

柳氏見他們窘迫的模樣，心底陡然升起一絲暢意痛快。「大人，很顯然的，他們沒有公證人，也沒有轉讓書，只是想將罪責推給民婦罷了。好歹民婦與顧三爺夫妻十數年，有些什麼資財，顧三爺一清二楚，即便要仿造起來也是得心應手。」

顧崇琰大斥她不要臉。「賤婦，妳有什麼我根本一點不知情，這些東西難道不是妳昨日親手交出來的？若不是這些，你們豈能有命！」

「那不知，我是做了什麼，險些沒命呢？」柳氏一點也不怕他。她再也不會怕了，這個男人，從來都不值得！

顧崇琰說不下去了，再說下去，他被戴綠帽子的事就要揭露了，那他以後在同僚面前如何抬頭？

托羅抱著胳膊閒閒地道：「那麼，大人，最後是什麼結果呢？我們王爺可也很關心這件事呢！」

無形中的施壓，讓大理寺卿不得不速戰速決，他拍了驚堂木道：「顧崇琰，你拿不出證據證明這些仿書是別人的，又出現在你手裡，你還有什麼話說？」

顧崇琰被逼急了，站起身大步往柳氏那兒走，一把抓起她的後領，狠狠丟開。「妳動的手腳，就要我來受對不對？妳想拉著我一起死！」

柳氏的額頭磕在地上，顧崇琰也被衙役攔住了。

柳氏看著他。「顧三爺，你說的什麼，我一個字也聽不懂！」

「賤婦！」

大理寺卿「啪」地拍了聲驚堂木，顧崇琰也只得偃旗息鼓。

「大人，您看見了，顧三爺便是這樣對民婦的，連民婦的女兒，他也不放過……」柳氏淚眼矇矓，將顧妍的左臉頰露出給他們看，白皙的臉上那麼大一個巴掌印，即便隔了一天，依舊觸目驚心。

「他如此對我們便算了，昨日他還將我休棄，誣陷我不貞……」

說到這兒已是泣不成聲，柳氏將顧崇琰寫的休書給大理寺卿看，老夫人一張臉全黑了。

她昨日就不該手下留情，就應當將這賤人扔到後花園沈塘！契紙是假的，她還要將自己不貞的事情說出來……這要他們的臉往哪兒擺？

大理寺卿掃了眼休書，那「不賢、無狀」他無法評判，可這不貞……若是誣衊，那就真的是辱人清白，壞人名節了。

「柳氏，妳、妳怎麼敢……」顧崇琰雙眼霍瞪，若非有人箝制著他，他興許就上去將柳氏給撕了。

他們什麼時候誣衊過她？她自己做出來的事，還怪罪到他們頭上？萬一坐實了，她柳氏萬劫不復，他們顧家也要跟著陪葬！最毒婦人心，古人誠不欺我！

大理寺卿等著柳氏繼續說下去，柳氏哭了一會兒也算平穩一些情緒。

她不往顧崇琰那兒看一眼，只悲憫地望著顧妍和顧衡之，低低道：「顧三爺懷疑我一雙兒女非他親生，便以此為藉口，將我休棄，又將兩個孩子除族。」

顧崇琰眼前一黑。

完了，什麼都說了。他的英明，全完了……

大理寺卿不解。「就只是懷疑，便將妳休了？」

「民婦也不知道，顧三爺究竟有什麼憑證。」

「柳氏！」顧崇琰終於忍不住了，瞠目結舌。「妳自己做的事，還想抵賴？妳背著我和姦夫生下這一對小雜種，妳還有臉來這裡喊冤？」

柳氏忽地笑了，如譏似諷。「顧三爺，你似乎從沒問過我，姦夫是誰？」

都說開了，顧崇琰也不遮遮掩掩了，哪怕死，他也要拉個墊背的！

顧崇琰氣得渾身發抖。「姦夫是誰，我何須知道，難道還指望我成全你們二人雙宿雙棲？」

然而事實上，當時的他，早已不在乎究竟誰是姦夫了，他一心想要擺脫柳氏，這是個千載難逢的好機會，雖然心裡很不悅，但柳氏給的那些東西，撫平了他的不滿和怨懟，他也就更加不用放置於心，誰能料得到，都是假的？

柳氏像是聽了一個笑話，笑得眼淚都流出來了。「無憑無據，亦非捉姦在床，你便認定我水性楊花？」

「什麼無憑無據？妳敢說，顧衡之和顧妍是我的兒女？他們的血液與我不融，我早已滴血驗親過，還能作假？」

顧衡之忽地抬眸，深深地望向父親。眼睛睜得大大的，要用盡全力看清他的模樣。這個他從來沒有好好地、仔細地打量過的人。

公堂上一時極安靜，還能聽到老夫人氣怒的喘息。

「那就再來一次吧。」柳氏素著臉喃喃說道，聲音多了幾絲篤定。「滴血驗親，再來一次吧，至少我，無愧於心。」

顧崇琰驚訝於柳氏的膽子，顧二爺終於覺得不對勁了，今日的柳氏，如有神助，好像樣樣都偏向了她那一邊，吃虧的都是他們。

昨日發生那事時他不在場，可按著素日裡對柳氏的瞭解，總覺得她今日太過冷靜，太過胸有成竹……不，這絕不是柳氏一人能做到的，一定有誰暗中幫她。

顧二爺瞳孔微縮，立即道：「三弟妹，有什麼事，我們回家慢慢說，一切都是誤會，說清楚就好了。」

柳氏背後的大人物，既然敢和他們作對，定不是他們能惹得起的。

「誤會？我拿的休書是誤會？我和子女受的屈辱是誤會？你們在這公堂上咄咄逼人，這麼多雙眼睛看著的，都是誤會？」

顧二爺噎了一下。

老夫人怒極，拿桃木枴杖拄地，厲聲道：「驗！驗給她看，讓她心服口服，看她還有什麼好說的！」

有衙差備上了清水銀針，顧崇琰挑破指腹滴了滴血進去，顧衡之看了他一眼，和顧妍如法炮製。

渾濁的清水翻攪不斷，在多雙眼睛的注視下，那絲絲縷縷的血紅慢慢融合、滲透、浸潤，嚴絲合縫，毫無痕跡。

顧崇琰呆若木雞，跌坐在地，老夫人和安氏面色鐵青，顧二爺卻暗嘆一聲果然如此，這下已是不好收場了。

「顧三爺，如你所見，是否我正是這種朝三暮四的殘花敗柳？」柳氏笑得淒然。

顧崇琰腦子一團亂麻。從在東跨院與顧衡之滴血驗親，到他怒氣攻心將柳氏休棄，再到柳氏交出她全部嫁妝流落在外……而現在，顧衡之和顧妍分明是他的孩子，柳氏從來安分守己，那些契紙文書通通作假，偏偏又毫無證據指明來向。

他這是被坑了！是柳氏、是這個女人設的局！

他就說，柳氏怎麼有這個膽子和機會出牆，怎麼在被揭穿之後還能平靜若斯，除卻傷心難過，不曾有一絲驚懼恐慌？當時她沒開口否決，他便以為她是默認了。

而在他們見到那滿滿一盒子的契紙時，一時發熱沖昏了頭腦，有些東西自動地被忽略了，或是本能地覺得，像柳氏這樣怯懦膽小的女人，能有什麼作為和本事反擊？

顧崇琰啞著嗓子問：「妳為何什麼都不說，不解釋？」

柳氏神情淡然，看著他的目光已經很平靜了。心若止水，大抵就是這個感覺。

「是你從來不信我。」

若願意信她一分一毫，若願意給她一個解釋辯駁的機會，若願意拋卻所有的功利，只站在她這邊無條件地支持她，興許她還會心軟，興許不會走到這一步。

柳氏長長吁了口氣，用十多年的時間，幡然醒悟，明白一個道理，這個買賣，做得也不算太虧。

既然顧妍與顧衡之著實是顧家的骨血，柳氏不貞又從何說起？大理寺卿當即宣布了這份休書無效。

一切都變得亂七八糟，今日過後，顧家還要如何立足京都貴人圈？老夫人恨透了柳氏，一聽說休書無效，氣得跳腳。

「這種女人，我們顧家不要！」

「長寧侯夫人，正好了，你們顧家，我也不想回！」柳氏轉而說：「大人，顧家侮辱我名節，虐待我兩個孩子，夫妻姻親已是做不成了，還請大人判我與顧三爺恩斷義絕吧！」

恩義絕，這是大夏律例裡的一道規定，由官府判定的強制性和離。當夫妻間有一方對他方或其親屬有毆、罵、殺、傷、姦等行為，就視為夫妻恩斷義絕，不論雙方是否同意，均由官府審斷，強制離異。

顧妍臉上傷痕猶在，柳氏額上的瘀青還是方才被顧崇琰推搡所致，公堂之上尚且如此，誰知私底下又是如何？何況顧家連媳婦名聲都不顧惜，隨意給人安個名頭，樣樣符合條例。

大理寺卿當即批了判書，一式三份，官府執留一份，柳氏與顧崇琰各一份，這兩人才算是徹底斷了關係。

柳氏對著大理寺卿行了一個大禮。

顧崇琰定定地看著她，目光如狼似虎，他道：「妳我恩義絕，顧妍和顧衡之身上流著顧家的血，不可流落在外！」

先前以為這兩孩子不是他的，他棄了不覺可惜，但如今證實是他的骨肉，想他膝下空虛，只李姨娘腹中有一未出世的孩子，他哪能輕易放手？

「顧三爺，請容許我提醒你一句，阿妍和衡之，已經被顧家除族了……」

女子早晚要出嫁，而男子十歲入宗祠。顧衡之雖是男兒，未滿年歲，只記在族譜上，譜上名字被劃去，便相當於此時的他們早已不是顧家人。昨日火燒火燎，匆匆開了族譜，朱砂圈紅一點，那兩個小兒被無情撇棄，現在，他還想將他們討回？

顧崇琰臉色青黑，已經氣得說不出話來。

老夫人一點也不覺得可惜。那兩個小崽子和他們親娘就是一路貨色，在顧家只會麻煩不斷，她現今只是暗恨，讓柳氏這樣容易脫身！她領了判書淨身出戶，他們顧家卻被潑了一身的糞，洗都洗不乾淨，天下哪有這麼便宜的事？

「大人，這事還沒完！」老夫人義憤填膺，又重新提起他們手裡那些仿造的文書契紙來。「我們顧家世代書香，恪守禮節，哪會知法犯法？這些契紙，通通出自柳氏之手，您不可姑息！」

顧妍險些要笑出來了。沒有公證人，沒有轉讓書。對簿公堂，講的是真憑實據，口說無憑，光靠他們幾個人，就能三人成虎？那大理寺卿頭頂那頂烏紗，也可以換個人戴了。

大理寺卿有些不耐煩，證據拿不出，還硬要說是別人給的？看柳氏被他們欺負成這樣，指不定到現在顧家人還在將罪責往人家身上推呢？

「既然妳說是柳氏的，那怎麼就到你們手上了？哪有女子嫁妝交由夫家保管的？」

老夫人一下子噤了聲。總不好說，那是他們貪圖柳氏嫁妝，所以刻意奪來的吧？那明天街上就鬧開了，說長寧侯府貪慕錢財奪媳婦妝奩……那她也不要活了！

顧崇琰恨道：「母親！轉讓書妳究竟放哪兒了！」

再拿不出來，興許他就要被判罪了！

老夫人搖頭說不出話，翻來翻去都找不出來。安氏一張臉黑成鍋底，手裡還在不斷翻看先前從老夫人身上取出的轉讓書，可憑她如何折騰，那輕薄的堂紙上，還是一個字都沒有。

顧二爺閉上眼認了。柳氏這是有備而來的，他們一步錯，步步錯，跌進去，就爬不出來了。

大理寺卿見他們無話可說，他也無話可說了，正要判決，從外頭就傳來一聲朗笑。「怎麼樣？案子審好了沒？」

就見逆光裡，走出來一個高大挺拔的老者，長長的落腮鬍，一雙眼精明澄澈，寬厚挺直的身影，給人一種極安全可靠的感覺。

柳氏鼻頭一酸，對著西德王柔柔一笑，宛若新生。

大理寺卿一見大佛駕到，趕忙從高堂上下來，想他是為了醉仙樓那作假文書一事，急急道：「已經有結果了，正是長寧侯府顧崇琰作的假！」

西德王「哦」了聲，大理寺卿差人給他上座椅，西德王拒絕了，對身後的人道：「魏公公，這就麻煩你了。」

魏庭從西德王身後慢悠悠地走出來，手裡拿了卷明黃色的聖旨。

顧二爺和顧崇琰同時眼皮一跳。聖旨到，所有人不敢怠慢，畢恭畢敬地跪下。

就聽到魏庭在頭頂唸道：「柳氏玉致，名門毓秀，嫻靜淑德，端方知禮，散盡其財歸於西德王名下，西德王感念於心，認養為女，封嘉怡郡主，其子顧衡之，封西德王世子，欽此！」

尖亮的嗓音一落，鴉雀無聲。

魏庭笑咪咪地看著跪在堂中央的柳氏，彎著雙眼道：「嘉怡郡主，還不接旨？」

柳氏不可思議地抬頭，對上西德王慈和包容的眼神，帶著些讚賞和鼓勵，就像小時候，她背下了先生教的一首詩，父親就獎勵她甜糯的糖捲。

他這是在幫著自己，狠狠打顧家人的臉！

柳氏覺得雙眼微熱，筆直地俯身叩拜。「謝皇上！」

顧崇琰瞪圓了眼睛，一時忘了言語，耳中只迴繞著魏庭尖細的聲音。

柳氏成了西德王的女兒？嘉怡郡主……

在他與柳氏恩斷義絕之後，她就爬上枝頭成了鳳凰！本來，他可以是郡馬的……他可以是郡馬的！

老夫人兩眼發黑，胸前一口痰湧上來，堵在了喉口，霎時昏厥過去。

顧二爺和安氏原本還驚得一動也不動，任由老夫人重重倒在地上，「砰」一聲響，劃破了寂靜，而後便是一陣手忙腳亂。

一家歡喜一家愁，大理寺卿開始恭賀西德王，恭賀嘉怡郡主，這邊安氏還在死死地掐著老夫人的人中，急得滿頭大汗。

顧二爺大概知道都是誰在幫柳氏了。光憑一個小婦人，哪能掀起風浪？現在還被西德王認作女兒？

自來王女為郡主，可見過哪個義養女也封郡主的？西德王不懂大夏禮制，方武帝也不懂？還跟著瘋，捧著柳氏打他們顧家的臉！

顧二爺突然有種大限將至之感，在絕對的權威面前，他們根本猶如螻蟻，只能任人踩踏。

老夫人臉色開始發黑發紫，大理寺沒有大夫，只有仵作，好歹也算得上是懂醫理的，大理寺卿便讓仵作去給老夫人瞧瞧。

安氏很不樂意，仵作是給死人驗屍的，老夫人又沒死，看什麼仵作！

這裡僵持不下，那方柳氏已經領旨謝恩起了身。

魏庭這才算切切實實看清了柳氏的面容，他有一瞬的恍惚，然而當目光移到顧妍臉上時，那一絲不確信，變成了滿滿的震驚還有狂喜。他蹲下身子與顧妍平視著，眼神熱切，身體卻自主地保持了一段距離。

「這是嘉怡郡主的女兒？」魏庭忙問。

柳氏點頭。「正是小女。」

魏庭一下激動極了。天知道，他找遍大江南北，就為了找這麼一張臉，次次無果後他也就放棄了，沒想到，得來全不費功夫！

轉而一看，顧妍白玉無瑕的臉頰上手掌印鮮紅，魏庭沈臉問道：「誰打的？」

眾人的目光紛紛移到顧崇琰身上，此時的顧崇琰還沒從震驚中回過神來，雙眼空洞，喃喃自語地不知在唸著什麼。

魏庭一雙細長的眼瞇了起來。

來時也聽西德王說過了，嘉怡郡主怎麼被欺侮，顧家如何人面獸心，其實也是有點不屑柳氏的。西德王認柳氏為女，那是因為柳氏將自己所有家財都給了西德王，算是花錢買來的，他本不用管顧家會怎樣，但今日見了顧妍，他卻起了要好好整治他們的念頭。

今日聖旨下，明兒一早，柳氏便要進宮謝恩，被皇上見到顧妍這模樣，那還得了？再看看這傷勢，不說小丫頭自個兒疼，皇上都要心疼壞了。別提小丫頭和那人究竟有沒有什麼關係，即便沒關係，就憑這張臉，日後尊榮可還缺得了？

看看鄭貴妃吧，數十年盛寵如一日，不少原因，可就是憑了那張與人像了五分的面容！否則皇上是癡了還是傻了，任由鄭貴妃無理取鬧卻盡數包容？若是、若是這個小丫頭能為自己所用……毀了這丫頭的臉，就和毀了他一輩子無甚差別。

「這兒案子還沒審完吧，咱家今兒有空，討個嫌來聽審了！大人可介意？」

大理寺卿哪有拒絕的膽子，連連道：「求之不得，求之不得……」

西德王雙眼微亮，笑道：「那本王也來湊湊熱鬧！」

大理寺卿額上冒汗，趕忙讓人上了座，請一眾人坐下。魏庭特意坐到顧妍身邊，笑出一臉褶子。

顧妍對魏庭實在沒什麼好印象。這人是魏都的乾爹，某些程度上，魏都就是靠他捧上去的。

靳氏和魏都暗通款曲，魏庭毫不知情不說，還被這兩人糊弄得團團轉……曾經顯赫一時的魏大公公，最後落得去守陵的下場，再沒消息。

魏庭得了冷臉，絲毫不生氣，還一路陪著笑，看得大理寺卿大為驚奇，小心思一動，想著不如乘機賣嘉怡郡主和西德王一個面子。

大理寺卿先判顧崇琰仿造文契，妄言亂語，推卸刑責，給西德王財產造成了威脅，以下犯上，打五十大板，索賠二萬兩。

顧崇琰大叫道：「大人，我不服，此事非我所為，全是……」

「啪！」驚堂木一拍，大理寺卿直直打斷他的話。「不服再加十大板，到你服為止！」

顧崇琰咬牙。這個狗官，見柳氏那賤婦扶搖直上了，便想著討好，而討好的方式，就是懲治他們。

二萬兩！虧狗官開得了口，二萬兩都能把一條街買下來了，別提幾間普通小鋪子，還有一個醉仙樓。幸好，柳氏那些最值錢的文書契紙雖都是假的，但留在顧家庫房裡還有許多器物，金銀首飾、古董家具、名家字畫應有盡有，區區二萬兩，變賣一下還是有的。

西德王哪裡看不出顧崇琰心裡那些小九九？欺負他的女兒、外孫，還想拿他女兒的陪嫁還債？先掂量掂量自己有沒有這個本事！

西德王突然驚道：「本王差點忘了，嘉怡和顧三爺恩斷義絕，那嘉怡的那些嫁妝，是不是都該原物奉還？」

大理寺卿道：「這是自然的。」

「那就好辦了！托羅，拿著郡主的嫁妝單子，去長寧侯府搬東西，務必要一件不留，若是什麼東西缺了少了，那就記在帳上，回頭要顧家照價還了。」

托羅點頭應是，大理寺卿好人做到底，差遣十數個衙役與托羅一道前去，西德王目光很是讚賞，顧崇琰卻氣恨地想要殺人。

沒了柳氏的嫁妝，顧家哪裡能拿得出二萬兩銀子？他一年的俸祿，也不過幾百兩……二萬兩，那要他不吃不喝三十年！

顧崇琰眼前陣陣發黑，幾乎支不住身子，恰好老夫人被幾針扎醒過來，聽到那些判詞，又一下昏了過去。

「顧家德行不佳，風氣敗壞，辱人名聲，無故施暴……凡此種種，按著大夏律例……」

大理寺卿正一板一眼地唸道，魏庭忽地開口制止他。「慢！若是尋常人，按大夏律例便也算了，可如今對象可是嘉怡郡主和西德王小世子呢，大人恐怕做不了決斷。」

魏庭秉筆多年，內閣處理奏章公文，整理出來交由方武帝批閱，方武帝不願動手，便是由魏庭代勞的，許多方面，魏庭擁有決斷權。大理寺卿一聽這話，便知曉這是要稟明聖上，由方武帝親自審理判決了，這樣一來，倒真沒他什麼事。

大理寺卿要將顧家一干人等都打入大牢，老夫人悠悠然轉醒，轉了轉僵硬的脖子，突然狠狠指著顧崇琰。

安氏在老夫人身邊多年，當然明白這是什麼意思，連忙道：「大人，一切都是顧崇琰所為，我等毫不知情啊！若知曉他是這樣對待柳……嘉怡郡主的話，我們說什麼也不允許！哪有將人家家裡的小嬌女娶進府，還使勁磋磨的道理？大人，您要明鑑，都是顧崇琰不信、不惜、不憐、不敬嘉怡郡主，與我等無關！」

「賤婦，妳說什麼？」

顧崇琰勃然大怒，猛地撲向安氏，使勁一抓，扯散她的髮髻，又狠狠扯下幾縷烏髮，安氏頭皮瞬間禿了一塊，疼得死去活來。

顧崇琰猶不解恨，雙眼泛紅瞪向自己的母親長寧侯夫人。她心心念念地要保護好自己最喜歡的二兒子，難道他就不是她親生的了？他哪裡比顧二爺差，這個女人，從小就偏心，此刻還是偏心！

顧崇琰伸出雙手扼住老夫人的脖子，簡直要將她掐死，大理寺卿連忙讓人將他拉開。

都說狗咬狗，一嘴毛，果然如此，顧妍暗嘲不已，可她沒有這個心情去欣賞他們的內鬨。

「娘親，我想回家……」

嬌軟清甜的聲音，一瞬融化了人心。西德王心裡忽地塌陷了一塊，站起來牽過顧妍的手，哈哈笑道：「來，阿妍，和外祖父回家。」

顧衡之跳下椅子，抓住西德王另一隻空閒的手，道：「衡之也要和外祖父回家！」

「對，都回家！」

西德王牽著他們一道出了大理寺，身後的喧鬧嘈雜，似是被丟棄了的過去，慢慢遠離。

是了，那段不堪回首的過往，都過去了……從今以後，他們再也不會與顧家有一絲一毫干係。

臺階之下，花般明豔的少女正候著，見到他們出來，笑容滿面地迎上去。

彷彿這樣，才是真正的一大家子。

魏庭跟著出來，目光不斷在柳氏、顧婼和顧妍三人身上梭巡，個個都與那人有所神似，尤其是顧妍，好似一個模子裡刻出來的，皇上若是看到她，可該驚呆了吧……

魏庭不動聲色地與西德王打著官腔。「恭喜王爺喜得貴女，還有這麼幾個可愛的外孫。」

皇恩浩蕩，明日一早，可得記得進宮謝恩呢！」

臨走前，魏庭又深深看了顧妍一眼，這才拂塵一甩，上了來時的馬車，大搖大擺地走了。

西德王則帶著他們一路回了王府。

直到晚間，老夫人、安氏和顧二爺才算回到家中。

關於顧家所作所為，外頭已經傳開了，那些人嘴巴一張一合，各種難聽的言詞就悉數吐出，一路上指指點點，煩不勝煩。

顧崇琰被打了六十大板關進大牢，而他們也是費了好大的力氣才被准許回府……最後的定論，都還得看皇上怎麼判。

老夫人是被抬回來的，安氏和顧二爺個個筋疲力盡，滿身狼狽。

顧大爺候在大門口，見他們來了，急急問道：「怎麼回事？一個異族人領了堆官兵和王府的下人，將家裡的東西都差不多搬空了，他們說要拿走郡主的私房，對著冊子上沒有了的，就拿府上原本的補上，基本都空了……可郡主是誰？」

安氏生生打了個激靈，一把抓住顧大爺，尖聲叫道：「搬空了？什麼都沒了？」她神情驚恐，推開顧大爺，踉踉蹌蹌往裡走。

二門處的青竹插屏，迴廊上的半人高青花梅瓶，屋裡頭的家具、器物，庫房裡的金銀珠寶，屬於顧家的店面、田地、莊子契紙，甚至連妝檯奩盒裡的首飾和一些下人的賣身契，一樣都沒了……

整個侯府，就像是未曾住過人，空蕩蕩的……

「強盜！這群強盜！」安氏歇斯底里地狂叫後，便扶著門框一點點滑下，坐在門檻上，失神地喃喃自語。「完了，都完了……」

她所看重的、追求的、竭力維持的，一樣都沒了……甚至，西德王那裡還欠了二萬兩的銀子，這要怎麼還？拿什麼還！

安氏猶自苦惱不已，杏桃急匆匆跑過來道：「夫人，太后賞賜的那只景泰藍方觚碎了，就摔裂在九彎胡同口，好多大人都來圍觀……」

安氏腦子又是轟鳴一聲。

長興坊是諸多朝官的居所，這時候正巧趕上下衙熱潮，「砰」一聲巨響響在胡同口，引來了無數目光。

那只方觚摔得四分五裂，柔和清亮的花紋線條，繁複駁雜又賞心悅目，一看便非凡品，而那胎底燒製的內造印，更是說明了來歷。天家賞賜的東西，通常都作為傳家寶，世代相傳，不好好供起來，還這樣任由其損壞在青天白日之下，那是對皇家的大不敬，是藐視天威！

一路回來便聽聞了顧家的醜事，再鬧上這麼一齣……眾人面面相覷，俱已了然於心。興許對於顧家而言，噩夢才剛剛開始。

第二十六章

到了西德王府，眾人的神色都有幾分輕鬆，顧妍幾人這晚難得地睡了個好覺，精神十分不錯。西德王老懷深慰，次日一早，便帶著柳氏幾人進宮謝恩。

對顧妍來說，皇宮並不陌生，前世的她便是死在這個地方，今生託了太后的福，倒也進過一次，只可惜，印象都不是很好。

西德王昨日與他們說過，方武帝是個很有趣的人，年紀大了，性子卻越發孩子氣……他每每拿出一些西洋玩意兒，方武帝都如獲至寶，愛不釋手，還經常拿著這些玩意兒去逗鄭貴妃玩。

西德王之所以得蒙聖寵，一是他不如普通朝官一般處處約束他，說著大義凜然的話，二是方武帝這股新鮮勁還沒過，見到異族人，覺得興奮，總的說來，他就是個老小孩。

西德王再三告訴他們不要害怕，方武帝是不會為難人的。

顧妍的心情倒是平靜，她想到昨日魏庭看她的眼神……驚訝又熾烈，好像見著了一樣他垂涎已久又勢在必得的獵物，這讓她不由自主地記起上回在慈寧宮見著太后的情景……何其相似！只不過，一個是喜，一個是惡。

她到底是長了張什麼樣的臉，這些八竿子打不到一塊兒的人，怎麼就個個見她都跟見鬼了似的？

胡思亂想之際，馬車停在了午門前，眾人一一下了車，便有內侍眼尖地瞧見西德王，過來為他引路。一行人換上宮車，一路行到御花園前才停下來。穿過御花園便是內廷，內侍與他們說，方武帝在乾清宮等他們。

夏木繁盛，濃蔭匝地，御花園的花紛紛綻放，風光旖旎，頭頂有細碎的金光落下來，經過枝繁葉茂的過濾洗滌，連熱潮都驅散掉幾分。

前方不遠處的亭中有歡聲笑語傳來，有老人的開懷大笑，也有少年、少女尚且稚嫩的聲音。

引路的內侍面色一變，失聲道：「是太后！」

他也納悶，平素都在慈寧宮裡吃齋唸佛的活菩薩怎麼會出現在這裡。

西德王挑著濃密的眉毛，看了看柳氏道：「既然太后在此，總要去請個安的。」

內侍領著他們走上前，顧妍遙遙望見一個穿月白襴衫的少年背對他們坐著，太后慈眉善目，而另一個七、八歲的小女孩正偎在太后懷裡，天真單純的笑聲如流水淙淙，悅耳動聽。

她感覺到太后笑彎的眼睛看了過來，顧妍忙低頭。

西德王大步走上前，燦烈的陽光照在身上，一雙琥珀色的眸子格外清亮，炯炯有神。他按著西方禮節躬身，柳氏等人則蹲身施禮。

小女孩被西德王的樣子嚇了一跳，「啊」地尖叫一聲，躲進太后懷裡瑟瑟發抖。

少年忙上前輕聲哄道：「汝陽乖，沒事的，那位是西德王，汝陽不要失禮了。」

顧妍竭力按捺住要上挑的眉梢，眸裡閃過一道冷嘲。

這種柔軟輕緩的語氣，很少有人能硬得起心腸。進退皆宜、談吐不凡、氣質溫雅，丰神俊逸的美少年，放在哪兒都是道風景，很多人都喜歡他的……

小女孩果然停止了哭鬧，夏侯毅又拿一塊新做的荷葉糕哄她吃。

太后慢慢倚在石桌旁，看著這群人，注意到柳氏身上穿著御賜的鸞鳳服，懶懶地道：「這位就是新封的嘉怡郡主？抬起頭來哀家看看。」

柳氏緩緩抬頭，目光低垂著，不敢直視天顏。

太后的眸光就有一瞬的冷凝，但她仍保持著儀態，慢條斯理地道：「嘉怡郡主……是個妙人。」

說著誇讚的話，但那特意拉長的詭譎語調，怎麼也讓人高興不起來。

柳氏有些緊張，又聽太后道：「哀家還沒恭喜西德王呢！」

西德王哈哈笑道：「本王與嘉怡是投緣，太后客氣，同喜同喜了！」

太后一張臉險些繃不住。

誰和他同喜？這一家子，竟然都和完顏霜那女人多有相似，若是巧合，未免太過了！西德王莫不是故意找了他們來取悅皇帝的？否則一個棄婦，就算將私產都送給他，就認養為女了？還要給她請封郡主……

太后深深吸口氣，又看向顧妍，突然和氣地笑起來。「顧家丫頭可還記得哀家？哀家可都一直記著妳呢！」

滿京都的人都知道，他們與顧家分崩離析了，太后不會不清楚，還口口聲聲叫她顧家丫頭，而她應也不是，不應也不是。

「曾祖母，嘉怡郡主與顧家恩斷義絕了，恐怕這麼稱呼不合適呢！」夏侯毅適時為她解了圍。

「哦，倒是哀家疏忽了。」太后呵呵地笑，若有似無地瞥了眼夏侯毅。

夏侯毅趕忙噤聲。

「民女見過太后。」顧妍這才深深福了一禮，垂下的青絲散在兩鬢，風一吹過撩起，吹彈可破的白嫩肌膚畢現，只上頭的紅印依舊不曾消卻。

夏侯毅眸光閃了閃，那小女孩跳下來走到顧妍身邊，一雙圓溜溜的眼睛瞇成了細縫。若仔細瞧，便能發現，小女孩的眼珠子上像蒙了一層灰濛濛的雲翳，不如尋常人的烏黑發亮。

這是夏侯毅一母同胞的妹妹汝陽郡主，生來便患有眼疾。

汝陽郡主看了她半晌，用手指使勁戳了戳顧妍面上的傷處，因指甲留得長，一下戳進她的肉裡。

顧妍疼得皺眉，汝陽郡主卻咯咯咯地直笑，回身道：「曾祖母，這小姊姊長得可真醜，臉上還有一大塊紅紅的。」

不知這話是哪裡取悅了太后，太后極為慈藹地朝她招手。「汝陽乖，尋常人哪有我們汝陽好看？」

汝陽郡主得了誇讚，很高興，可很快又一臉沮喪著道：「可是她的眼睛漂亮，汝陽也想要這樣的眼睛！」

顧妍額上隱隱冒出冷汗。這個小女孩……又是她！

顧妍前世和汝陽郡主也是打過幾次交道的。夏侯毅很疼這個妹妹，有時會帶汝陽來柳府，他去和舅舅讀書，汝陽郡主則和她一道玩。純真又活潑的小女孩，長得漂亮，人見人愛，可她的眼睛不好，讓人不由自主地便對她心生憐惜。

汝陽郡主第一次見她的時候，就是這麼笑呵呵地與她說：「姊姊的眼睛真漂亮，汝陽也好想要和姊姊一樣的眼睛。」

當時的她，只一笑置之，還給她準備了很多糕點、水果。

後來怎麼樣了？魏都把她的眼睛剜了，給汝陽郡主安上，汝陽有了十分漂亮的眼睛，她的願望實現了！

而她，就從此陷入無盡的黑暗裡。

「我們汝陽，也會有很漂亮的眼睛的……」太后捧著汝陽郡主的小臉，細細端詳著。

「就那位小姊姊的眼睛，好不好？」

汝陽郡主歡快地笑，西德王和柳氏卻皺緊了眉。

「是誰要她的眼睛？」

身後的腳步聲越來越近，顧妍看到西德王暫時鬆了一口氣，也見到太后臉色一下子變得十分難看。

夏侯毅急急走下來，恰好站到顧妍身邊，對方武帝行了一禮。「皇祖父！」

方武帝看也不看他，目光冷冷地望向太后和她懷中的汝陽郡主。

「皇帝怎麼來了？」太后眸光微冷，放開了汝陽郡主，拈起一塊荷葉糕，極緩慢地咬下一口。

方武帝卻憋了口氣。他在乾清宮等了許久，從昨天魏庭回來開始，他就一直等著，一夜未曾合眼，若不是皇帝的身分擺在那兒，說不準他昨日便出宮去西德王府了。從雞鳴時分等到如今，再好的性子也按捺不住，匆匆趕過來，果然就看到他的好母后，在這兒候著呢！

三十多年了，沒有放下的何止他一個，他的好母后，也沒有放下！

「母后在這兒賞景，做兒子的就不打擾了。」方武帝極淡極淡地說著。

只見萬金之軀，九五至尊，慢慢地在顧妍的面前蹲下，直直望著她的臉。

「阿嫣，是不是妳？妳回來了？回來找東哥兒了？」方武帝喃喃自語。

太后一下子面色鐵青。她狠狠瞪向魏庭。若不是他對方武帝說了什麼，顧妍興許一輩子都見不著方武帝！哪怕有機會入宮，她也能將這個小丫頭神不知鬼不覺地除掉！都是這隻閹狗！

魏庭眼觀鼻，鼻觀心，無視太后的怒火。他盡忠的是皇上，又不是太后……這老婆子能活多久？半截身子都入土了，還在這兒逞什麼能？隻手遮天的日子，早就過了。

方武帝本是先皇長子，太后卻只是一個尚衣局的小宮女，兒子生下來，太后被封了才人，可皇上又怎麼能交給太后這個身分卑微的宮女撫養？

先皇便將方武帝給當時的寧妃娘娘完顏霜撫育。這寧妃娘娘是前朝後裔，女真完顏部落的最後一位公主，身分金貴且年輕貌美，盛寵一時，對待皇上又是盡心盡力的好，皇上很喜歡這位養母，卻對太后這個生母生疏冷淡。

先皇死時，方武帝才十歲，登基之後第一件事，便是要給寧妃封太后，寧妃婉拒了，方武帝這才封生母為太后，寧妃成了寧太妃。可作為兒子，晨昏定省，去的卻是寧太妃的宮裡，而不是慈寧宮，太后恨透了這個搶她兒子的女人！

方武帝仔仔細細看了顧妍好一陣，不肯放過一釐一毫，終於在觸及到顧妍臉頰上淌下的鮮血時，一瞬清明。

「魏庭，請太醫！快請太醫！」方武帝慌亂地吩咐下去，目光冷冷地又落在亭中的太后身上。

「誰幹的？」他問道。

汝陽郡主縮了縮脖子，往太后身邊偎了些。她那長長的指甲裡，還帶了些鮮紅，趕忙將手背到身後。

雖然她年紀小，卻直覺這時候皇祖父很生氣，不能被他看到。可她不知道，這下意識的舉動，早已都落到方武帝眼裡。

方武帝瞇了眼，淡淡道：「汝陽眼睛不好，不好好在東宮待著，來宮裡做什麼？送汝陽郡主回去，沒朕的允許，就別四處亂跑了！」

夏侯毅急忙道：「皇祖父，汝陽小不懂事，她興許只是覺得好玩，並不是有意要傷害……」

話未說完，便見到顧妍清亮的眸子淡淡掃了過來。

那雙眼睛真是漂亮啊，可看著他的時候，眸光卻是冷的。眉梢微挑，嘴邊笑意似諷似嘲。

夏侯毅心裡像被針刺了一下，生疼生疼。

他不知道自己怎麼就有這種感覺，這個滿身刺的小姑娘，好像天生就是來剋他的。每次見她，自己都莫名其妙地難過，總想著應該要好好地對她，好像是上輩子欠了她許多，今生要來彌補償還……可她永遠拒人於千里。

太后袖著手涼涼道：「是哀家找汝陽來陪哀家解悶的，皇帝若要怪罪，就怪哀家不識趣好了。」

柳氏心急如焚。她即便再遲鈍，也能感受到，方武帝和太后的矛盾似乎是在小女兒身上，可顧妍和這些貴人交集甚少，怎麼就無故觸發了他們的爭端？

她用詢問的目光看向西德王，西德王同樣一頭霧水。他示意柳氏稍安勿躁，至少阿妍目前是安全的。

氣氛一時凝重，方武帝抿緊唇，定定看了太后一會兒。

對太后的情感，從來都是複雜的。他一方面感激這個女人賜予他生命，在他幼年登基時，勤勤懇懇地激勵教誨，也同情她在夾縫中生存不易，所以敬重她，愛戴她，然而另一方面，他又恨透了這位母后對他最敬愛的寧太妃下手。

年輕貌美如花兒一樣的寧太妃，終結在她的手上。可那時的方武帝，年少力單，而太后強勢凶悍，他連一點反抗的力氣都沒有，眼睜睜地看著最疼他的阿嫣離去，哪怕現在他老了，她更老了，他還要凡事聽憑她的擺布，沒有自由。

方武帝忽地一笑，胖乎乎的臉上，五官擠在一處。

「母后年紀大了，身子也不好了，還是安安心心養著吧，別教做兒子的操心。母后請便吧，兒子累了，先回了。」方武帝又不忘吩咐。「將汝陽郡主送回東宮！」

太后面無表情，有內侍、宮娥上前將汝陽郡主牽走。

汝陽郡主哭得大聲，淚眼朦朧之間，只看到方武帝拉著顧妍的手邁下臺階。

記憶裡，她從不見皇祖父對哪個哥哥、姊姊這樣細心周到，自己卻是因為顧妍，要被帶回東宮軟禁起來。小小的人兒心裡，免不得刺刺地疼，唯一想到的，是顧妍那雙美目，若安在自己臉上，該有多麼好看？

看。

顧妍被帶去乾清宮，太醫成堆地上來給她診脈，方武帝就雙手托著腮幫子，灼灼盯著她看。

顧妍渾身不自在，有些無措地遙遙望向另一邊的西德王和柳氏他們。他們被請來乾清宮，卻始終被晾在一邊，無人搭理。

柳氏和顧婼很擔心，顧衡之睜著雙眼四處看，西德王倒是悠悠然。至少他看明白了，方武帝很喜歡顧妍，是種當成寶貝珍視的喜歡，只不過，這種情感來得莫名其妙。

等太醫塗好了傷藥，方武帝才一臉心疼地問：「還疼不疼？」

顧妍突然不知道怎麼答了。猶豫片刻，她道：「皇上……」

「阿媽怎麼不叫我東哥兒？」方武帝有些委屈。

阿媽是什麼？她的年紀，做他孫女都綽綽有餘！

顧妍就徹底傻眼了，又一次看向西德王，西德王聳聳肩表示不明就裡。

魏庭適時提醒道：「皇上，這位是嘉怡郡主的女兒。」

方武帝怔了怔，笑容慢慢收回來。他又仔仔細細端詳顧妍，很肯定地道：「朕知道，她不是阿媽。」

寧太妃是他幼年記憶裡最溫軟的一部分，年輕嬌美，豪爽熱忱，在他心裡，是沒有人可以替代阿媽的位置！眼前的小丫頭，和阿媽長得像，又不一樣。她沒有阿媽的颯爽開朗，也沒有阿媽的自由活潑，有些太寧靜了，可這並不妨礙方武帝喜歡顧妍。

一直都在靠畫像和舊物緬懷，寧太妃的樣子都模糊了，如今見到個真真實實的活人，他一下子將所有的情感傾注到顧妍身上。不是阿媽沒關係，那就是女兒好了。他看著她長大，她長大後一定是和阿媽一樣美麗的姑娘！

方武帝美滋滋地想，顧妍卻被盯得背心發毛。

西德王終於咳了聲打破沈默。「陛下，感謝您冊封嘉怡郡主，今兒嘉怡便是來謝恩的。」

柳氏忙上前蹲身行禮。「謝陛下隆恩，嘉怡無以為報。」

「嘉怡大義疏財，這是妳應得的。」方武帝不在意地擺擺手，又瞧了瞧柳氏、顧婼和顧衡之，竟每一個都與寧太妃或多或少相像。

他心中微動，總覺得這些人是寧太妃冥冥中給他送來的，又覺得西德王真是他的福星！

「朕還沒冊封完呢！」他忽地站起來，走到龍案前，找了塊空白的明黃色帛書，執筆洋洋灑灑寫了一通，又蓋上玉璽大印。

魏庭接過，當即唱喏。方武帝竟又封了顧婼為鳳華縣主，封顧妍為配瑛縣主。

柳氏獲封郡主已是出格，顧衡之因是男兒，西德王膝下無子，未來由顧衡之繼承王位理所應當，封其世子也在情理中，長公主之女才能獲封縣主，現在連郡主女兒都享受同等待遇，這就委實太過。

方武帝兀自高興地走下來，親自扶顧妍起來，連連問道：「配瑛、配瑛，喜不喜歡？」

顧妍不知說什麼好，便默默行了一禮。

方武帝有些失落，又見顧妍臉上紅紅的巴掌印，大怒道：「究竟是哪個混蛋打的？」

魏庭勾了唇，淡淡說：「是寶泉局司事，長寧侯府的顧崇琰。」

「又是他！」

方武帝也是受夠了，上回立太子，就是這個人挑起來的，讓他不得不拋棄福王，立了現在的太子，如今居然還敢打配瑛！

魏庭不介意再將火燒旺一點。「皇上，不只如此呢！顧家仗勢欺人，虐待縣主，還污言穢語辱沒郡主，損壞郡主的名聲，讓郡主和縣主們都受了好大委屈，聽說，還將太后御賜的東西打碎了……」

一件件說出來，方武帝眼睛瞇成了縫。他轉身，回龍案前繼續振筆疾書。

遠在大理寺刑獄裡的顧崇琰，正穿了身囚服披頭散髮地趴在地上。

李姨娘花了點錢買通獄卒，來看望他，顧崇琰伸手就抓住她的手腕。

「阿柔快幫幫我，我要出去，我不能待在這裡！」他只要稍稍動一動，臀部撕裂的疼痛就讓他出了一身冷汗。「打都打了，為什麼還不放了我？把我關在這個破地方，算什麼！」

這次打了六十板子，比上回廷杖的四十大板嚴重許多。那些衙役，下手不留一絲情面，簡直要了他的命！

李姨娘輕輕擦著他額上的汗，垂眸道：「因為還欠了西德王二萬兩銀子，銀子一天交不出來，三爺一天便要被關在此地。」

「那就給啊！我要出去，我要東山再起，我要弄死那幾個小賤人！」顧崇琰狂暴地說完，忽地頓了頓，臉色肅然起來。「是不是家裡那個老太婆不肯？她要留著錢給她二兒子鋪路，就不管我的死活？」

「不是的。顧家的東西都被王府搬沒了，他們說柳氏的嫁妝有些不見了，就拿其他東西補上……府裡頭已經空了。」

侯府門庭，書香之家，一朝落魄到這個地步，誰都沒想到。

「又是那個賤人！」顧崇琰牙咬得咯吱作響。他顫抖著身子，雙手包裹住李姨娘的。「阿柔，妳快幫幫我，去求大舅兄，讓他救我出去！我不能待在這裡，我還有很多事沒做。」

他又看看李姨娘微凸的小腹道：「阿柔，妳看，我們的孩子還沒出世，婷姊兒還在清涼庵，我得要接她回來的，怎能讓她一個人待在那種冷冰冰的地方呢？阿柔，我只有妳了，阿柔，只有妳能幫我！」

一句句說得李姨娘無法拒絕，可是魏都那裡……他都多久沒聯繫自己了？

李姨娘心煩意亂，只好說道：「好。」

顧崇琰心頭大定，長吁了口氣，李姨娘心中就更加煩躁。她回去的一路上都在思索該怎麼和魏都搭上，卻見一群群官兵從九彎胡同口跑進來，四周議論紛紛。

「顧家今年真是倒了大楣，現在可好，奪爵收府，三代以內不得入仕，要人命！」

李姨娘心中一跳，催促車夫趕緊回去，就見官府的衙役簇擁在長寧侯府門前，大理寺卿搬了張長凳坐著，幾名衙役正在拆著門口的匾額。

黑底金字的鎏金招牌，「啪」一聲摔在地上。

顧大爺和安氏僵了身子一動不動，顧二爺只得閉眼暗嘆，顧四爺低垂著頭，全看不清臉上是何表情。

「將丹書鐵券交出來吧！」大理寺卿肅著臉道。

顧大爺更緊地抱著鐵券，說什麼也不肯放手。他官職不高，樣樣不如老二、老三，但他是長子，將來世襲侯爵是他的，丹書鐵券也是他的。

顧家什麼都沒了，唯一拿得出手的爵位還要被奪去，這與拿刀子將他的心頭肉一片片割下來有何差別？

大理寺卿耐著性子輕咳兩聲，一個壯漢便幾步上前掰不開顧大爺的手，便粗暴地對著他肚子打了幾拳，顧大爺終於吃痛地鬆開。

見鐵券被奪去，顧大爺突然嚎啕大哭，安氏又被氣得臉色鐵青。

大理寺卿一點都不同情。「皇上除卻剝了顧三爺的職，其餘一概不動，這已是皇恩浩蕩了，你們要感念於心！」

顧二爺咬緊牙關。他們現在，一個是太常寺少卿，一個是大理寺丞，都是些無足輕重的閒職，能成什麼氣候？甚至未來三代不得入仕……他們都是讀書子弟啊！不靠科舉入仕，能做什麼！下田務農嗎？

他們的手是拿筆桿子的，不是玩泥巴的！試問這也是皇恩浩蕩？可雷霆雨露皆君恩，不得不認。誰教他們屈於人下？

大理寺卿帶著人走了，看戲的人紛紛散了，顧大爺還在哭哭啼啼。

安氏抬腳就狠狠踹向他。「你瞧瞧自己，成什麼樣子？」

顧大爺一貫懼內，這回就哭得更凶了。「什麼都沒了，怎麼還不哭？難道要等人頭都沒了，再去地府跟閻王爺訴苦嗎？」

安氏怒其不爭，心裡又同樣難過。若不是三房那幾個惹禍精，他們會落到今天這個田地？還有李姨娘，要不是她逼得太緊，那幾隻沒有爪子的兔兒還能反咬一口？當初許諾過的富貴榮華呢？說好的一榮俱榮呢？全是信口雌黃！這個女人根本是個騙子！

李姨娘從馬車上下來，安氏就冷冷看著她，李姨娘渾不在意。

安氏似乎完全忘了，她也是幫凶之一，甚至若不是她貪婪，一早瞄準了柳氏的私房，斷然是點不著火的。

李姨娘也不怕安氏把火燒到她的身上，她還有這個女人的把柄在手裡呢！

安氏氣焰果然弱了，扶著杏桃的手搖搖欲墜。

卻有一輛馬車軋過里弄巷道，伴著一聲疾呼，車夫連忙跳下車轅掀起簾子。

顧二爺和顧四爺忙上前，激動道：「父親。」

顧老爺子第一眼就看到摔在地上的匾額，又見大兒子還坐在地上滿面淚痕，擰著眉就大步繞過他。

「老夫人呢？」顧老爺子沈聲問道。

安氏連忙回答：「父親，母親累病了……」

顧老爺子斜睨她。「累病了？」

他冷笑，還真當他什麼都不知道？

顧老爺子找了顧二爺和顧四爺就去書房，讓人守在門口誰也不准進，一進屋，二話不說打了顧二爺一巴掌。「我跟你說過什麼了？讓你看著你母親，明知道她是什麼樣的，還由著他們胡來，全將我的話當成耳邊風了！」

顧二爺偏過頭，臉上火辣辣地疼，無力反駁一句。除夕之前，顧老爺子將他拉去說過幾句話，那時的他剛剛回京，即刻便要高升，父親說老夫人眼皮子淺，安氏精明卻唯利是圖，賀氏刁蠻，柳氏軟弱，內宅早晚要亂，讓他看好了。

他覺得父親小題大做，再說他一個大男人去管這些家長裡短，像什麼話？慢慢地便沒放在心上，現在卻追悔莫及。

顧老爺子平復下來，讓他們將其間發生的事都說上一遍，顧二爺不敢隱瞞。

顧老爺子挑起了眉。「二丫頭隨便一句話開罪了西德王，你們就將她除族，老三說孩子不是他的，你們就都信了，再一聽柳氏把東西都交出來，就一個個昏頭了……腦子呢？西德王真要暴戾恣睢，皇上容得了他？滴血認親可以做許多手腳，誰說小孩子就沒有心眼？財帛動人心，但心急吃不了熱豆腐，既然想得到，也得想法子做到滴水不漏，你……」

顧老爺子深吸口氣。現在說這些已經沒用了。

顧二爺、顧四爺當時沒有參與其中，女人畢竟頭髮長，見識短，老三又是個取巧的……難怪成事不足，敗事有餘！

顧老爺子閉上眼。他確實想不到，柳氏能鹹魚翻身，也著實沒想到，她能找到西德王這個靠山。忽然想起在路上聽聞的，方武帝冊封了顧婼、顧妍為縣主。從他們顧家分出去的孩子，馬上一步登天，這絕對是方武帝在幫著柳氏出氣。

顧老爺子窩了一肚子的火，他抬頭看了看兩個兒子。其實幾個兒子裡，就老四最得他意，可官場如戰場，稍一不小心，就會粉身碎骨，他寧願老四就如同朱姨娘說的，平平淡淡過一輩子，但如今非常時期，雪藏這麼久，是該要做些什麼了。

「這宅子風水不好，找個可靠的賣了吧，下人僕役全轉給人牙子，留幾個伺候的就行。」

顧老爺子對顧二爺道：「當初顧家白手起家，如今到底還有些底蘊，祖宅剩了些產業，我將苗掌櫃撥給你，讓他幫著經營，你把握好了，別被你大嫂、母親偷梁換柱。」

顧二爺嚇了一跳。把宅子賣了，他們全搬走？
顧老爺子嘆道：「留得青山在，不怕沒柴燒。」
「是，兒子明白。」
然而由儉入奢易，由奢入儉難，哪真這麼簡單？
顧老爺子又道：「今天開祠堂，老四分出去單過。」
這回震驚的就不止顧二爺了，老四分出去，那顧家三代不得入仕便不必遵守，可老四膝下只有一女，分不分有什麼差別？
顧老爺子沒心思跟他解釋，他匆匆開了祠堂，又去順天府上檔，幾下完成了手續。
顧老爺子說：「我申請了轉調令，不知何時批奏，老四一家先跟我去大興，京都這裡，你就好好看著。」
顧二爺點頭應是，又問：「那老三呢？父親不管他了？」
顧老爺子哼了聲。「他自己捅出來的樓子，讓他自個兒想法子解決去！」
二萬兩的雪花紋銀，豈是說笑的？別說是現在的顧家，哪怕從前，他們也負擔不起！
顧二爺頓時哂笑。只怕顧崇琰如何也想不到，自己有朝一日會眾叛親離……
顧老爺子匆匆走了，李姨娘聽說他不打算管顧崇琰，心中就是一冷，換了她設身處地，只怕她也不願意管的，可現在牢裡的是她夫君，自己懷著他的孩子，還有個女兒等著要從庵堂裡接出來。

李姨娘抬頭望了眼天。她是家中庶出的女兒，經常被兄弟姊妹欺負，兄長欠了一屁股的債，回頭把自己閹了就去宮裡躲起來，李家不想替他還債，恰好她那豐滿美麗的姨娘被債主看中了。姨娘被領走，後來就聽說她得花柳死了。

兄長欠了錢，姨娘是因為去抵債才死的，他若心存愧疚，就該有所回報！

李姨娘從懷裡拿出一根樣式老舊的梅花簪，這是她姨娘最喜歡的飾物。

第二日，魏都收到那根梅花簪，心中就猛地一沈，胸口各種情緒翻滾，他長長嘆了聲，終究還是差人將這些年攢下的五萬兩送去給李姨娘。

于氏和顧妤一早便來拜訪西德王府，未料西德王府門房的規矩——顧家人與狗，一律不得入內。因此到現在，兩人連門口都未能進呢！

顧妤和于氏今日就要和顧四爺啟程去大興了，來西德王府見舊人的主意就是顧妤提出來的，她聽說顧婼和顧妍被封為縣主，心裡就積火。

顧婼便算了，顧妍到底憑了什麼？不甘、憤怒、嫉恨，種種負面情緒襲來，顧妤就非要親眼看看。

于氏勸她說：「現在兩邊鬧得僵，不見也好，以後我們井水不犯河水，何必要來討嫌？」

顧妤明白這道理，但心裡的氣要如何嚥下？他們一直收斂鋒芒，與人為善，現在卻落魄到要離開京都，都是誰害的？最主要的是，她還有一件羞於見人的心事……
日後去了大興，短期之內定然不會來京，她要如何見到蕭瀝？
正懊惱間，朱紅色大門大開，就見蕭若伊在顧婼的陪同下緩步走出。
顧妤大喜，幾步上前盈盈施了一禮。「伊人縣主，許久不見。」
陽光太刺眼，蕭若伊正覺得不舒服，恰好顧妤討好殷切的眼神落入眸底。
顧家人對顧妍他們做的事，蕭若伊多少有所耳聞，自是同仇敵愾，加之她對顧妤沒好印象，語氣便不由得不耐。「清風樓的紅棗杞菊茶不錯，顧四小姐可以去嚐嚐，清肝明目，好好補補，免得妳見了人，連個招呼都不知道打！」
這是在說她視顧婼這位新晉縣主如無物。
顧妤身子微僵。她有她的傲氣，顧婼縱然不錯，比她卻差之甚遠，她心裡可從未當顧婼哪兒勝人一籌……半道出家，撿了個便宜縣主當，還指望她畢恭畢敬？
蕭若伊懶得與顧妤周旋，回身道：「一定要和阿妍說啊，我到時來尋她。」
見顧婼頷首應是，蕭若伊上了車就走，一眼未再多瞧。
顧妤的臉脹得通紅，于氏拉了她一把，恭敬地行禮。「見過鳳華縣主。」
顧妤只好跟著欠身。
「四夫人和四小姐怎麼來了？」顧婼語氣清淡。
顧妤強忍著不悅，微笑道：「今日我與爹娘便要去大興了，臨行前特意見見故人，我與二姊也算有同窗之誼，道個別總是要的。」

見顧婼眸光微動，她又道：「怎麼不見五妹？我還未好好恭喜二姊和五妹呢！」

「並沒有什麼好恭喜的。」顧婼語氣放緩了些。「阿妍一大早便奉旨入宮了，一時半會兒回不來。」

「怎麼只找了五妹，二姊為何不去？」顧妤微怔，強擠了個笑，眸光輕斂，又低聲道：「五妹能得皇上青睞，真是好造化，做姊姊的，自當為她高興。」

顧婼不由皺起眉。

她不想去猜，她們來是為了什麼？本來打算請于氏和顧妤進門的，現在她打消這個主意了。

「顧四小姐能如此想最好了，我和阿妍早不是顧家人，顧四小姐日後也別姊姊妹妹的稱呼了。」陽光真有些晃眼，顧婼拿手遮了遮，道：「時辰不早了，四夫人與顧四小姐一路順風，便不送了。」

她轉身便進了府門，朱紅色的大門慢慢闔上，那一縷身影也消失無蹤。

顧妤目光直愣愣地盯著一個方向，于氏輕嘆道：「好兒，人各有命。」

顧妤輕哼一句。「我不信命！」

她甩了袖揚長而去，只前腳剛走，顧妍便回來了，遙遙望了望那輛晃晃悠悠走了的馬車，問過門房便知曉了大概。

四房分家她是知道的，顧老爺子既然親自主持，自然有他的道理。

顧四爺真人不露相，上一世的他，可是顧家滿門抄斬後，唯一一個倖存者。

顧妍不去想這些，剛到大堂，顧婼便與她道：「伊人縣主方才來尋妳，邀妳七夕女兒節去玩，還說，請了張家娘子。」

是張祖娥！

顧妍驚喜道：「真的？祖娥姊姊也會來？」

「伊人是這麼說的。」

顧妍高興極了，上回東宮一別，有許久未見張祖娥了。前段時日諸多瑣事纏身，如今脫開了，能與舊友重聚，怎能不興奮？

顧婼注意到她腕子上戴了只極精美的鐲子，嵌了六塊色彩各異的寶石，大小、光澤盡數如一，溫潤沈斂，細緻絕美。

「這是皇上給的？」

顧妍也無奈。方武帝把她叫過去，什麼也不說，就把這鐲子給她套上了，還不許她摘下來。事實上，她即便是想摘也摘不下來，好似與手腕完美貼合，真不知道方武帝是怎麼戴上去的。

「我總覺得，皇上看我的時候，就像在看另一個人。是不是，我和那人長得很像？」

顧妍想不通這一點，從來只聽人說，她和外祖母長得相似，可外祖母和方武帝能有何關係？

一個在南，一個在北，完全沒有交集啊！

顧婼就更搞不清了，皇家的隱秘，哪裡是她們能夠窺得的。

顧妍正打算去問一問西德王，冷簫忽地竄出來與她道：「顧三爺被放出來了，二萬兩銀子盡數送上，大理寺已經轉交到王府，顧二爺找了人將原先長興坊的宅子賣了，新宅搬去了西城平安坊。」

顧婼驚道：「顧家將賣了宅子的錢全數用在顧三爺身上？」

顧妍暗暗搖頭。那所宅子賣不了這麼多，再說即便他們有了錢，才不會管顧崇琰死活呢！

「是李姨娘將他贖出來的？」顧妍問道。

冷簫頷首應是。

顧婼奇道：「她哪有這麼多錢？」

李姨娘是沒有，但魏都有啊！他在宮裡許多年，做的又是肥差，怎麼也有私房的。二萬兩，湊一湊當然拿得出來。

冷簫用手微微比劃了一下，那意思說：是五萬兩！

顧妍一驚。魏都是將全部身家都給李姨娘了？

不，不會的，他必須得留一些在自己那裡以防萬一才是，給李姨娘的五萬兩興許只是冰山一角……可，魏都哪來這麼多錢？

冷簫搖搖頭表示不清楚。

顧妍讓冷簫下去，她轉身去尋西德王。

西德王正在葡萄架下乘涼，一串串烏紫色的葡萄垂下來，他喃喃說：「大夏中原的葡萄偏酸，不比西方葡萄甘甜，我帶了些種子來，妳娘已經開始種了，等過兩年長成了，外祖父教妳釀葡萄酒，比那高粱米麵釀出的酒要好喝多了。」

「難道外祖父這兒就沒有存貨嗎？都說陳年老酒，王府地窖裡可有許多桶呢！」顧妍說得促狹。

西德王哈哈大笑。「就說妳這小丫頭吃不得虧！看來我得把酒窖的鑰匙保管好了，否則哪天被妳全搬空了。」

「我又不是酒鬼，搬那些做什麼？」

倒是聽說鄭貴妃十分喜歡西德王帶來的葡萄酒，每晚都要小酌一杯，這些酒留著，以後還有用處。

她不由輕嘆了聲。燕京城，是非地，他們在這裡過得都不快活，等塵埃落定了，都離開好了……她很想看看燕京城外的世界。

「若有機會，真想和外祖父到海外去瞧瞧。那兒的人，那兒的生活，和大夏是不是截然不同？」

西德王眉目柔和。「阿妍一定會喜歡的，外祖父保證。」

他的眼睛清透明亮，真的很漂亮。母親說外祖父的異色瞳仁是天生的，有人看到會害怕，有人卻是驚羡。母親還說，外祖母最喜歡的就是外祖父這雙眼睛了。

想到那個自己毫無印象的外祖母，顧妍不由問道：「我和外祖母是不是真的很相像？」

「像了九成吧。」西德王低低說道：「妳外祖母是撫順人，撫順關外白山黑水，是女真的天下，她的眉眼五官都要深雋些，而妳就比較柔和……但小時候的樣子，著實一模一樣。」

「那外祖父和外祖母是青梅竹馬？」

「算是吧。」西德王目光深深。「江家遷徙江南的時候，妳外祖母才五歲，還是個小女孩，膽子卻很大，爬樹摘桃掏鳥蛋，比男孩子還索利，簡直是個猴兒轉世。」

顧妍覺得很有意思，西德王又道：「我小時候，因為這雙眼睛，很少有人跟我一道玩耍，妳外祖母就一點也不怕，還經常帶小點心給我，可羨慕死其他人了。長大了，妳外祖母嫁給我，日子過得平淡卻溫馨，唯一不好的，是妳二舅早夭，後來有了妳娘，我們都覺得很知足……」

只是之後出了意外，再回大夏時，早已物是人非。

西德王長長嘆息。他這輩子，最對不起的是柳江氏，而最後悔的就是那次出海，白白蹉跎了二十多年的光陰。

顧妍拉著他的衣袖，西德王感懷了一會兒，搖頭道：「你們能好好的，妳外祖母知道，也會高興的，等我死後去見她，也能給她一個交代。」

「外祖父要長命百歲。」

「活那麼長久做什麼？」西德王失笑地揉了揉顧妍的腦袋，見到她手上那只精美的鐲子，稱讚道：「很漂亮。」

「外祖父沒見過這鐲子嗎？」

西德王細細打量，道：「這是極少見的紫闞，前朝用得比較多，大夏已經很少見了，上面鑲嵌的是黑曜石、青金石、紅瑪瑙、羊脂玉、黃玉石和冰翡翠，每一塊拿出來都是極品，有錢也買不到……既然是御賜，就好好戴著吧，皇上不會害妳的。」

畢竟方武帝對配瑛縣主的寵愛，所有人都看在眼裡。

可顧妍很彆扭。她知道，方武帝的喜愛，魏庭的討好，太后的敵意，都不過是因為一個人，那便是方武帝口中的「阿媽」……不是先帝某個妃嬪，就是方武帝的乳娘了。

她好奇那個人是誰，可聽外祖父說的，外祖母不會與皇家有牽連，世上莫非真有非親非故卻長得極為相似的兩個人？

又過了幾日，便有南方戰況傳來。

蕭瀝和倭寇打了幾場，倭寇陸戰不敵，被逼回海上，海戰動用了西德王的水師，以少敵多，竟也小勝，蕭瀝又乘勝追擊，對方只得做垂死掙扎。

顧妍卻覺得似乎太容易了……從蕭瀝抵達福建至今，短短半月有餘，勝負已定？蕭瀝到底不是南方人，對當地一切都不瞭解，拿西北那一套來用，真的管用？倭寇生性狡黠，興許有詐！

但既然連她都能想到，蕭瀝身經百戰，定然也知道吧。

冷簫和她說起了舅舅的事。「楊大人和柳大人交會，二人一道悄悄潛回福建，有些東西需要他們自己去找……明夫人暫被軟禁，主子幫著掩護了，至於王嘉那裡，沒有動作。」

顧妍聽到關於舅舅的消息，從最開始的焦躁擔憂，如今已經平靜了。

柳家遭逢劇變，所有人都在等著柳家垮臺，都罵舅舅是叛國賊、是逃犯，但是她相信，他在極力應對這些事故，也能處理好。

都會過去的……

第二十七章

顧妍一顆心頭石落地，到了七夕女兒節那天，便應邀與蕭若伊、張祖娥一道外出。

七夕是女兒乞巧的日子，顧妍年紀還小，當然不至於去求姻緣，純粹是湊個熱鬧。京都的七夕免了宵禁，還有鬥巧會，許多小娘子參加，十分有趣。顧衡之更不會錯過這個機會了，抱著阿白，牢牢跟在顧妍身後，顧妍沒法子，只能捎上他。

張祖娥還是頭一回見到雙生子，又聽顧衡之說道：「張姊姊是我見過最好看的人了！」張祖娥感到既好笑又稀罕，拍拍顧衡之的腦袋，顧衡之一臉受寵若驚，屁顛屁顛就跟著她跑了。

顧婼目瞪口呆，顧妍只覺得牙疼，蕭若伊則翻了個白眼，齊齊「切」一聲，但到底還是高高興興結伴去玩了。

喧鬧的街道上燈火通明，到處都是小娘子和郎君們的歡聲笑語。隔一段距離還有九引臺搭起，會有小娘子上臺比試鬥巧，如用五彩絲線穿九尾針，或用菱藕雕刻奇花異鳥，又或是編製穿花衣的草人，剪窗花、比刺繡，許多人圍觀，時不時有歡呼聲響起，好不熱鬧。

月光如緞，盡數潑灑，合歡花落了一地，九引臺上聚集的人更多了，只其中一個冷清得很。

張祖娥遙遙望去，便見高臺上的絲緞紅綢上放了一串九連環，或玉製，或鐵製，精妙絕倫，她是頗喜歡這種稀奇玩意兒，顧衡之也嚷嚷著要去玩。

九引臺上的燃香點起，只需比試在一炷香內解開的九連環數量，一眾清麗嬌美的小娘子站在高臺上，無疑惹人注目，有數道目光跟著投在她們身上。

「那是伊人縣主？」沐雪茗神色複雜地注視著臺上，一時思緒萬千。

顧衡之正笑著與那擺臺的巧姑打商量，每座九引臺上設有巧姑，這位巧姑姓廖，是國子監右司業的夫人，面相寬和，眉角微翹，傳言她少時曾斬獲十二座九引臺的魁首，每得一個魁首，便得一塊巧牌，集齊了十二塊，聲名大噪過一段時日。

顧妍上一世與舅母一起偶然見過她幾次，骨子裡是個清冷的人。

顧衡之想玩九連環，可這東西是給小娘子們鬥巧用的，他一個男孩子來湊熱鬧，就純屬搗亂了，廖夫人身邊的女侍便紛紛攔著他。

顧衡之眼珠子轉了轉，便將阿白給了兩位女侍。「二位姊姊幫我照顧一下阿白好不好？」還招呼著景蘭拿了幾塊豌豆黃來。

兩個侍女一個抱了阿白，一個拿著一盤豌豆黃，面面相覷。顧衡之就乘機溜到九引臺前，見廖夫人淡淡笑著沒反對，便拿起九連環叮叮咚咚地解，卻直到一炷香快燒完了，也沒解開一個。

他眨眨眼看向顧妍、顧婼，二人都搖搖頭，而另一邊蕭若伊弄得滿頭大汗，就差火氣上來一把摔在地上，他便也不指望了。他又看張祖娥，張祖娥輕笑一聲接過來，手指翻飛，還沒看清做了什麼，就見那些零件叮叮咚咚地一個個散開。

廖夫人抬起眼瞧了下，眼裡笑意濃了些，淡淡道：「今年的魁首出現了。」

原先在逗阿白的侍女回過神，陡然正色起來，端了只紅木托盤，鮮紅的綢子上是一塊金質的圓形巧牌，正面澆鑄著「巧」字，背面則是朵牡丹花。

百花之首的巧牌，原來是在這座毫不起眼的九引臺上，而那得了牡丹巧牌的少女，杏眼桃腮，容顏絕麗，傾國傾城，絕對當得起這絕色牡丹，眾多小娘子既驚又羨還悔，也有不服氣的上臺非要比試，可無疑沒人能比她更快。

張祖娥收了巧牌，對廖夫人深深福了一禮，見顧衡之滿眼好奇，毫不介意地將巧牌給了他把玩。

物我兩輕，廖夫人暗暗點頭。

幾人一道下臺後，剛遠離人群，突然被兩個錦衣華服的少年堵住了。

張祖娥見到來人嚇了一跳，驚呼道：「皇……」

那後兩個字還未吐出，夏侯淵便道：「木老鼠！」

他笑著從袖囊裡取了只木老鼠出來，拉一拉尾巴，小老鼠的鼻子便跟著一伸一縮，他似邀功地道：「看，我還留著呢！」

少年毫不掩飾他的歡喜和心潮澎湃，張祖娥突然有些無措，手都不知道該往哪兒放，只得低下頭看自己裙襬上繡的石斛蘭，慌張行了一禮。

顧妍驀地皺緊了眉，尤其見夏侯毅跟著緩步上前與他們一一打招呼時，一種厭惡的情緒油然而生。

她知道，張祖娥成了皇后之後一點也不快活，那個偌大的宮宇就是座精美的囚籠，圈禁了她的一生，她並不希望張祖娥重蹈覆轍，然而夏侯淵顯然對她很感興趣。

「妳是怎麼做到的？我也玩過九連環，怎麼也解不開呢，最後還是摔在地上全碎了，就自然解了。」

他手舞足蹈說得有意思，張祖娥跟著笑了。

夏侯毅始終溫潤謙和，目光緩緩落在顧妍身上，對她那隱隱的戒備委實無奈，只想好好問問她，為何總對他們有敵意，然而還未尋到機會靠近，便被一句清亮的話語打斷。

「表姊也在這裡呢！」

面如滿月的窈窕少女娉婷而來，鄭昭昭穿了身緋紅色的紗裙，一步一緩儀態萬千，眸光清湛，卻若有似無地先在張祖娥身上繞了一圈。

蕭若伊不耐地睇了眼。在外頭，她自然不好與鄭昭昭鬧開，雖然她厭惡極了鄭昭昭這模樣。

「好巧啊！」蕭若伊淡淡笑著打了招呼。

鄭昭昭又依次給夏侯淵、夏侯毅福身行禮，重新將目光落到其他幾人身上，看著蕭若伊問道：「這幾位是……」

「張娘子，西德王小世子，鳳華縣主和配瑛縣主。」蕭若伊一一介紹過。

鄭昭昭有禮地相回，卻在聽到配瑛縣主幾個字時，身子倏然一頓，注意力也從最開始的張祖娥，移到顧妍身上。

「原來這就是配瑛縣主啊！」鄭昭昭意味深長地感嘆，不過一個瘦瘦小小的小姑娘，長相雖不錯，可五官還沒完全長開，依稀似乎與鄭貴妃有少許相像。

鄭昭昭不由咬咬牙，她是鄭貴妃的嫡親姪女，偶爾也會進宮去陪姑母說說話，姑母總說她們兩個長得不像，否則皇上定然會十分喜愛她。她那時嗤之以鼻，不過是一副皮相，她本身長得也好看，喜歡一個人更多的應該是性格才是！

鄭昭昭不信邪，然而事實上，無論她如何做，皇上確實淡淡的，都說愛屋及烏，為何方武帝不喜歡她？這才想起姑母說起的面容。原來姑母是「烏」而非「屋」，姑母的聖眷都是來自於他人，她與姑母全不相像，哪能分到一點點方武帝的優待。

可前些日子聽說出了個配瑛縣主，方武帝恨不得把世上最好的東西全給她！

現在福王封王，鄭氏一族氣焰大挫，急需要一個來箝制東宮的人，而他們的目標是皇長孫。鄭貴妃和平昌侯都有意將鄭昭昭嫁給皇長孫，為了家族，鄭昭昭義不容辭，但有這個配瑛縣主在，就有了變數……皇上那麼喜歡她，恨不得視為親女，說不定要來個親上加親，那會毀了他們的計劃。

鄭昭昭由此便對顧妍敵意深重。不過是長了張對的臉，又沒有大本事，算什麼？還要擋在她的前頭，阻了他們鄭氏一族之路。

鄭昭昭忽地笑起來，抓起顧妍的手。「常聽姑母說起配瑛縣主呢，今日終於得見本尊了！」

顧妍不著痕跡地掙脫開，福身一禮，淡淡地笑。看鄭昭昭的眼神，至少她不相信，鄭貴妃會跟鄭昭昭說什麼好話。

鄭昭昭笑道：「難得見到幾位都在，不如結伴同行吧，我一個人玩耍可沒意思了。」

蕭若伊眼皮微抬，往她身後看去，一堆小娘子隔開幾步站成排，便道：「若想尋個伴，鄭娘子不妨回頭看看，有的是人想與妳同行。」

「可人家只想和表姊一起聯絡感情啊！表姊不歡迎我嗎？」

「哎喲，真巧了，我真不歡迎！」

鄭昭昭臉色微變，眼眸泫然欲泣。

這種神仙打架，他人不好干預，蕭若伊對其他幾人擺擺手，讓他們先走。

鄭昭昭一見顧妍要離開，立馬道：「配瑛縣主留步，我很想與配瑛交個朋友！」

顧妍抿緊唇不語，鄭昭昭又道：「前方鬥巧臺上有比試刺繡的，配瑛與我一道去玩可好？配瑛縣主的話，繡藝定是極好的。」

顧妍哂笑，鄭昭昭是哪裡聽過她繡藝好的？這是在找碴吧！

「鄭娘子快別調侃我了，我那繡藝可拿不出手的。」

「配瑛就莫要謙虛。」鄭昭昭和煦地笑，又有些委屈道：「莫不是配瑛瞧不起我，不想與我鬥巧？」

蕭若伊忍不住走過去擋在顧妍面前，似笑非笑。「妳要鬥巧，怎麼不與我鬥，找別人做什麼？」

「表姊……」鄭昭昭暗惱。

蕭若伊會什麼？女紅刺繡一般，比得過她才怪，回頭到宮裡去和太后那老太婆一說，老太婆肯定要維護外孫女臉面。

「我與表姊都相熟了。鬥巧是為結識新朋友，昭昭也是想和配瑛交個朋友。」鄭昭昭嬌嬌柔柔地說，裝模作樣的姿態讓蕭若伊火氣更大。

顧妍繞到前面來，淡笑道：「難得鄭娘子不嫌棄，那便去吧。」

「阿妍！」蕭若伊不滿。

鄭昭昭臉皮太厚，根本得寸進尺，不挫挫她銳氣，今日他們都別脫身了。

眾人很快到了九引臺上，點了一炷香，要在這時間內繡一塊方帕。

這個時間確實短了些，尋常繡一塊普通帕子，都要個把時辰，一炷香能完成一朵花也算不錯了，而這比的也正是誰繡得又多又好。

繡繃箍起，二人穿針引線神情專注，鄭昭昭成竹在胸，顧妍看起來就有些漫不經心。

顧婼眉間略有憂色，顧妍的繡藝，她好歹是知道一點的，真要拿出去和人比，只怕不行。

沐雪茗一直遠遠駐足觀望，這時候悄悄走近些，尋了機會便對顧婼柔聲說道：「別擔心，配瑛縣主聰慧過人，定會勝出的。」

顧婼微怔，看清來人後眉心就是輕蹙。

她曾經將沐雪茗當好友，只是這好友在患難時撇棄她獨自脫身，她也就看明白了。這時候又突然來找她，難道不是因為自己身分有變？

顧婼笑得端雅卻疏離。「那就借沐七小姐吉言了。」

沐雪茗笑容一僵，知道顧婼心裡肯定對她有想法。本想著顧婼大度，興許一笑置之，卻也是個記仇的……

鄭昭昭對自己的繡藝自信極了，連宮裡司針房的繡娘都要誇她，她也曾聽說過顧五小姐繡工差，哪能和她比？等鬥巧她完勝顧妍了，她的名聲定比顧妍好聽。皇長孫年紀到了，就快選妃了，她的條件比顧妍好太多，怎麼也是她的優勢大！

一炷香的時間很快過了，當巧姑喊停時，二人同時停了針線。

鄭昭昭繡了一株君子蘭，邊上還有一隻白色蝴蝶，在燈光下栩栩如生，優雅又靈動。

周遭的讚賞聲不斷，鄭昭昭笑容滿面，挺直了腰，道：「配瑛，快讓我看看妳的繡品吧！」

侍女慢慢打開絲絹，上頭只繡了一朵合歡花，淡粉色的細長花瓣，由深到淺，層次漸變。盛夏本就是合歡花開的季節，空氣裡瀰漫著淡淡的花香，給人一種錯覺，就是那帕子上的花散發出來的。

論精巧神韻二人不相上下，但論數量，確實是鄭昭昭勝了。

顧妍不在意地笑笑。「恭喜鄭娘子了。」

她淡然轉身走下臺階，淺粉色裙裾擺開一池新荷的弧度，就聽有人驚呼出聲。

鄭昭昭回身望去，只見有數隻螢火蟲紛紛飛來，落在那朵合歡花上，瑩瑩閃著幽光，相較而言另一株君子蘭就落寞孤寂多了。她的臉色一下子陰沈下來。

顧妍招呼著眾人趕緊走，蕭若伊不由問道：「這是怎麼做到的？」

張祖娥輕笑。「螢火蟲食花粉雨露，阿妍一直有收集花粉，定是方才將花粉撒在上頭了。」

顧妍眉眼彎彎，笑靨如花，鬢邊一縷烏髮輕擦過臉頰，花燈璀璨裡，像極一隻跳動的精靈。夏侯毅抬眸，見到的就是這樣一幅定格的畫面。顧妍也永遠不會知道，這樣的情景，在以後無數次反覆出現在他的夢裡。

女兒會的熱鬧達到極致，人山人海裡穿梭，幾人都累了。

顧衡之幾乎閉著眼睛靠在顧妍身上由她牽著走，小腦袋一點一點昏昏欲睡。蕭若伊玩心一起，捏住他的鼻子，顧衡之被憋得清醒，張開嘴大口呼吸，又少不了一番追逐嬉鬧。

待到月上梢頭，眾人才各自道別散去。

顧婼幽幽嘆道：「妳似乎將鄭小娘子得罪了。」

顧妍苦笑，半真半假地喟嘆。「我得不得罪她，她都不會待見我，既如此，何必要讓自己受委屈？」

若能於名利無爭，只安安心心做個普通人，現世安穩，歲月靜好，該有多好？

可理想與現實總是有差距的……

這一日，太后突然病了。

王淑妃衣不解帶地侍候在旁，見太后不見好轉，提出不如請個道士來看看。莫雲觀的太虛道長道法了得，即刻掐指一算。慈寧宮藏風聚氣，風水自不必說，太后命中祥瑞，五行具在，唯有木命稍有突出，不宜與火命者多接觸。再布陣一測，羅盤指向西南方的西德王府。而近來進出宮最頻繁的，便是配瑛縣主。配瑛縣主不是火命，卻是水命，水木本來相互進益，然水過多則木漂，物極必反，反而剋了太后。

方武帝大斥太虛道長一派胡言。他當然知道太后不喜歡見到顧妍，可也別用這種命理相剋的藉口，小姑娘名聲還要不要了？

方武帝不予理會，太后的病就越發嚴重了，逼得他不得不正視起來。他雖是九五至尊，可同樣有許多無奈。

於是顧妍乾脆「病了」，閉門不出，連帶著西德王府都低調起來。

最樂意見到此情形的當然是顧家了。

「那隻妖孽，作惡多端，報應到了吧！看她以後再出來作妖，讓道長降了她！」顧崇琰咬牙切齒「呸」了聲，又和李姨娘道：「不如給莫雲觀捐些銀子，讓道長施法，把那幾隻妖孽都收了，肉身毀盡，魂飛魄散。」

李姨娘將他從大牢裡贖出來，顧崇琰感激她，將她扶正了。顧婷也被提前從清涼庵裡接回來，正式成了嫡女，小姑娘瘦了許多，李姨娘心疼壞了，又不好光明正大給她進補——她花了二萬兩把顧崇琰保出來，現在顧家上下都知道她有錢，眼睛牢牢盯著呢。

顧家的銀錢目前由顧二爺掌管，只每月給安氏特定的分例讓她應付府裡的開支，可習慣優渥生活的人，突然拮据，哪裡受得了？

安氏恨不得將李姨娘住的地方翻個底朝天，找一找有沒有銀兩藏著。李姨娘就只說一文多餘的也沒有，還要吃著府裡頭的公中。

李姨娘不比柳氏好拿捏，安氏到底沒逼她吐出一個子兒。

而顧崇琰現在無官職、無俸銀，真正吃穿都用公中的，三房名副其實成了府裡的米蟲。顧崇琰盡想著如何翻身，作夢都想將柳氏和那幾個小雜種折磨得體無完膚。

李姨娘面無表情地看著他，淡淡道：「三爺，我沒錢，至多還有些私房的首飾，這東西捐給道觀，想必道長也不會放在眼裡。」

顧崇琰微怔，將身邊人都打發出去了，問道：「阿柔，現在只有我們兩個人，妳就莫要隱瞞了，大舅兄既然給妳銀子救我出來，怎麼也有剩餘些的……這兒只有妳我二人，我們可是至親的夫妻，我絕不會說出去的。」

話雖這麼講，可心裡真的這麼想？他們是夫妻不假，但也有句話說至親至疏夫妻，李姨娘可從沒將所有指望都放在顧崇琰身上。

「大兄僅僅是四品典膳，內廷可以撈的油水多，風險也大，他汲汲營營多年，二萬兩銀子已經不少了，難不成還要將自己身邊僅有的保命錢財一道給了我？那大兄該如何自處？」

顧崇琰一下啞口無言。

李姨娘微翹了唇。「三爺若是不信也罷，反正現在這府裡就這麼大，三爺大可以自己去翻。」

見她起身要走，顧崇琰趕緊爬起來連連賠不是。「阿柔別氣，是我不好，我當然信妳，我哪能不信啊！現在陪著我的只有妳了，除了妳再沒誰了。」他喃喃說道，輕撫她凸起的腹部。「我們還有大把的時間要過，還要生兒育女，一輩子那麼長，我只想和妳一起。」

男人的甜言蜜語，總是好聽的。不可否認的，李姨娘的心弦也被撩動了。但她還有理智，沒有讓自己全部陷進去。

這個男人……她到底是和他拴在一起了，且行且看吧！

三房不平靜，二房也同樣熱鬧。

邯鄲賀家聽說顧家沒落了，連侯爵都沒了，就不願意繼續替他們養女兒，賀氏的親嫂子閔氏，就帶了大兒子一道送顧媛回來。顧媛著實被養得不錯，正是長身體的少女，面如滿月，身形盈潤，只是眼裡的銳氣更重了，染上了些許俗氣和媚色。

大家閨秀都是講究端莊賢淑，安氏一見就不滿意，但賀氏高興極了，她思念女兒都快成疾了，玉英八個多月的大肚子就快生了，如今被安排在廂房。糟心事一波接著一波，賀氏心裡苦，一見顧媛就哇哇直哭。

閔氏笑著與她們閒聊，大致問了問顧家的現狀，一雙眼上下左右地翻看，又是嫌棄又是挑剔。

安氏輕咳一聲，閔氏終於收回目光，說起了正事，話講得婉轉，大致意思也不過是來討錢，怎麼說他們賀家也替顧家養了顧媛快半年，必須得要意思意思吧，也不多，就要一、二千兩。

安氏氣得不行。當初送顧媛過去的時候，老夫人可是特地給賀家送了五百兩銀子，這五百兩難道還不夠顧媛半年的吃穿用度？現在顧家都落魄了，他們竟還好意思來討錢？

賀大郎道：「顧大夫人，表妹在我們家吃好、住好，我和二郎兄弟兩個半點都比不上，她還纏著我和二郎去賭坊玩，一局局輸下來，可不止一、二千兩了！」

安氏悚然大驚，不可思議地朝顧媛看過去，顧媛心虛地低下頭。

她在賀家的時候，比在顧家自由多了，表哥都是會玩的，好奇心起了，慢慢被賀大郎、賀二郎帶著一道去，成了賭坊常客，她心想，反正家裡有錢呢，誰知道……後來顧家就成這樣了。

安氏狠狠剜了她一眼，回過頭來恨聲道：「媛姊兒不知事，難道你們也不知？好好的一個姑娘家，被你們帶去市井賭坊這種地方，我還沒責怪你們管教無方，你們倒先發難了！」

閔氏呵呵笑了。「顧大夫人這話就錯了，是媛姊兒纏著我家大郎、二郎去的，大郎勸過她不要賭，她非不聽，拿著首飾當了就去，我們能怎麼辦？」

安氏簡直要氣瘋了，真不要臉，顛倒黑白說得可真好聽！

閔氏突然道：「莫不是，顧家拿不出錢來吧？」

這一句可算徹底戳中痛處了，她最不想承認的事，被活生生地揭露。

閔氏表示理解，讓賀大郎拿了張紙出來。「拿不出來沒關係，先打著欠條吧！你們顧家欠了二千兩，就先欠著慢慢還，一年兩分利，也不多……」

話還沒說完，一根枴杖倏地砸下來，閔氏嚇一跳，抬頭一看，見顧老夫人顫顫巍巍地拄著枴杖，眼窩深陷，瘦了許多，活像個皮包骨頭。

閔氏失笑道：「姑母怎麼了？這病得挺嚴重的，不好好歇著，您……」

「滾！」

顧老夫人又拎起枴杖重重打過去，閔氏連忙跳開，就聽顧老夫人道：「我這些年對你們還不好啊？現在還來敲竹槓，妳有多遠滾多遠！」一句話說完已經搖搖欲墜了。

閔氏理理裙襬，覺得若再說下去，恐怕老夫人一口氣上不來就去了。

她深深看了眼顧媛，顧媛臉色一白，縮著脖子，拚命搖腦袋。

「姑母別氣，我們怎麼也是至親呢，您要保重身體。」閔氏勾了唇就笑，又往自己大兒子那兒瞅了眼，賀大郎也算長得一表人才，只是面上痞氣太重了，看得出是個紈袴子弟。

「方才也是說笑的，姑母怎麼就當真呢？媛姊兒我們也給您送回來了，若是以後有麻煩的，姑母大可以來尋我們。」

這前後態度簡直不像一個人，安氏沈臉不語，閔氏也不再討嫌，叫了賀大郎一起走。

剛出門口，賀大郎就忍不住問道：「娘，顧家是真的沒錢啊！」

「瞧著倒是不假。」閔氏想了想，冷哼一聲。「顧三爺能出獄，可沒少花銀子，指不定哪兒藏著掖著呢！這麼大塊肥肉啊……咱們也不用怕，媛姊兒的紅丸你不是得了嗎？元帕還在，顧家再厚顏，總不能把失貞的姑娘嫁出去不是？這種事丟人的都是女方家，媛姊兒在顧家一天，咱們兩家就斷不了干係。等著瞧吧，不讓他們吐點東西出來，我就不是賀閔氏！」

賀大郎滿心歡喜地跟著閔氏回了。

顧老夫人當即讓顧媛跪下來，拿起枴杖就要衝顧媛打下去。

顧媛嚇得直哭，賀氏哪肯讓女兒受委屈，扯住老夫人的枴杖哭道：「娘要打就打我，是我這個做娘的不好，是我沒用，我保不住肚子裡的孩子，還讓媛姊兒受累了，她被賀家教壞，都是我的責任！」

賀氏已經學聰明了，知道不能來硬的。她好歹也是老夫人的姪女，先前自己滑胎，顧二爺失了嫡子，老夫人還嗟嘆憐憫她，舊事重提難免是要感懷的。

至於顧媛被教壞……是誰當初送顧媛去賀家的？還不是顧老夫人？明知道賀家的行事作風，還將孫女往那兒推，是她這個老婆子思慮不周，顧媛被教壞了，顧老夫人要負九成的責！

顧老夫人全身發抖，眼一黑暈過去了，顧媛這事只能不了了之。

過了半月，就傳出要為皇長孫選妻的消息，詔選天下十三到十六的淑女，進京經過層層篩選，定下正妻和左右側室。

顧媛十三了，剛好符合要求，她長得也不差，賀氏打算讓顧媛去甄選。而年近十四的顧婼也被列入甄選名單裡。

知曉此事後，顧妍就有些坐不住了，一是為了顧婼，二是因為張祖娥。

上一世張祖娥就是通過這層層選拔，被方武帝、王淑妃、太子還有王選侍一律看中，定為皇長孫正妻，待張祖娥及笄之後便正式嫁入皇家。

可夏侯淵從不在張祖娥身上費心，或者說，夏侯淵並不耽於美色。他不是個喜好女色的君王，他的全部注意力，都放在木藝上……也是他目不識丁，朝政處理不來，慢慢交由魏都掌理，魏都才有後來的氣焰。

中宮之首，母儀天下，表面再輝煌，深宮還是寂寥，張皇后過得一點也不好。

顧妍竭力回憶上一世成定帝的後宮，位分較高的幾個妃子，除卻因為魏都而坐上德妃之位的顧婷，就是為成定帝誕下長子的段貴妃，還有便是鄭貴妃的姪女鄭昭昭。

顧妍想起七夕見到鄭昭昭，那人倒是挺有意思的，最初是對張祖娥暗中審視，後來就纏上她了。鄭昭昭對自己有敵意，顧妍還能理解，畢竟她半路殺出，還很得方武帝喜愛，可在見到皇長孫與張祖娥狀似融洽時，鄭昭昭便走出來隱晦地打量張祖娥，這就不同尋常了。

上一世的鄭昭昭打入成定帝後宮，鄭貴妃功不可沒。

鄭昭昭比蕭若伊還要小一些，頂多十二，不會出現在此次甄選名單裡，可鄭貴妃既然有意將鄭昭昭塞給皇長孫，定不會希望鄭昭昭只是做個側室。同樣的，鄭貴妃也不會希望顧婼搶了她姪女的位分。

顧妍與西德王和柳氏簡單商榷了一番，柳氏也不想女兒以後入天家，便帶了酒窖裡的一桶葡萄酒，往宮裡去。

當內侍通稟說嘉怡郡主和鳳華縣主一道來時，鄭貴妃正在與鄭昭昭說著話，聞言還是很驚訝的。鄭貴妃輕聲一笑，教人將柳氏與顧婼請進來。

二人見過禮，鄭貴妃便微笑著給她們賜座。她也年近四十，但保養得特別好，肌膚宛若少女般細嫩、吹彈可破，瞧起來比柳氏似乎還要年輕幾許……二人樣貌還有些微相似，坐在一處越發像是姊妹。

鄭貴妃就讓顧婼與鄭昭昭一道去偏殿玩耍，又問起柳氏的來意。「嘉怡郡主是稀客，怎麼今兒有空到本宮這兒來了？」

柳氏被封郡主，與宮裡頭的娘娘接觸還是少的，但柳氏自有她待人接物的一套。她少時在姑蘇人緣是極好的，要說這輩子所有的運道，獨獨折損在顧家。

「聽聞娘娘喜愛葡萄酒，府裡有一桶窖藏了三十年的美酒，今日剛剛開封，便給娘娘送來。」柳氏招呼人將酒抬進來。

上了年歲的木桶老舊，兩端都用鐵箍箍住，唯桶底開了個小口，淡淡的甜香酒氣飄散，沁人心脾。

鄭貴妃陶醉地瞇了眼。

「娘娘不妨先嚐嚐。」柳氏又取了只白玉酒壺來，紫紅色的酒液緩緩傾注到玉樽裡，鄭貴妃眉目染上了幾許喜色。

顧婼在偏殿與鄭昭昭相對，同樣和和樂樂。

七夕和顧妍鬥巧，鄭昭昭雖說勝了，可顧妍繡的合歡花引來螢火蟲，博足噱頭，令得原先的勝利者黯然失色……鄭昭昭心裡記著，如鯁在喉，可她素來以乖巧示人，此時當然要笑顏以對，還擺足了與顧婼相見恨晚的姿態。

鄭昭昭嬌笑著誇起顧妍的繡藝。「配瑛縣主的繡工果然出色，我雖勝在數量，卻輸了神韻，不知道是師出何人？」

「是容娘子。」顧婼正色道：「我與阿妍的繡藝都是容娘子傳教的。」

「原來是容大家！」鄭昭昭驚呼，眨著眼睛甜笑起來。「我很仰慕容娘子的技藝，可惜未曾有機緣拜會。婼姊姊盡得容娘子真傳，可願意教一教我這個笨徒弟？」

「我的繡工不及容娘子萬一，哪有這個本事教妳？」顧婼微微赧然，但瞧見鄭昭昭滿目期待，又大大方方道：「至多便也切磋一二了。」

「好呀、好呀！」鄭昭昭拊掌而笑，取來繡綳和絲線，與顧婼一道做女紅。

差不多也是一炷香的時間，她親眼看著顧婼繡完一株君子蘭，一旁是一隻栩栩如生的蝴蝶。窗外的日光射進來，落在蝴蝶淡金的翅膀上，宛若圍著蘭花翩翩起舞。

鄭昭昭眸色微深。她七夕那日與顧妍鬥巧，繡的就是君子蘭。她自認那次發揮往常的水準，尚算滿意，可眼下瞧著，無論是在針腳技藝、布局形態或是輕盈優雅上，與顧婼繡的依舊差了一大截。

鄭昭昭有點笑不出來了。她拿著繡帕左看右看。「婼姊姊繡的蝴蝶就跟真的一樣！它的翅膀好像都在動呢，我還以為這蝴蝶就要自己飛起來了！」

直到柳氏帶著顧婼離開昭仁殿，鄭昭昭自認與顧婼已是密友，很是依依不捨。鄭貴妃戲謔她一句，鄭昭昭便嬌俏地吐吐舌頭。

等人都散沒影了，鄭貴妃手執著白玉杯小酌起葡萄酒，懶懶問道：「妳覺得鳳華縣主如何？」

這是在問鄭昭昭，鳳華縣主作為皇長孫妃子的甄選對象之一，能有幾成機會。

鄭昭昭想了想，斂下唇邊笑意。「性子優雅敏銳，樣貌端莊明麗，言詞滴水不漏，一手女紅做得極好，又是個有主見的……八關選秀，恐怕她會是最後欽定的三個候選人之一。」

「哦？」鄭貴妃輕笑了笑。「嗯，那嘉怡郡主也是個隨和平易的。」

「鳳華縣主的樣貌，得皇上的眼，卻刺太后的心，可皇長孫選妃，主要還是得看皇上的意思……她是個大熱門啊！」鄭貴妃喃喃地說，鳳目中冷光一閃而過。

鄭昭昭默認了顧婼的優秀，急道：「姑母，不能讓她參選，那些評選官都是長袖善舞的，見她是縣主，定將她列入了，那往後她還不一路過關斬將？」

鄭昭昭年齡沒到，這時候選妃，根本沒有她的分兒！

按著鄭貴妃的意思，是要將一個身分地位較為淺薄的女子捧上皇長孫正妻，等鄭昭昭年紀到了，再將鄭昭昭送到皇長孫的身邊，可萬一是顧婼……西德王現在得寵著，以方武帝對顧婼的某些偏愛，未來如何真的難說，鄭昭昭一點也不想以後處理應對這些麻煩。

鄭貴妃斜睇她一眼。「妳急什麼？有的是法子讓她過不了初選。」

鄭昭昭眼睛一亮。姑母既決定出手，定然是有底的。

她隨後又想起了七夕時見過的張祖娥，那個容顏絕色的女子，連她看了都要驚嘆不已，更何況是男子？女兒會的牡丹巧牌被她拿了，得了個好名聲，而且看她和皇長孫似乎還有些交情……

鄭昭昭又皺緊眉道：「姑母，恐怕還有一個要留心的。」

皇長孫選妃是重中之重，南北直隸參選的女子都要將畫像交予官府，自有評官根據面相挑選出容貌端莊秀麗的女子，這便是初選。

顧婼身為鳳華縣主，比起他人身分有別，為表重視，特意由宮廷畫師來為她親自作畫拓像，細緻的工筆畫了近兩個時辰，那畫師將畫交給顧婼細看，顧妍淡淡瞥了眼。

畫中人與本身極相似，若說哪裡有不同，大概是下巴和臉尖了些，顴骨略微突出，眉骨也高，顯得眉色微淡，只是這差別細微，完全不會影響本身美感。

顧妍勾唇笑了起來，這位畫師也算煞費苦心了，面部做了微調的地方，恰恰全是評官注意的重點，要做皇家的媳婦，定然是要有福氣的女子，必得符合幾點，下巴豐滿、唇紅齒白、闊額長眉、垂珠厚大、人中清晰。

那畫師故意將顧婼所有相關特點弱化，此畫中人乍一看美則美矣，卻是個福薄根淺的，只怕撐不住天家皇恩浩蕩。

鄭貴妃動作很迅速，顧妍都不需要做什麼。與其自己想破腦袋尋求突破口，倒不如由別人出手，他們坐收漁利便好。

對於鄭氏一族來講，他們既然想鄭昭昭入主東宮，就必得剔除掉最有力的威脅，顧婼特意去鄭貴妃面前晃了圈，只要表現得足夠優雅大方、識禮知書，這便足以引起鄭貴妃的忌憚。果然初選過後，西德王府沒有再收到鳳華縣主第二關複選的消息。與此同時，張祖娥來西德王府探望顧妍，也說起自己未曾接到第二關複選的通報。她神色間有些許落寞，悶悶不樂。

顧妍心中頓時警鈴大作。祖娥姊姊莫不是在為了自己沒能選上而難過？但……有什麼可難過的？遠離了皇家，縱然今生不會再如上一世那樣表面光鮮，可只需尋個門當戶對的人家，相夫教子，其樂融融，不是更自由歡快嗎？祖娥姊姊不是一直都期盼這樣的生活嗎？

她們還曾經約定好，來世，絕不生在鐘鳴鼎食之家，就在鄉村田園的小小庭院裡，過著最平凡質樸的日子……這是她們的心願啊！

顧妍定定地看著她，張祖娥覺得奇怪，輕笑著取了一只木質的小偶人，不同的是，這個偶人的底部無腿腳，取而代之的是彎彎的圓弧。這是民間一種兒童玩具，稱之為不倒翁，任你如何按捺旋轉，它都屹立不倒。

顧妍很久沒玩過了，卻也覺得這不倒翁做工似乎有點粗糙，不過打磨還是很細緻，上頭繪製的人形唯妙唯肖。「怎麼突然送我這個？」

張祖娥窒了窒，眼神也有些不自然。「瞧著好玩又挺有意思的，便給妳送來了。」

祖娥姊姊向來端正嚴明，撒謊騙人的事根本做不來，有漫漫紅暈爬上她的脖頸和耳畔，顧妍瞧著她也不說話。

張祖娥閉上眼輕嘆，壓低聲音說道：「上回東宮梨園，我給了皇長孫一只木老鼠，前幾日皇長孫回贈我幾個不倒翁，都是皇長孫親手做的，我、我不好推辭……」
未出閣的小娘子，與他人私相授受，這種事說出來委實難堪，張祖娥羞得滿面通紅。
顧妍心中輕顫。她深知張祖娥的為人，以祖娥姊姊的教養，即便是皇長孫，只要她願意拒絕，金山銀山她都不屑一顧，絕做不出有違禮教的事。可她現在居然收下夏侯淵的禮，這說明了什麼？
顧妍定定看著她。「既然是皇長孫送給姊姊的回禮，為何還要給我？」
張祖娥抿緊唇，猶豫了許久才道：「這是五皇孫做的……」
看到顧妍面色陡然沈下來，雖然知曉此事不對，但受了委託，張祖娥只能硬著頭皮說道：「他也不清楚自己是哪處惹妳不高興，只想賠個罪。這木偶一刀刀都是五皇孫親手刻的，彩畫也出自他手，很有誠意。」
顧妍抓著不倒翁的手一點點收緊，覺得原先憨態可掬的人偶，突然燙手了……可越是燙手，她抓得越緊。
張祖娥低了頭，像個做錯事的孩子。
可顧妍要怎麼怪她？祖娥姊姊只是想做個和事老……她不知道自己和夏侯毅之間的恩怨，不是一、兩句話，一點點誠意就可以算得清的，前世今生很多都不一樣了，有些事不存在，有些事還沒發生，顧妍卻不能忘，不敢忘。
就像祖娥姊姊，上一世的她，作夢都想要自在暢快、無憂無慮。張皇后對成定帝無愛無恨，她只是感嘆造化弄人，唏噓自己時運不濟。

但今生的張祖娥呢？顧妍忽然有些不確定了。

鬆了手放開不倒翁，它又來來回回搖擺幾下，慢慢停歇下來。

「五皇孫想太多了。」顧妍淡淡說著，將人偶推向一邊。「我們總共才見過幾次？哪有得不得罪，或是惹了我不高興的說法？」

張祖娥想想也是。夏侯毅給人的感覺便是溫潤平和，面面俱到的，著實讓人討厭不起來。那這賠禮……

又聽顧妍喃喃地說：「真不知道他是什麼意思。」

張祖娥忽地皺緊眉。

還能什麼意思？無緣無故給姑娘家送東西，又是親手雕刻的，這簡直司馬昭之心！

張祖娥忙將那不倒翁收回來。「五皇孫一定是搞錯了，既然是誤會，我幫妳還回去！」

她臉色通紅，覺得自己做了件蠢事，要讓人看了笑話。

顧妍失笑道：「嗯，還回去就好了，我早不玩這個了，何況做得也不好看。」

張祖娥點頭應是。想想夏侯淵回贈她的那幾只小木偶，唯妙唯肖、活靈活現，做得極為用心，她臉頰便開始發燙，慌忙斂下心神，又想到自己已經落選了，日後皇長孫就會有正妃及側室，卻獨獨不會是她。

雖然心裡有點失落，可她從來是心胸坦蕩、看得開的，調整一下心態就沒事了。既然以後不會有交集，乾脆也將皇長孫送的東西一道還回去好了。

顧妍對張祖娥很熟識，光看她的神態，大概可以窺得她七、八分的想法，心裡突然有些不是滋味。她沒想到，祖娥姊姊這一世對夏侯淵是有情的。若沒有她的干涉，興許和上一世一樣，張祖娥依舊會是成定帝的張皇后，唯一不同的是，這一世的帝后，並不是相互寡淡如水，同床異夢。

她似乎拆散了一段姻緣……

——未完，待續，請看文創風503《翻身嫁對郎》3

2017年3月出版

翻身嫁對郎

文創風 501～505

前世，她錯將狼人當良人，以悲劇結束一生，
如今老天爺大發慈悲，讓她來人間走一回，
她還不擇個如意郎來扭轉乾坤！

攜良人相伴，許歲月安好／方以旋

她顧妍貴為侯府嫡女，前世卻因錯愛了涼薄人信王，
搞得自己家破人亡，最終香消玉殞，
今生重來一回，她只求此生能現世安穩、親人安康，
因此這一路走來總是步步為營、如履薄冰。
哪知道她無心嫁人，
老天卻屢次安排鎮國公世子蕭瀝當她的救命恩人，
而這一牽扯可真是不得了，
蕭世子竟發下豪語，說要上門提親來娶她了？
這也就罷了，連天家都要來湊熱鬧亂點鴛鴦譜，
竟為她和信王夏侯毅賜婚?!
橫豎她這輩子的運道是萬不可折損於那人手中，
既然聖命是要她嫁人，
讓救命恩人來做這如意郎，
似乎是逆轉前世命數的最佳選擇……

2017年3月出版

琢玉成妻

文創風 499～500

玉不琢，不成器，
身分低微配不上他？
沒關係，待她將自己磨得發光發亮……

世態冷暖無常，兩情遠近不渝／畫淺眉

人家穿越是金枝玉葉，玉琢穿越是真的好累，
爹早逝、娘軟弱，還有個小弟要照顧，
她一面維持生計，一面和鄉里打好關係，這生活還算過得去，
但這田裡的稻子，總是長的不如意。
幸而上天眷顧，讓她結識了朝廷校尉鍾贛，
有了這貴人相助，她終於解決了收成問題。
日子漸漸寬裕，麻煩卻也接連而來，
先是鍾贛私下表露情意，可門第差距令她無法答應；
後是大戶威逼出嫁沖喜，仗勢欺人讓她滿是怒氣。
對前者，她逃之夭夭；對後者，她直言相拒，
無奈奶奶竟抬出孝字要迫她屈從，
好在他及時出手相助，讓她鬆了口氣，沒想到他卻乘機來個當眾求娶?!
既然他一片真心，她也不再逃避，
誰知半路殺出程咬金，朝他潑髒水，還要賴他負責做夫婿?!
哼！這般欺辱她的男人，她怎麼能不還點顏色？

翻身嫁對郎 2

國家圖書館出版品預行編目資料

翻身嫁對郎 / 方以旋著. --
初版. -- 臺北市 : 狗屋, 2017.03
冊 ; 公分. --（文創風）
ISBN 978-986-328-703-2（第2冊：平裝）. --

857.7 106000360

著作者	方以旋
編輯	黃鈺菁
校對	黃薇霓　林安祺
發行所	狗屋出版社有限公司
地址	台北市104中山區龍江路71巷15號1樓
電話	02-2776-5889～0
發行字號	局版台業字845號
法律顧問	蕭雄淋律師
總經銷	知遠文化事業有限公司
電話	02-2664-8800
初版	2017年3月
國際書碼	ISBN-13　978-986-328-703-2

本著作物由起點中文網（www.qidian.com）授權出版

定價250元

狗屋劃撥帳號：19001626

網址：love.doghouse.com.tw　E-mail：love@doghouse.com.tw